藏在故事里的
必读古诗词

·历史典故篇·

郁海彤◎著

北方文艺出版社

图书在版编目（CIP）数据

藏在故事里的必读古诗词. 历史典故篇 / 郁海彤著
.-- 哈尔滨：北方文艺出版社，2019.11（2021.2 重印）
ISBN 978-7-5317-4362-0

Ⅰ.①藏… Ⅱ.①郁… Ⅲ.①古典诗歌－诗歌欣赏－
中国－青少年读物 Ⅳ.① I207.22-49

中国版本图书馆 CIP 数据核字（2019）第 176691 号

藏在故事里的必读古诗词·历史典故篇
Cangzai Gushili de Bidu Gushici Lishidiangupian

作 者 / 郁海彤

责任编辑 / 富翔强 徐 昕　　　　　装帧设计 / 平 平 @pingmiu

出版发行 / 北方文艺出版社　　　　　邮 编 / 150008
发行电话 /（0451）86825533　　　　经 销 / 新华书店
地 址 / 哈尔滨市南岗区宣庆小区 1 号楼　网 址 / www.bfwy.com

印 刷 / 衡水泰源印刷有限公司　　　　开 本 / 880×1230 1/32
字 数 / 190 千　　　　　　　　　　　印 张 / 9.5
版 次 / 2019 年 11 月第 1 版　　　　　印 次 / 2021 年 2 月第 3 次印刷

书 号 / ISBN 978-7-5317-4362-0　　　定 价 / 39.80 元

序　言

　　明代戏曲理论家王骥德在《曲律》中说："曲之佳处，不在用事，亦不在不用事。好用事，失之堆积；无事可用，失之枯寂。要在多读书，多识故实，引得的确，用得恰好，明事暗使，隐事显使，务使唱去人人都晓，不须解说。"在我国古代诗词曲中，经常会出现一些典故，高明的用典让人没有察觉，犹如把一撮盐放入水中，喝水时才觉出咸味。读者如果不了解典故的出处，便难以欣赏。

　　什么是典故？南朝梁代文学评论家刘勰在《文心雕龙》中说："事类者，盖文章之外，据事以类义，援古以证今者也。"《辞海》中解释典故为典制和掌故，也就是诗文中引用的古代故事和有来历出处的词语，体现为言意兼重，注重融会与创新。以典入诗是历代诗人常用的表现手法之一，如果要追溯其源头的话，应该始于古人的"赋诗陈志"。《诗经》的《小雅·巷伯》一篇中就有"寺人孟子，作为此诗，凡百君子，敬而听之"的典故。

　　同一个典故在不同的诗人手里，会有不同方式的组合和运用。一般而言，古典诗歌中的用典主要有用事和引用前人诗句两种情形。其中，用事是借用故事来表达作者对现实生活中某些问题的立场和态度、个人情绪以及愿望等，在诗词的解释分析中常被称为借古抒怀。而引用或化用前人诗句的目的则是为了加深诗词中的意境，促使人联想而寻意于言外。

说到古代诗人中的"用典高手"，有着"小李杜"之称的唐代诗人李商隐堪称用典第一人。李商隐的诗构思新奇，风格秾丽。以《锦瑟》为代表的无题诗，虽然缠绵悱恻，优美动人，但也被认为是过于隐晦迷离，难以索解，以至于李商隐还得了一个"獭祭鱼"的称号，有"诗家总爱西昆好，独恨无人作郑笺"之说。

鲁迅先生曾夸赞李商隐"玉谿生清词丽句，何敢比肩。"但也同时指出他"用典太多，则为我所不满。"可见，用典故在诗词中是一把双刃剑，用典不恰当，会把作品弄得生涩难懂，枯燥乏味，给读者阅读造成障碍，甚至直接影响对整个作品的鉴赏；用典巧妙、恰当，可以使诗词意蕴丰富、庄重典雅，表达更加生动形象。

古诗词是一种精微凝练的文字表述形式，它善用最少的字数来表达最丰富的内涵，典故的存在就极大地方便了人们的表达。古诗词中引用典故，不但能够使诗家词客表达出难言的心曲，还能够唤起读者的丰富联想，是灌溉读者精神上的高级情趣。而了解和掌握诗词中常见的典故，对于诗词爱好者而言，更是进一步了解作者所思所想，体会作品中丰富感情的捷径。

本书辑录了虚幻的梦、上古传说、历史文化名人、寓意故事、民风民俗等典故，取材审慎，搜集广博，力求资料可靠，让读者在读优美的古诗词外，学习文化典故知识，更深层次地理解古诗词的内容。

愿读者在了解诗词的深层次意蕴中，走进古诗词中的典故知识世界，领略典故隽永的生命力，品味中华古典文化的博大精深。

目录
Contents

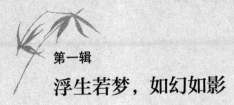

第一辑

浮生若梦，如幻如影

诗与梦，不相离。

诗歌和梦，本质为一，都是人心底深处情感的映射和反馈。甚至因为梦境所反映出来的情感更真切、更丰满也更唯美，因此比很多诗歌更加让人向往。正因为此，将梦境入诗歌，能够让两者产生奇异的碰撞，产生梦中之梦，诗中之诗。也正因此，古人知名的几个梦的典故，不断得到后世诗人的共鸣，反复吟咏，流传至今。这些梦境直接反映了每一个时代人们不同的精神样貌和心灵向往，因此不可不知。

庄周梦为蝴蝶，蝴蝶不知庄周

漂泊形骸，癫狂踪迹，状同不系之舟。逍遥终日，食饱恣遨游。任使高官重禄，金鱼袋、肥马轻裘。争知道，庄周梦蝶，蝴蝶梦庄周。休休。吾省也，贪财恋色，多病多忧。且麻袍葛屦，闲度春秋。逐瞳巡村过处，儿童尽、呼饭相留。深知我，南柯梦断，心上别无求。

这首词名叫《满庭芳·述怀》，是"一言止杀救苍生"的丘处机道长所写，丘处机作为道教全真道掌教、真人、思想家、政治家、文学家、养生学家和医药学家，为南宋、金朝、蒙古帝国统治者以及广大人民群众所共同敬重，并因以74岁高龄而远赴西域劝说成吉思汗止杀爱民而闻名世界。

丘处机的这首《满庭芳·述怀》也正说明了他的理想与抱负，高官厚禄、金银钱财，到最后无非就是庄周梦蝶一般的虚幻而已，贪恋财色，惹得一身的疾病和忧愁，还不如素衣草鞋，无欲无求，逍遥自由地度过每一天。

其实，诗词中的大部分典故对于很多人来说，都会有陌生的感觉。但是对于"庄周梦蝶"这个典故，则不会太陌生。庄周梦蝶中的庄周就是庄子。庄子姓庄名周，字子休（一说子沐），是东周战国中期著名的思想家、哲学家和文学家，是继老子之后，道家学派的主要代表人物之一。

庄子主张"天人合一"和"清静无为"，对于高官利禄看得很淡，楚威王曾十分看重庄子，并出厚礼邀请他做相国，然而庄子却说，我宁愿像乌龟一样在泥塘自寻快乐，也不愿受一国之君的约束。其实，万物都难逃此劫。当你拥有了什么，也就意味着即将要渐渐地失去一些东西。

庄周梦蝶这个典故出自《庄子·齐物论》，说的是在两千多年前的一个明媚的午后，庄子"独坐幽篁里，弹琴复长啸。"在这片青翠欲滴的竹林下，他双目微闭，身心舒缓。不远处的田野里，生长着成片的蝶形浅紫的豌豆花，一眼望去有着花飞蝶舞的浪漫之感。

也许是庄周的琴声伤感忧郁，花儿们纷纷被惊醒了。她们揉着惺忪的眼，慵懒地伸着曼妙的腰肢。也不知是景色太美容易让人沉醉，还是庄周真的倦了，他停止了抚琴，席地而眠。和煦的风轻轻地抚摩着他清瘦的脸，暖暖的阳光照得他懒洋洋的。

这个时候也许是花儿们醒了，但是庄周却睡着了。梦里，庄周梦见自己变成了一只美丽的蝴蝶，在蔚蓝色的天空下自由自在地翩翩起舞。他一直飞、一直飞，感觉自己的人生从来没有如此惬意过，这自由的飞舞让庄周如痴如醉。也不知道梦了多久，庄周还是醒了，当他醒来的时候，花落满身，花香满庭。

这个场景有点儿像《红楼梦》中的"憨湘云醉眠芍药裀"的那个情景，庄周梦到了蝴蝶，我们却无法得知史湘云是不是也梦到了蝴蝶，只知道她香梦沉酣，全身落满了芍药花，脸泛晕红，金簪斜插；与庄周梦蝶，梦醒后花落满身，花香满庭如出一辙。

庄周从这个梦中得到了自由飞舞的快乐，也悟出了忘我的境界。关于这场美丽的蝴蝶梦，在一段时间内，庄周自己也弄不明白，到底是自己变成了蝴蝶还是蝴蝶做梦变成了他。后来，清朝著名的文学家张潮在《幽梦影》中编写下了一段妙语："庄周梦为蝴蝶，庄周之幸也；蝴蝶梦为庄周，蝴蝶之不幸也。"这句话可能是对庄周梦蝶这件事最精彩恰当的阐释了。其实，哲学就是这样，很多看似简单的字句或者事情，其道理却尤为深刻。

后世文学中，"庄周梦蝶"以多种形式出现，而最先将这个典故用到诗中来抒怀的是南朝梁简文帝萧纲。萧纲是一个早慧的诗人，同时也是一位偏安一隅的君王。与南唐后主李煜的命运十分相似，同为帝王，最后却沦为阶下囚。也许是人生的巨大落差，使得萧纲痛苦无比，悲愤不已。佛家《金刚经》有"人生如水月镜花，梦幻泡影，如雾又如电"之类"世事皆空"的说教，萧纲延承《金刚经》的意思，作《十空诗》，今存如幻、如水月、如响、如梦、如影、镜像六首，或许还应有如雾如电如花之类，但今皆不传。在《如梦》这首诗中，萧纲写道：

秘驾良难辨，司梦并成虚。

未验周为蝶，安知人作鱼。

空闻延寿赋，徒劳岐伯书。

潜令六识扰，安能二惑除。

当须耳应满，然后会真如。

在这首诗中能够读出萧纲向往自由自在的生活，需要快乐。

后来，历代的诗人便普遍将"庄周梦蝶"这个典故运用到诗词中，比如唐代浪漫主义诗人李白，在《古风其九》中有"庄周梦蝴蝶，蝴蝶为庄周"的句子；素有"用典高手"的李商隐，在《锦瑟》中有"庄生晓梦迷蝴蝶"的句子；到了宋代，诗人陆游曾在《闲游之三》中写"困卧幽窗身化蝶，醉题素壁字栖鸦"，这句诗中的化蝶就是"梦蝶"。

而宋代词人晏几道的《诉衷情》，也是运用了这个典故：

凭觞静忆去年秋，桐落故溪头。诗成自写红叶，和恨寄东流。

人脉脉，水悠悠，几多愁。雁书不到，蝶梦无凭，漫倚高楼。

词中"雁书不到，蝶梦无凭"，两句对仗工整自然。这里面也是将"蝶梦"比作短暂而美好的梦。同为宋代的"断肠女词人"朱淑真，也曾因爱情不顺意而写下"不奈莺声碎，那堪蝶梦空"的句子。

庄周梦蝶的典故，给人们描绘出了一个美丽又虚幻的童话世界，同时也给了人们无尽的遐想空间。也许是因为这份虚幻的美丽，想而不得，才使得这个典故备受后世文人墨客的喜欢和追念。

南柯一梦恰浮生，万般皆无窥红尘

香从灵坚垒上发，味自白石源中生。

为公唤觉荆州梦，可待南柯一梦成。

这首诗是北宋著名文学家、书法家黄庭坚所写，诗的名字是《戏答荆州王充道烹茶四首其一》。诗中不仅展现了黄庭坚对茶的热爱，还赋予了茶无上的灵性，描述茶香从灵坚上来，茶味由灵石中蕴造出来，并道出了茶的察性不凡。黄庭坚在茶中游离于困境之外，想借茶入梦，以此来忘却现实。

黄庭坚与禅门缘分颇深，他经常读佛典、参禅法、交禅僧。因此，黄庭坚在品茶时更能深深领悟茶中之禅趣。

在这首诗中，黄庭坚在品茶中看空了功名勋业，不再为自己的得失而感到不安，而是通过品茶得到一种坦荡平易与空灵淡泊的心境。

"南柯梦"这个典故从哪里来？想必很多人都知道，这个故事出自唐代小说家李公佐的传奇小说《南柯太守传》（明代戏曲家、文学家汤显祖的代表作《南柯记》即取材于此）。

这个故事说的是唐德宗年间，游侠之士淳于棼因嗜酒失去淮南军裨将之职。后来，他闲居在扬州城外，常常与几个朋友在家门前的一棵古槐树下喝酒。一日，他和两个友人喝得酩酊大醉，便在自家的廊下昏然入睡。醉眼蒙眬之中，忽见两个紫衣使者，自称奉槐安国王之命邀请淳于棼。于是，淳于棼被扶上马车，朝着自家门前的古槐树下的一个树洞奔去。

进了树洞后，他看见了山川道路，别有天地。不一会儿便到了一个名叫"大槐安国"的国家。槐安国的国王招他为驸马，把公主嫁给了他。不久，淳于棼又被委任为"南柯郡太守"一职，并在这个职位上做了二十年，颇有政绩，官位显赫。这个时候不料有个叫"檀萝国"的军队来入侵，淳于棼虽率军奋力抗敌，结果还是兵败如山倒。

恰巧在这期间，公主又不幸染病身亡。最后，槐安国国王不但罢免了淳于棼的太守职务，还命那两名紫衣使者把他重新送回了家。淳于棼从梦中惊醒过来，发现自己只不过是睡在自家的廊下，而他的两个友人还在，太阳刚刚要西落的样子。于是，淳于棼立即将这个奇怪的梦讲给了两个朋友听。朋友们听后也觉得十分惊讶，就和他一起来到了门前的古槐树下，在寻找洞穴的时候，看到了几只蚂蚁隐聚其中，便拿来锹开始挖掘。不一会儿，他们就掘出个很大的蚂蚁穴。

蚂蚁穴中的积土为城郭台殿之状——与梦中所见景色相符，友人们觉得十分稀奇，这不就是淳于棼梦中所谓的"南柯郡"和"槐安国"吗，淳于棼感慨人生之虚幻，于是栖心道门，弃绝酒色。

在后世的文学中，"南柯梦"被很多文人所引用，比如曹雪芹的小说《红楼梦》第二十九回中，在清虚观打醮看戏时，贾珍点了三出戏给贾母看，分别是《白蛇传》《满床笏》《南柯梦》，从贾珍随意拈得的三部戏的表面上看去，它们之间似乎毫无联系。可若把这三部戏连接起来再看，却恰好暗喻了贾府将会从兴盛渐渐转至衰败的过程。一出好戏或是一场美梦，隐含了一个简单而深刻的人生哲理——盛极必衰，乐极生悲。难怪当时贾母听到这出戏后，会表现出沉默不语甚至有点儿不开心了。

另外，与"南柯梦"相似的故事还有"审雨堂"，说的也是一个与蚂蚁洞穴相关的故事。在《太平广记》卷四七四引《妖异记·卢汾》中，传说南北朝时期的北魏夏阳人卢汾和友人夜里共同饮酒，忽然间听到槐树林间有笑语丝竹之声传来，不一会儿又看到有几个穿着青黑色衣服的女子从槐树中出来，他们与女子互相问答后，女子便邀请他们一同去饮酒。

卢汾等人进入了一个洞穴，看到宫宇豁开，数十人在这个屋子中，屋子的匾额上题着"审雨堂"三个字。他们与几个女子一起饮酒作乐，正在歌宴间，忽然外面吹来一阵风，房屋堂梁倾折，美人们便纷纷散去了。等他们醒来的时候，看到庭院中的古槐树被大风折断，又看到了一个大的蚂蚁洞穴，里面的形状和梦中如出一辙。

"南柯梦"和"审雨堂"本来是两则不同的故事，但因它们都和蚂蚁洞穴有关，宋朝诗人张嵲读到这篇故事的时候，有感而发就将两者合成同一个典故了，诗曰：

梦里空惊岁月长，觉时追忆始堪伤。

十年烜赫南柯守，竟日欢娱审雨堂。

梦里的光阴固然有几十年，可醒来后照样还不是一切空空如也吗？因为"南柯梦"这个典故，更多的文人墨客喜欢将其引用到诗词中，用来形容一场欢喜皆成空、虚幻的人生如梦一场。它的别名也特别多，比如一枕南柯、一觉庭槐、南柯一觉、南柯太守、梦中槐蚁、槐下梦、槐中蚁、槐梦、槐安国、槐安梦、柯下梦、槐中蚁、槐安国、槐根蚁等。

南宋"中兴四大诗人"之一范成大曾写过一首《题城山晚对轩壁》的诗，诗曰：

一枕清风梦绿萝，人间随处是南柯。

也知睡足当归去，不奈溪山留客何！

诗中写道：若今生有幸觅得闲暇，头枕清风而眠，邂逅一场美梦，在酣然睡足之时微笑着淡然回归，这何尝不是一种惬意快乐的人生啊！范成大这种超然洒脱的心，也赢得了较多人的追捧。

仓皇一枕黄粱梦，都付人间春梦婆

词名本是燕归梁，无理趣，忒寻常。马凤思忆祖纯阳，故更易，悟黄粱。

百年一梦暂时光，如省悟，弃家乡。常清常净处真常，累功行，赴蓬庄。

这阕词是全真道教的第二任掌门人马钰道长的词，这首本为《燕归梁》的词牌，被马钰更名为《悟黄粱》。文辞浅白易懂，质朴风趣。词中提到的"纯阳"就是道教主流全真派祖师吕洞宾，而"百年一梦"变成短暂的时光，也正是"黄粱一梦"这个典故的时间。

说到"黄粱一梦"，自然不会陌生。很多人看过"八仙过海"的电视剧，对于这个典故应该是熟悉的。其实，这个典故最早源自唐朝史学家、小说家沈既济写的《枕中记》，这部小说对后世文学作品以及戏曲的创作，产生过非常深远的影响。后来，明代剧作家汤显祖在创作《邯郸记》中，将《枕中记》中的"吕翁"改为"八仙"之一的吕洞宾。

吕洞宾和何仙姑都是"八仙"中的神仙，两人因为急着一起去参加王母娘娘在瑶池举行的蟠桃盛宴，又担心离开后天门缺少一位扫花人。于是，何仙姑就劳烦吕洞宾下凡间去寻找一位有缘人，度他成仙上天宫来替代自己做扫花的杂役。临行之前，何仙姑劝吕洞宾速去速回。若是错过了这千年难遇的蟠桃盛宴，自己定会"留恨碧桃花"的。

吕洞宾向何仙姑作别后来到凡间，忽见邯郸这个地方有仙气升腾，便转向此处落下云头。吕洞宾在赵州桥头遇到了一个书生卢生，年近三十，是个山东人。虽自幼读书，精读经史，但屡试不中。吕洞宾见他相貌清奇，有仙缘，便觉得此人可度化成仙。吕洞宾与这卢生进入店内闲聊，这个时候店小二正在煮黄粱米饭。

卢生与吕洞宾谈起功名，感慨非常，以为"大丈夫当建功树名，出将入相，列鼎而食，选声而听，宗族茂盛，方可言得意。"说着说着，这位卢生瞌睡便上来了，吕洞宾微笑着说："年轻人，你不就是想要一场富贵吗？这有什么难？"边说边递给他一个瓷枕。卢生见瓷枕两头空，看上去里面有亮光。吕洞宾接着说："你安心地睡上一觉吧，想要的那些功名与富贵马上就有了。"卢生见那枕头上的洞越来越大，就跳进枕头中去了。

进入枕头中后，忽然见前面有一条官道，走不多远，是座红粉高墙，院门大开。他进去正闲走间，被两个家丁拿住。这时走出一位小姐，小姐姓崔，尚未婚配，便问卢生这私闯民宅要官休还是私休。官休就是送他去清河县衙，私休就是招赘在此。于是卢生与小姐结百年之好。

两人结婚不久，科考开始，小姐要卢生求取功名。卢生以为自己屡试不中，不欲前去，小姐则说她家亲戚多，多贿赂一些钱财，此去必中。不久后，卢生果然中了举人，还任职做了一名节度使。后又杀敌有功，官至丞相。他还有了几个子女，得孙十余人，并且一直高寿，活到了八十岁。而当卢生从梦中醒来的时候，却发现店家煮的黄粱米饭都还没熟。

卢生有些遗憾地问："这怎么只是一场梦啊？"吕洞宾笑着回答说："人事之事亦犹是矣。"听到吕洞宾的劝告之语，卢生果然开悟，便决心放下功名利禄，跟随吕洞宾上天做神仙去了。

后世文学中，多用"黄粱一梦"这个典故来比喻虚幻的事和不能实现的欲望。还被衍生出很多别名来，比如一枕梦黄粱、一枕黄粱、黄粱再现、一甑黄粱、半炊、吕公枕、梦游清枕、梦邯郸、客舍黄粱、未熟黄粱、枕中梦、炊黄粱、卢生眠、邯郸梦、邯郸枕、邯郸道。

宋代著名词人苏轼也曾在诗中引用过"黄粱一梦"的典故，当时的苏轼年近花甲，又一再遭到贬斥，在南下的途中，他感叹世事多变，仕途举步维艰，于是写下了一首《被命南迁途中寄定武同僚》的诗：

人事千头及万头，得时何喜失时忧。

只知紫绶三公贵，不觉黄粱一梦游。

适见恩纶临定武，忽遭分职赴英州。

南行若到江干侧，休宿浔阳旧酒楼。

这个世界上的事是说不清的，林林总总，得到的时候何其的欢喜，失去的时候又是如何的忧愁。人人都知道做官好，可是谁又真的能体会到，这一切不过黄粱梦一场空的滋味。仕途的不顺让豪放派的词人苏轼也变得十分敏感，他说，若是此次经过了浔阳江边，一定不要去夜宿那座酒楼，因为那里曾是江州司马白居易"青衫湿"之处。

透过这些诗句，也许我们无法感受那个宠辱不定的年代，诗人的心中到底有着怎么样的焦虑和辛酸，然而我们自己透过人生中的坎坷与挫折，也许能够想象到在那个福祸难测的时代里，诗人有着怎么样的凄恻人生。

流年迅速。君看败叶初辞木。若非寿有金丹续。石火光中，难保鬓长绿。

区区何用争荣辱。百年一梦黄粱熟。人生要足何时足。赢取清闲，即是世间福。

这首《醉落魄·一斛珠》是南宋初年词人张抡所作，词的含义非常简单，说是时光很短，一年年过去很快，不信你看那落叶又离开了树木。人生在世，如果没有永葆青春的仙丹，在岁月的洗礼中，很难保持青春永驻。何必争那些名利与荣辱，都如黄粱一梦般虚幻而短暂。人生要懂得知足，能够拥有清闲的时候，就是难得的福气了。

"黄粱一梦"出自《枕中记》，广泛熟知于《邯郸记》，因为这个故事奇趣而有深意，人们便在邯郸市北面的王化堡村（现黄粱梦村）修建了一个吕祖祠，因庙内有精工雕刻的卢生睡像，又素称睡公庙、吕仙祠。这座庙建于宋，经历代修整，现保存的是明清建筑。黄粱梦碑碣、匾额颇多，很有"富贵荣华终幻因，黄粱一梦了终身"的意境。

金代诗人元好问曾路过邯郸，想到《枕中记》中的故事，怀古凭吊，为吕祖祠题诗曰：

> 死去生来不一身，定知谁妄复谁真。
>
> 邯郸今日题诗者，犹是黄粱梦里人。

仔细想想，人生不就是一场梦吗？大多数时间人们都在贪嗔痴中度过，求解脱的心很微弱。待到大限来时，一切都要抛去，连身体也变成了弃物，更何况身外的财富和名利？无论一出多么热闹的戏，终会曲终人散，一场再华丽不过的黄粱美梦，也终究是要醒来。

好风吹醒罗浮梦，莫听空林翠羽声

遐荒迢递五羊城，归兴浓消客里情。

家近似忘山路险，土甘殊觉瘴烟轻。

梅花清入罗浮梦，荔子红分广海程。

此去定知偿隐趣，石田春雨读书耕。

　　这首诗是唐代诗人殷尧藩所写，诗的名字是《送刘禹锡侍御出刺连州》。从"归兴浓消客里情"以及一些景色的特点，可以看出整首诗的格调旷达爽朗，朋友刘禹锡到自己的家乡岭南任职，可以消除往日的浓浓思乡之愁。与一般送别遭到贬谪的友人的诗词感情基调略有不同。

　　这首诗中所提到的"罗浮梦"，想必很多人略感陌生，其实，罗浮梦是梅花的代称，这个典故来自唐代文学家柳宗元的《龙城录》。根据《龙城录》记载，隋朝开皇年间，有个叫赵师雄的人游广东罗浮山。一日，天寒日暮，赵师雄喝醉了酒，便打算在松林间的酒肆旁舍休息一会儿。小酒馆走出来一位淡妆素服的美人接待赵师雄，于是赵师雄便和这个美人在酒馆中饮酒交谈。

天色渐渐变黑，残雪未消，月色微明。赵师雄非常开心，和这个美女聊得很尽兴，说话间，总觉有股芳香的味道萦绕。这个女人语言极其优雅，两人欢饮数杯。不一会儿又来了一个绿衣服的童子，笑歌戏舞，也是非常好看。赵师雄喝得有些多了，便昏昏沉沉睡着了，期间总觉得寒风阵阵吹，非常冷。过了很久，东方发白之时醒来，赵师雄发现自己睡在了大梅花树下，梅花树上有只翠鸟在叽叽喳喳地叫，月亮已落，参星横斜。

在后世文学中，"罗浮梦"常常被比喻为好景不长，人生如梦。酷爱梦境的曹雪芹在《红楼梦》中也引用过"罗浮梦"这个典故。在小说的第五十回，"芦雪庵争联即景诗"这一章节中，众人在芦雪庵联句，贾宝玉写诗"落了第"，被罚往栊翠庵折红梅花。大家又叫新来的邢岫烟、李纹、薛宝琴每人再作一首七律，按次用"红""梅"、"花"三字做韵。而《咏红梅花得"红"字》就是邢岫烟所作：

> 桃未芳菲杏未红，冲寒先已笑东风。
>
> 魂飞庚岭春难辨，霞隔罗浮梦未通。
>
> 绿萼添妆融宝炬，缟仙扶醉跨残虹。
>
> 看来岂是寻常色，浓淡由他冰雪中。

这首诗说的是在桃花还未烂漫，杏花还没有红的时候，梅花已然面对寒冷早早地笑迎东风了。这句话其实也暗示着邢岫烟幼年的不幸遭遇。梅花的魂魄飞到了庚岭，这里的庚岭指今天的江西大余县南，历史上以梅花著称，这样的景色和春色是很难分辨的，像云霞一样的梅花在人的印象中隔断了，像古人一样游罗浮山的淡淡的美人梦，萼绿仙人添上了红装，点上了红烛，梅花化作的神仙歪歪地跨过了残缺的彩虹。这些景色看起来哪里像是平常的颜色，是浓是淡任由她在冰雪中面对考验吧！这整首诗其实也预示着邢岫烟年轻时不顺，而后随遇而安的一生。

后世文学中，常用"罗浮""罗浮美人""罗浮梦""罗浮魂"等代指梅花，又用"罗浮客""罗浮美人"来代指"梅花仙子"。唐代诗人殷尧藩还有《友人山中梅花》的诗：

> 南国看花动远情，沈郎诗苦瘦容生。
>
> 铁心自儗山中赋，玉笛谁将月下横。
>
> 临水一枝春占早，照人千树雪同清。
>
> 好风吹醒罗浮梦，莫听空林翠羽声。

其中"好风吹醒罗浮梦，莫听空林翠羽声"之句，与原典故赵师雄醒来之后，"乃在大梅树下，上有翠羽啾嘈相顾，月落参横"之句互相映衬。

清代诗人赵翼曾因"江山代有才人出，各领风骚数百年"的诗句，被很多人所熟知，他在诗中所表达出的桀骜与自信，更是深获人心。《赵翼诗编年全集》中还记录了他的六组梅花诗，读罢也是让人觉得余香满口。其中之三便引用了"罗浮美人"这个典故：

> 生是牟尼不染身，亭亭独秀了无尘。
>
> 好同姑射称仙子，曾到罗浮化美人。

　　　瘦影当窗高在格，素妆临水淡传神。

　　　笑他何物林逋老，唐突西施要结亲。

　　诗人袁枚对赵翼的梅花诗评注为："古今咏梅诗多矣，工切浑脱，应以此为第一。"可见，赵翼的梅花诗写出了梅花独领风骚的品位。

　　历朝历代咏梅的诗很多，爱梅的文人墨客也特别多，比如晚清惠州著名书画家李丹麟被称为"罗浮琴客"。南宋的诗人卢梅坡，有关他的记载具体生卒年、生平事迹不详，存世诗作也不多，仅仅知道他与刘过（刘改之）是朋友，以两首《雪梅》诗留名千古。甚至"梅坡"应该也不是他的名字，而是他自号为梅坡，到现在他的原名和原字都散佚了，独留下一个卢梅坡的名字。

　　自古承春早，严冬斗雪开。二十四番花信之首的梅花，冰枝嫩绿，疏影清雅，花色美秀，幽香宜人花期独早，"万花敢向雪中出，一树独先天下春。"被誉为花魁。赵师雄偶遇的梅花仙子与他饮酒欢乐，好梦却不长，但是梅花坚韧不拔、自强不息的精神却是长久不衰的。

世事同蕉鹿，人心类棘猴

细雨桐花晚，微风麦气秋。王符偏好学，宋玉不胜愁。

世事同蕉鹿，人心类棘猴。何时虎溪上，还共远师游。

这首《寄静庵上人》的诗是元代著名散文家贡师泰所写，这首诗中提到的王符是东汉的思想家，他隐居著书，崇俭戒奢、讥评时政得失。因"不欲彰显其名"，故将所著书名称为《潜夫论》；而宋玉则是战国末期楚国辞赋家，中国古代四大美男子之一。宋玉受《庄子》和《列子》的影响较深，而贡师泰在诗中写世间之事如同蕉叶覆盖着的麋鹿一样虚幻，人心则像棘端(如针尖)上刻的猴儿那样狭小——居然依旧热衷于你争我夺，患得患失。其实，这种争夺纷争的思想与老庄是相悖的。

贡师泰在元代任职江浙行省丞相和两浙转运盐使期间，是一个为民着想，廉洁奉公的官员，他革除陋习陈规，不惜惹怒一些富商，这在封建统治的社会中是十分罕见的。在绍兴路推官任上，他使已经判了死刑的案子重新取证调查，让真相大白于天下，史称"吏治行为，诸郡第一"。贡师泰性情偶傥，状貌伟岸，既以文字知名，而于政事尤长，"所至绩效辄暴著"。

这首诗中的"世事同蕉鹿，人心类棘猴"也常常被人引用，以讽刺当时的不正之风气。这里面所说的"蕉鹿"，来源于"蕉叶覆鹿"这个典故。这个典故载于《列子·周穆王》篇中，说是郑国有个樵夫在野外砍柴，碰到了一只受了惊吓的鹿，于是便迎上去打死了它，又怕被人瞧见。匆忙中把鹿藏到干枯的池塘中，然后用柴火盖好，他高兴极了。可不久就忘记了藏鹿的地方，便以为这是一场梦，一边走一边唠叨这事儿。

路上有人听到了，依着他的话找到了死鹿，拿了回去，告诉老婆说："刚才有个砍柴的人说梦见打死了一只鹿，却忘记了藏在什么地方，我去找找看竟真的找到了鹿，看来他真的在做梦。"这个路人的老婆说："怕是你梦到砍柴的人打到鹿了吧，这附近哪里有砍柴的，现在我们得了鹿，是你的梦想成真了吧？"路人说："反正我们真的得了只鹿，管它是他做梦还是我做梦呢。"

樵夫回到家后，不甘心丢掉的鹿，晚上梦到了藏鹿的地方，又梦到拿他鹿的人。第二天一大早，就依着所做的梦去找，找到了那个拿鹿的路人和鹿。两人争执不下，就闹到了士师那里。士师说："你真的得到鹿，却以为是做梦，真的做梦却找到了鹿。他以为你是真的做梦却得到了鹿，而他老婆说是他梦中得了别人的鹿，不算拿别人的鹿。到底是怎么回事我也搞不清，现在只有一只鹿，你们俩就平分吧。"

这事连郑国国君也听说了，国君说："嘿嘿！难道让士师也做个梦替他们分鹿不成？"由于这个故事，有人就把恍惚如梦的糊涂事儿，叫作"蕉鹿"。

这个典故后世文学作品中引用的也十分广泛，元代诗人洪希文曾诗曰："得非爱惑聪，戏我如蕉鹿。"表示糊里糊涂，自己欺骗自己，所以这个典故也衍化成"蕉鹿自欺"。金代文学家段成己在《张信夫梦庵》诗中曰："世味迷人人不知，纷纷蕉鹿竞争为。"他说，世上的名利地位等物欲都是引人入迷途的，但人们均未觉悟，像争鹿那样纷纷投入竞争，无论得失，均是梦幻虚妄。

其实，从《列子·周穆王》篇中的"以为觉之所为者实，梦之所见者妄。"接着述说蕉叶覆鹿的故事，则可以看出，连梦与觉也是难分辨的，既然不知何者是梦，何者是觉，那么也就不知何者是真实的，何者是虚妄的；也就不知何者是失，何者是得。作者也是通过这个用以比喻人世间的梦觉真假难辨，也真假杂陈，虚实变幻，得失无常。

清代文学家黄仁黼在《古文笔法百篇》中"评解"云："盖列子书与佛经同意，以梦觉比真妄。谓以真为真，以妄为妄，都非。即真即妄，即妄即真，真妄两忘，方是《列》《庄》之文。"可以说这个解释是非常中肯的，梦觉是喻体，真妄是本体；真妄两忘，得失两忘，是蕉叶覆鹿故事的真义。

后世文人中，也多以此义入诗，比如南宋著名政治家、文学家，"庐陵四忠"之一的周必大在《益公题跋》十一《题与王洋手书》写："刍狗已陈，岂应复盛箧衍，蕉鹿虽在，未知其为彼梦耶？"蕉鹿之事不过是虚妄的梦幻。

曾被明太祖朱元璋誉为"开国文臣之首"、明初诗文三大家之一的宋濂曾写过一篇《崆峒雪樵赋》，其中有"既逍遥而咏归，忘蕉鹿于今昔"的句子，其中忘蕉鹿就是真妄两忘，得失两忘，不为物累，不为欲牵，便能精神自由逍遥，而这个观点恰恰与老庄主张一致。

南宋有"词中之龙"之称的豪放派词人辛弃疾曾写过一首《水调歌头·再用韵呈南涧》：

千古老蟾口，云洞插天开。涨痕当日，何事汹涌到崔嵬。攫土抟沙儿戏，翠谷苍崖几变，风雨化人来。万里须臾耳，野马骤空埃。笑年来，蕉鹿梦，画蛇杯。黄花憔悴风露，野碧涨荒莱。此会明年谁健，后日犹今视昔，歌舞只空台。爱酒陶元亮，无酒正徘徊。

这首词以眼前云洞秋水涨落起兴，发沧海桑田之叹。之后又由自然变迁而言及社会人生。"笑年来，蕉鹿梦，画蛇杯"等句子，都是表示虚幻的意思，人世如覆蕉之鹿、弓影之蛇，真假杂陈，令人疑惧不已。可以说作者的政治感触良深，人生的变化空虚无常，在感叹岁月如流的时候，又引用了杜甫的《九日蓝田崔氏庄》："明年此会知谁健，醉把茱萸仔细看。"王羲之《兰亭序》："固知一死生为虚诞，齐彭殇为妄作，后之视今，亦犹今之视昔，悲夫！"词的最后仿效陶渊明爱酒，一醉了之。

　　蕉鹿之争虚实结合，又真假难辨，也表达了人生的得失无常。在这个世界上，有很多类似于"蕉鹿之争"的事情，与其你争我夺、患得患失，不如学习"老庄"得失两忘，不为物累，不为欲牵，精神便能自由逍遥了。

怀旧空吟闻笛赋，到乡翻似烂柯人

巴山楚水凄凉地，二十三年弃置身。

怀旧空吟闻笛赋，到乡翻似烂柯人。

沉舟侧畔千帆过，病树前头万木春。

今日听君歌一曲，暂凭杯酒长精神。

这首诗是有"诗豪"之称的唐代大诗人刘禹锡的《酬乐天扬州初逢席上见赠》，很多人对这首诗十分熟悉，知道这首诗是刘禹锡写给白居易的酬答诗。唐敬宗宝历二年（826年），刘禹锡罢和州刺史任返洛阳，当时白居易从苏州也归洛阳，两位诗人在扬州相逢。白居易在筵席上写了一首《醉赠刘二十八使君》的诗赠送给刘禹锡：

为我引杯添酒饮，与君把箸击盘歌。

诗称国手徒为尔，命压人头不奈何。

举眼风光长寂寞，满朝官职独蹉跎。

亦知合被才名折，二十三年折太多。

刘禹锡便写了《酬乐天扬州初逢席上见赠》来酬答白居易。白居易的赠诗中，表达了对刘禹锡的遭遇的无限感慨，尤其是最后两句"亦知合被才名折，二十三年折太多"一方面感叹刘禹锡的不幸命运，另一方面又称赞了刘禹锡的才气与名望。而刘禹锡接过白居易的诗，接着就"二十三年"着重抒发自己的感情，说自己在外二十三年，如今回来，许多老朋友都已去世，只能徒然地吟诵"闻笛赋"表示悼念而已。

此番回来恍如隔世，觉得人事全非，不再是旧日的光景了。而且在诗中引用了王质烂柯的典故，既暗示了自己被贬谪时间的长久，又表现了世态的变迁，以及回归之后生疏而怅惘的心情，含义十分丰富。

"王质烂柯"这个典故最早出自南朝梁任昉所著的《述异记》，后来明代的《列仙全传》上也有记载。这个故事说的是在晋朝时期，有一个叫王质的人，一天他到信安郡的石室山（今浙江衢州）去打柴，途中看到了两个老人（一说两个小孩儿）正在溪边的大石头上下围棋，于是王质就将砍柴用的斧子放在溪边的地上，驻足观看。

其中一个老人把一个形状像枣核一样的东西给王质，他吞下了那个东西之后，竟然就不觉得饥饿。他站在那观看棋局有一会儿了，老人就说："你该回家了。"王质这才起身打算拿着东西回去，可是当他准备拿斧子的时候，一看斧柄已经腐烂了，之前磨得锋利的斧头也锈得凸凹不平了。

王质感到非常奇怪，他回到家里后，发现家乡已经大变样了，这里没人认得他，提起自己的事情，有几位老者说，这都是几百年前的事了。原来是王质在石室山打柴，误入了仙境，遇到了神仙，仙界一日，人间百年。

王质在山中逗留了片刻，人世间就已经发生了巨大的变化。这个故事因此也常常被人们用来形容人间的巨变。诗人刘禹锡的"到乡翻似烂柯人"一句，就是引用这个典故，刘禹锡以王质自比，表达了他遭到贬谪离开京城二十三年后，人世沧桑巨变给他带来了恍若隔世的感觉。

"烂柯"这个典故在后世的文学中，应用也是十分广泛，从那时起，很多与围棋有关的故事都以烂柯指代，如《烂柯谱》等。

酷爱下围棋的宋徽宗赵佶围棋造诣很深，在宋哲宗死后，他不仅继位，同时也将元祐时期的棋待诏全盘接收。其中刘仲甫更是北宋哲宗、徽宗时独霸棋坛、所向披靡的大国手。赵佶曾多次与刘仲甫切磋，却一次次都不是对手。在一次与刘仲甫的交锋后，写下了这首《念奴娇·御制》：

雅怀素态，向闲中、天与风流标格。绿锁窗前湘簟展，终日风清人寂。玉子声干，纹楸色净，星点连还直。跳丸日月，算应局上销得。全似落浦斜晖，寒鸦游鹭，乱点沙汀碛。妙算神机，须信道，国手都无劲敌。玳席欢余，芸堂香暖，赢取专良夕。桃源归路，烂柯应笑凡客。

这首词是说赵佶日理万机，十分疲倦。一日偶然得到了宽余，便怀着雅致和愉悦的心情，来到了后宫，并令太监将棋待诏刘仲甫招来，天子要与之对弈，风流潇洒一回。

南宋宁宗时期的进士吴泳曾写过一首《满江红·白鹤山人》，这里面将"烂柯"这个典故衍化为"柯易烂"，说的是斧柄本身，对应"棋难复"，全词如下：

白鹤山人，被推作、诸军都督。对朔雪边云，上马龙光酉农郁。戊已营西连太白，甲丁旗尾扪箕宿。倚梅花、听得凯歌声，横吹曲。船易漏，衲难沃。柯易烂，棋难复。阅勋名好样，只推吾蜀。风撼藕塘猩鬼泣，月吞采石鲸鲵戮。管明年、缚取故人回，持钧轴。

另外，这个典故也常常以"樵柯烂""烂柯仙客""烂柯樵客"等形式出现。南宋诗人陆游对于"烂柯"这一典故十分偏爱，曾在数十首诗中引用过这个典故，比如在《车轩花时将过感怀》中，有"阅世深疑已烂柯"的句子；在《道怀》中有"棋终烂汝柯"的句子；在《对酒》中有"对弈真当烂汝柯"的句子；在《甲寅元日予七十矣酒间作短歌示子侄辈》中有"回视斧柯烂"的句子。

"王质烂柯"这个典故本来是指岁月流逝，人事变迁的意思，后来被逐渐演变成"围棋"的代称。古时候的人喜欢用神话去解释一些神秘陌生的事物，像是云雾缭绕的深山，常常被人们想象成不问尘世烦忧的仙人住所。时间对于住在山中的仙人是宽容的，但对于人间是冷漠的。这其中也寄托了一种苍凉之感，也使得历代文人读到这个故事，便不由得发出怅惘的叹息了。

我谢自然多造化，黟山梦笔竟生花

忆昔彤庭望日华。匆匆枯笔梦生花。郁轮袍曲惭新奏，风送银湾犯斗槎。

追往事，甫新瓜。飞蓬何事及兰麻。一江湘水流余润，十里河堤筑浅沙。

这首《鹧鸪天》是由南宋著名词人、书法家张孝祥所写，张孝祥才思敏捷，词豪放爽朗，风格与苏轼相近，"尝慕东坡，每作为诗文，必问门人曰：'比东坡如何？'"张孝祥的这首词也延续了豪放派的风格，而其中的"匆匆枯笔梦生花"之句，引用了"梦笔生花"的典故，关于这个典故的主人公有两种说法，一种说是五代时期的文学家王仁裕所著的《开元天宝遗事·梦笔头生花》中的大诗人李白；另一说是唐代史学家李延寿所著的《南史》中的纪少瑜。

据李延寿《南史·纪少瑜传》记载，纪少瑜是南朝时期有名的文士，他自幼专攻《六经》，善于谈吐，对答如流，深受当时读书人的钦佩，后来官至东京大学士。其实，纪少瑜年幼时，才华并不出众，但是他的刻苦与诚心感动了主管天下文才的文神。

　　有一天晚上，纪少瑜在看书的时候，不知不觉睡着了。梦里他看见文神把一支笔送给了他，并告诉他这支笔能够写出最漂亮的文章。纪少瑜梦醒之后，果然见到枕头边上有一支非同寻常的毛笔。从此后，纪少瑜的文章果然大有长进，终于成了一位著名的文学家。

　　此外，在《南史》这本书中还记载了另一个与"梦笔"有关的典故，那就是"江淹梦笔"的故事。《南史·江淹传》记载，南朝梁时期，文学家江淹年轻时刻苦读书，文思敏捷，作品深得众人喜爱。可是，当他年老官至光禄大夫后，文章便大不如以前，诗也平淡无奇。

　　当地的人都流传，江淹去宣城游玩时，在凉亭里睡觉，做了一个梦。江淹梦到了两晋时期著名的游仙诗先祖郭璞，郭璞对江淹说："我有一支笔放在你那里已经很多年了，现在应该是还给我的时候了。"江淹摸了摸怀里，果然掏出一支五色笔来，于是他就把笔还给郭璞。从此以后，江淹就文思枯竭，再也写不出美妙的文章了。因此，人们都说他已是江郎才尽。

　　这样的写作方式也许是《南史》的特点，但是纪少瑜梦笔生花的典故并没有李白梦笔生花的故事流传广。王仁裕所著的《开元天宝遗事·梦笔头生花》上记载，传说，有一年春天，诗人李白来到黄山，他见到北海山峰竞秀，景色奇美，禁不住诗兴大发，便昂首向天，高声吟道："黄山四千仞，三十二莲峰；丹崖夹石柱，菡萏金芙蓉……"

　　这声音惊动了狮子林禅院的长老。长老走出山门，细细一看，只见一位白衣秀士，风度潇洒，便上前施礼，请问尊姓大名。

原来，这位不凡之客是"长安市上酒家眠，天子呼来不上船"的诗仙李翰林。长老急忙吩咐小和尚抬来用清泉酿制的米酒，还拿来文房四宝。长老亲手盛满了一杯米酒，双手捧上，敬给李白。李白慌忙还礼，双手接过，一饮而尽。二人席地而坐，纵谈诗文，开怀畅饮。

李白深感长老待人诚恳，想要用草书写诗相赠，以作答谢之礼。长老大喜，小和尚们研墨的研墨，铺纸的铺纸。李白趁着酒兴，奋笔疾书。长老及小和尚们分站两旁，目睹那遒劲的大字，赞叹不已。李白写完诗后，还有三分酒意，便将毛笔顺手一掷，那毛笔翻翻摇摇，从空中落下插入土中。长老送走李白，回过头来，不禁大吃一惊，刚才李白掷下的毛笔已化成一座笔峰，笔尖化成了一棵松树，矗立在散花坞中。

梦笔生花比喻写作能力大有进步，形容文章写得很出色。梦笔生花的故事多种多样，但凡提到"梦笔"这个典故，每一位文人所指也不相同。比如，南宋文学家岳珂（岳飞之孙，岳霖之子）曾写过一篇《秦少游书简帖赞》，这篇文章中就有"昔江淹梦五色笔，而不以能书称。"这个句子中，很明显说的是江淹。

晚唐诗人李商隐曾在《江上忆严五广休》中写过这个典故：

> 征南幕下带长刀，梦笔深藏五色毫。
>
> 逢著澄江不敢咏，镇西留与谢功曹。

这首诗中，"梦笔"指的是大诗人李白。前两句诗充满了军旅气息，诗句铿锵硬朗。李白曾在"解道澄江净如练"中提到过"澄江"这个地方，此句化用了南齐著名诗人谢朓《晚登三山还望京邑》一诗中的诗句"澄江净如练"，而末句的谢功曹指的正是谢朓。

其实，也有古文献上说"梦笔生花"这个典故与萧山的梦笔桥有关系。宋叶道卿在《梦笔桥记》说，梦笔桥始建于南朝齐建元（公元479年—482年之间），这样算起来，梦笔桥距今已有1500多年的历史。南宋著名爱国诗人王十朋在《会稽风俗赋并序》注中称："萧山梦笔驿以江淹得名"。大名鼎鼎的爱国诗人陆游曾多次途径萧山，并多次渡船过梦笔桥，为此还留下了《舟中感怀三绝句呈太傅相公兼简岳大用郎中》，全诗如下：

梦笔亭边拥鼻吟，壮图蹭蹬老侵寻。

不眠数尽鸡三唱，自笑当年起舞心。

这里面的"拥鼻吟"也有一个典故，说的是"东山再起"的谢安年轻时才华出众，深受人们的仰慕。但是，他有鼻疾，鼻腔通气不畅，吟诗的声音很浊重。当时的社会名流由于羡慕谢安，进而也羡慕谢安吟诗时的声调，但又学得不像，有的人干脆就用手掩起鼻子来效仿他，故称为"掩鼻吟"。

另外，陆游还有"梦笔桥边听午钟""梦笔桥东夜系船""梦笔桥头艇子横"的诗句流传，可见陆游对梦笔桥这处风景有着别样的感情。

毛笔在古代，不仅仅是一种书写工具，也是敏捷才思的物质载体和象征，正如汉代王充在《论衡》中所云："智能满胸之人，宜在王阙，须三寸之舌，一尺之笔，然后自动。"因而，毛笔在文人心中的地位近乎神圣。

　　五色毫或者五色笔几乎成了文人们构建的一种集体想象，被赋予了神奇的色彩，只要能够得到一支这样的笔，便能妙笔生花，文思泉涌。也正因为现实中没有这样的笔，无法构建一种传奇，更无法弥补现实生活中无法企及的缺憾，所以才成就了中华文化史上这个色彩斑斓的梦笔传说。

只有文章传胜地，箫声鹤梦总尘埃

> 天空木落石崔嵬，怀古凭轩倦眼开。
>
> 山势欲奔吞浪住，江光丕断抱城来。
>
> 英雄气尽三分业，词客名高两赋才。
>
> 只有文章传胜地，箫声鹤梦总尘埃。

这首《赤壁》是清代诗人姚文焱的作品，似乎但凡写赤壁的作品，风格都偏于豪迈，姚文焱的这篇《赤壁》气势雄浑，感慨深沉，境界开阔。这首诗的前两联描写景色，后两联则是对景色的怀古，情景交融，浑然一体。首联的"倦眼开"说明眼前景象令人振奋；颔联中的"吞"与"抱"二字，则运用了拟人的手法表现了山势的雄奇以及江水的汹涌，描绘了诗人所见的壮阔景象，为后两句抒发感怀进行了铺垫；颈联中的"英雄"与"词客"相对应，"词客"是指北宋著名文学家苏轼；而尾联的格调昂扬向上，说明历史虽化为陈迹，但仍有诗文可以流传不朽。

姚文焱在诗中提到了苏轼，而文中"鹤梦"的典故就来源于苏轼的《后赤壁赋》中。《赤壁赋》写于苏轼一生最为困难的时期之

——被贬谪黄州期间。宋神宗元丰二年（1079 年），苏轼因写下《湖州谢上表》被扣上"诽谤朝廷"的罪名，遭到御史弹劾，被捕入狱，史称"乌台诗案"。

苏轼在这次的事件中，"几经重辟"，惨遭折磨。后来经过多方的营救，于当年的十二月被释放，被贬为黄州团练副使，但"不得签署公事，不得擅去安置所"，这无疑是一种"半犯人"式的管制生活。苏轼曾于元丰五年（1082 年）七月十六和十月十五两次泛游赤壁，并写下了两篇以赤壁为题的赋，后人因而称第一篇为《前赤壁赋》，第二篇为《后赤壁赋》。"鹤梦"这个典故就出自《后赤壁赋》。

《后赤壁赋》的结尾处有："时夜将半，四顾寂寥。适有孤鹤，横江东来，翅如车轮，玄裳缟衣。""须臾客去，予亦就睡。梦一道士，羽衣蹁跹""问其姓名，俯而不答。呜呼！噫嘻！我知之矣！畴昔之夜，飞鸣而过我者，非子也耶？"说的是苏轼与友人游完赤壁之后，回家睡觉了。梦里看见一位道士，穿着羽毛编织成的衣裳，轻快地走来，走过临皋亭的下面，向苏轼拱手作揖说："赤壁游览得快乐吗？"苏轼问他的姓名，他低头不回答。"噢！哎呀！我知道你的底细了。昨天夜晚，边飞边叫着从我这里经过的人，不是你吗？"道士回头笑了起来，苏轼也忽然惊醒。开门一看，却看不到他在什么地方。

苏轼在梦中见到了鹤变化的道士，后来"鹤梦"通常指幽思梦想，超凡脱俗的向往。在古代的文学作品中，鹤多被喻为"仙禽"，或是直接比喻为神仙。最早记载养鹤的事要属《左传》："卫懿公好鹤，鹤有乘轩者。"卫懿公偏好鹤的故事，甚至赋予鹤一定的特权，让它"乘轩"，享受超越普通人的待遇。文人雅士以鹤为题材的作品不胜枚举，比如白居易的《池鹤》、杜牧的《别鹤》以及苏轼的《鹤叹》等。

鹤在中国文学里，是一个很常见的描写对象，有平实的白描，也有加以神化，以至用以象征离别、情义、君子、大志、清高、隐逸、神仙、长寿等。古时候的文人惯用鹤翔或鹤鸣来喻人生大志，所谓"鹤鸣九皋""冲天一鹤"，唐代大诗人刘禹锡就有"晴空一鹤排云上，便引诗情到碧霄"的句子，表达了诗人的宽广胸怀和积极向上的抱负。也许，在备受排挤的诗人心中，能与冲天之鹤齐舞，成为"一鹤排云"翱翔蓝天是快意之事。

苏轼在《后赤壁赋》中写"鹤梦"的经历，其实也是一种超脱平凡的意象，神仙传说中鹤能翩翩于仙凡之间，不受任何拘束。苏轼经历"半犯人"的管制生活时，失去自由且多经波折，梦中与鹤化作的道人相遇并交谈，也体现了苏轼渴望自由与超脱的心情。

"鹤梦"一词出现在后世文学作品中的形式也是多种多样，除了"鹤梦"，通常还会将这个词分开运用于诗中，表达同样的含义。比如，南宋诗人徐照的《宿寺》这首诗：

> 古殿清灯冷，虚堂叶扫风。
>
> 掩关人迹外，得句佛香中。
>
> 鹤睡应无梦，僧谈必悟空。

> 坐惊窗欲晓，片月在林东。

徐照，字道晖，又字灵晖，是南宋"永嘉四灵"之一。徐照这首诗风格幽静清冷，写出了出世者孤寂清幽的境界。

晚唐诗人、诗论家司空图在《与李生论诗书》中有"地凉清鹤梦，林静肃僧仪"的句子；北宋真歇清了禅师曾写过"鹤梦无依，寒巢卧月。云容不挂，野渡澄明"的句子，元代诗人张嘉在《多丽西湖泛舟，夕归施成大席上，以晚山青》中有"自湖上、爱梅仙远，鹤梦几时醒"的句子。

"鹤梦"一词在诗词中应用广泛，也常常被文人们拿来表达对超凡脱俗的向往。明代"后七子"的代表诗人谢榛曾写过一首《四溟诗话》，在卷四引栗道甫《游五龙山》诗曰：

> 岩壑古留迹，藤萝春可扪。
>
> 游人历世代，零露越朝昏。
>
> 鹤梦通云岛，猿啼下石门。
>
> 浮沉只自异，感念复何言。

谢榛在《四溟诗话》中评价栗道甫，自弱冠工诗，与兄仁甫齐名。"观此诸作，含英咀华，风调复别，其盛唐之流欤？"可见评价之高。

唐代文学家陆龟蒙在《独夜有怀因作吴体寄袭美》中也曾引用"鹤梦"一词：

> 人吟侧景抱冻竹，鹤梦缺月沈枯梧。

清涧无波麂无魄，白云有根虬有须。

云虬涧麂真逸调，刀名锥利非良图。

不然快作燕市饮，笑抚肉机眠酒垆。

这里所写的"袭美"指的是与陆龟蒙同期的晚唐诗人皮日休，皮日休，字袭美，诗文兼有奇朴二态，且多为同情民间疾苦之作，被鲁迅赞誉为唐末"一塌糊涂的泥塘里的光彩和锋芒"。陆龟蒙写给皮日休的诗多达数十首，虽然所写的都是一些日常琐事，甚至是俗事，但诗人都将其视作风致高雅的情事，赋予它们以丰富的人文品格。这一首诗中，陆龟蒙通过对竹、鹤、梧、麂、云，虬等物的清姿逸态，来自我比拟，形容幽逸的情怀和高雅的韵致。

不同历史时期的文学作品中，文学意象呈现出不同的审美风貌。鹤在中国古代诗词中具有重要的地位，历朝历代的文人骚客也非常欣赏鹤的秉性，大多数诗歌中的鹤都十分悠闲自在，很少受到世俗的打扰与羁绊，不受外力干扰的鹤总能享受自然，并融入自然。而这种生活方式正是古人梦寐以求的，面对深受物质奴役、急功近利的现实生活，但愿鹤能够给生活以美好修正，让迷茫、浮躁的人们也能体会到那种宁静超然，逍遥自在的生活境界。

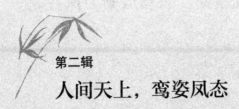

第二辑

人间天上，鸾姿凤态

　　上有《山海经》，下有《述异记》，中国文学中从不缺少"神奇的动物"。这些神奇动物或者为虚构——如凤凰、麒麟、蛟龙，具有让人向往的奇异能力；或为现实——如喜鹊、鲤鱼、大雁，无不寄托着人们的美好希望。

　　诗词之中，更注重用动物来做比兴之用，往往能让虚无缥缈的抽象情感具象起来、甚至活起来，如比翼鸟喻爱情、鸿雁喻相思、大鹏喻壮志，不但可以达到艺术上的突破，更使情感得到了升华，易于引起读者的内心共鸣。

蓬山此去无多路，青鸟殷勤为探看

龟台金母。绀发芳容超复古。绛节霓旌。青鸟传言若可凭。

瑶池罢宴。零落碧桃香片片。八骏西巡。更有何人继后尘。

这首《减字木兰花·龟台金母》是两宋之际抗金名臣，民族英雄李纲所写。《太平广记》卷五十六《女仙一·西王母》中记载："西王母者，九灵太妙龟山金母也"。"龟台"指仙人的居处；绀发原指佛教如来绀琉璃色头发，后亦指道教得道者之发，或泛指一般绀青色头发；"复古"则是指远古。西王母绀青色的头发以及容颜超过远古，她出行时伴有鲜红如云霞的仪仗，会有一只青鸾提前报信。

瑶池举行完蟠桃盛宴，零散在地上的一片片碧桃叶散发着香气；八匹骏马伴随着西行巡视，从此以后再也没有人走过和她一样的道路了。这首词中的"青鸟"指仙使，用以表达词人对修道学仙的向往。

根据《山海经》记载，女神西王母的使者一共有三个，又被称为"三鸟"。这三青鸟是凤凰的前身，本为多力健飞的猛禽，后来渐渐被传为色彩亮丽，体态轻盈的小鸟，变成了具有神性的吉祥之物。也有说，三青鸟指太上老君、元始天尊、通天教主。在汉代时期，西王母的画像座侧常常伴随着三青鸟。西王母每次出行,都先让一只青鸾报信。后人便使用"青鸾""青鸟"借指传递书信的人。

东汉著名的史学家班固的《汉武故事》中有记载:"七月七日,上于承华殿斋,日正中,忽见有青鸟从西方来,集殿前。上问东方朔,朔对曰:'西王母暮必降尊象,上宜洒扫以待之。'……有顷,王母至。乘紫车,玉女夹驭,载七胜,青气如云,有二青鸟如鸾,夹侍王母旁。"

传说西王母有三只青鸟,一只派遣为信使,另外两只跟随西王母身边。七月七日汉武帝在永华殿祭祀,正午时刻,忽然看见一只青鸟从西方飞来,落在了永华殿的殿前。汉武帝问东方朔,这只鸟是怎么回事,东方朔说,西王母在夜幕降临前,一定会来,皇上应该洒水扫除等待她。过了一会儿,西王母果然来了。她乘坐着紫色的御车,神女陪伴左右,载七胜,周围青气如云,有两只青鸟如鸾,夹侍在西王母身旁两侧。

关于青鸟的最早记载是在《左传·昭公十七年》,这里面的青鸟有着明确的责任定位,即司启。而受史学家班固的《汉武故事》影响,"青鸟""青鸾"最后成了文人笔下传书信的信使,后人更是将其视为传递幸福佳音的使者。这个典故也以多种形式出现,比如"青雀""青禽""青鸾""青鸟使"等,被历代文人演绎得十分富有浪漫情调。

南朝陈诗人伏知道在《为王宽与妇义安主书》写:"玉山青鸟,

仙使难通"。唐代大诗人李商隐的《无题》一诗中有"蓬山此去无多路，青鸟殷勤为探看"的句子。宋代词人秦观演绎李商隐的诗句，在《解花语》中写道："算此情，除是青禽，为我殷勤报。"《西厢记》中也有"越越的青鸾信杳，黄犬音乖"这样的句子。清代诗人黄遵宪在《奉命为美国三富兰西士果总领事留别日本诸君子》诗之四中也写有"但烦青鸟常通讯，贪住蓬莱忘忆家"。

东晋末至南朝宋初期伟大的诗人、辞赋家陶渊明的《读山海经十三首（翩翩三青鸟）》之五：

翩翩三青鸟，毛色奇可怜。

朝为王母使，暮归三危山。

我欲因此鸟，具向王母言。

在世无所须，惟酒与长年。

因为青鸟是西王母的使者，所以陶渊明将心中的希翼寄托给青鸟，渴望能够上达天庭，成其所愿。青鸟在这里被当作是个仙使，沟通了人间与天界，朴素地表达了古人对神明的向往和敬畏。

除了做信使，古诗中也常常将"青鸟"当成是传递相思和美好爱情的媒介，是因为青鸟的前身是凤凰，能够带来福泽和幸运。

鸟是先民重要的图腾崇拜，在先秦的典籍中，青鸟这种带有神秘色彩的飞禽从先民的图腾崇拜中分化出来，有具体的职责和身份，并形成了特定的形象和内涵。随着汉魏时期小说中对青鸟的想象，青鸟成了伴随在西王母身旁的信使，地位得到了提升而且被逐渐神化。

在古代车马很慢，书信传递耗时较久，因而人与人之间的情感也更加珍贵。不知由于多少等待，红颜变成白发，守候成了传说。如今，随时可拨通的手机让交流变得更加简单迅速，但其中的情感却显得浅薄而平淡了。古人寄托在青鸟身上的情感是有温度的，那种迫切和焦急，现如今已经逐渐消失在随身携带的通信设备中了，而青鸟传书的美好传说也只能自泛黄的纸堆中搜寻，在字句艰涩的诗词中寻找了。

其间旦暮闻何物？杜鹃啼血猿哀鸣

百紫千红过了春，杜鹃声苦不堪闻。却解啼教春小住，风雨。空山招得海棠魂。

一似蜀宫当日女，无数。猩猩血染赭罗巾。毕竟花开谁作主？记取。大都花属惜花人。

这首咏物词《定风波·杜鹃花》是南宋豪放派词人辛弃疾所写，这首词的前两句写杜鹃花的怨苦，"百紫千红过了春"写众芳摇落的景象；"声苦"和"不堪闻"两个词语，把杜鹃鸣声凄厉，日夜不止，以至啼血的怨恨与悲苦描写出来。而杜鹃花为何悲鸣的结果则在接下来的三句中明确指出：杜鹃花想让春"小住"，"却解"二字，就是将杜鹃人格化了。杜鹃是多情的，所以即便风横雨狂，残红狼藉之时，也要为幽居空谷的海棠招魂。

辛弃疾在词的上阕，说到的杜鹃和海棠，都曾出现在宋代的一本花谱类著作集大成者《全芳备祖》中，在这本书的前集卷十六"杜鹃花"部取为"乐府祖"，前集卷七"海棠"部则引苏轼诗说："江城地瘴蕃草木，只有名花苦幽独。嫣然一笑竹篱间，桃李漫山总粗俗。

也知造物有深意，故遣佳人在空谷"，在这首词中把海棠比作幽居空谷的佳人。所以，辛弃疾继续引用了海棠和杜鹃的意象。

词的下阕与杜鹃是蜀王杜宇所化的传说有关。辛弃疾根据这个传说，便联想起蜀王宫中有许多宫女，宫女们身披"猩猩血染赭罗巾""嫔嫱左右如花红"，而杜鹃花恰恰与之相似。"毕竟花开谁作主"？提出了一个发人深思的问题，而后以"大都花属惜花人"作答、作结，很容易使人联想起"士为知己者死，女为悦己者容"。有句话说，美丽的花儿是为了惜花之人而开放的，因为只有惜花之人才能懂得花的美丽之处。辛弃疾的这首词写出了对花的爱怜，又有一定的哲理在其中。

杜鹃俗称布谷，又叫子规、杜宇、望帝。唐代诗人白居易在《琵琶行》中有"其间且暮闻何物？杜鹃啼血猿哀鸣"的句子，与辛弃疾"杜鹃声苦不堪闻"涉及同一个典故"杜鹃啼血"。

最早记载"杜鹃"的应该首推春秋时期的《禽经》，这本书中提到蜀王杜宇化为杜鹃鸟的故事。到了晋代，文学家张华为汉代李膺的《蜀志》作注说："望帝称王于蜀，得荆州人鳖灵，便立以为相。后数岁，望帝以其功高，禅位于鳖灵，号曰开明氏。望帝修道，处西山而隐，化为杜鹃鸟，或云化为杜宇鸟，亦曰子规鸟，至春则啼，闻者凄恻。"这里面所说的"望帝"就是蜀王杜宇。明代李时珍《本草纲目》引唐陈藏器《本草拾遗》云："人言此鸟，啼至血出乃止。"故有"杜鹃啼血"之说。

《太平御览》援引《蜀王本纪》说，时值商朝末年，在今成都温江万春镇境内有条马坝河，此河深不见底。这条河两岸的百姓都喜好水，靠打鱼为生。临河部落的大王常常鱼肉百姓，部落里叫杜宇的中年人便带领百姓推翻了残暴大王的统治，重新建立了政权，杜宇号称"望帝"。

当时蜀地的三峡一带尚处淤塞，四川盆地是一个近乎全封闭的围嶂。巴蜀人民终年挣扎在避水逃难中，身为望帝的杜宇虽然竭尽心力，筑堤开堰，但是依旧不能平息灾难，杜宇为此忧心忡忡。

后来从下游湖北地区来了一个叫鳖灵的人。他胸怀大志，胆识过人，才华出众。杜宇十分欣赏他，就任命他为相。鳖灵担任蜀相之后，主持政务，兴利除弊，还成功治理了水患，在民众中也建立了很高的威望。望帝杜宇见状，便按照当时的惯例，主动把君主之位禅让给了鳖灵。鳖灵成为蜀地新的君主，号"开明"，又称为"丛帝"。

望帝杜宇禅位以后，就成了闲居老人，自然是难免有一些惆怅。太平的日子没过多久，就传来了流言。流言纷纷说杜宇是因为羞愧才让位的。杜宇没想到自己好心好意地禅位却受人诬蔑，加上原本就上了年纪，又在长期的为政中殚精竭虑，损害了健康，受此打击，很快便一病不起，含恨逝去。

杜宇死后，他的魂魄化身为鸟，暮春苦啼，以致口中流血，声音十分凄切。人们见此鸟嘴上有一块红斑，认为它是苦啼而流出的鲜血，又想到了望帝杜宇，便将此鸟称为"杜鹃"；他至死都未忘记他的人民，每到春天，他都在山中呼唤"布谷""快快布谷"，以提醒人们及时播种，因此人们又称杜鹃鸟为布谷鸟。而这个时候，也正是杜鹃花开放之时。

因为这个典故，杜鹃鸟的别称很多，如"望帝、望帝魂、杜宇、杜宇魂、杜魄、杜宇魄、蜀王魄、蜀帝魂、蜀魄、蜀魂、蜀鹃"等。后人遂用"望帝啼鹃"比喻冤魂的悲鸣；用"杜鹃啼血、子规啼血"等指杜鹃鸟的哀鸣，并表哀怨、愁思之意。

唐代诗人李白在《蜀道难》中有"但见悲鸟号古木，雄飞雌从绕林间。又闻子规啼月夜，愁空山"的句子；杜甫在《杜鹃》诗中写"杜鹃暮春至，哀哀叫其间。我见常再拜，重是古帝魂。"李商隐在《锦瑟》诗中有"庄生晓梦迷蝴蝶，望帝春心托杜鹃"，在《燕台四首·夏》中有"蜀魂寂寞有伴未，几夜瘴花开木棉。"李中在《暮春吟怀寄姚端先辈》中有"庄梦断时灯欲烬，蜀魂啼处酒初醒。"的句子，这些都来源于"杜鹃啼血"的典故。

到了宋代，王令在《送春》中有"三月残花落更开，小檐日日燕飞来。子规夜半犹啼血，不信东风唤不回。"秦观在《踏莎行》有"可堪孤馆闭春寒，杜鹃声里斜阳暮。"词人刘克庄在《忆秦娥》词中有"枝头杜宇啼成血，陌上杨柳吹成雪。吹成雪，淡烟疏雨，江南三月。"

此外，南唐进士成彦雄写过《杜鹃花》一诗：

　　杜鹃花与鸟，怨艳两何赊。

疑是口中血，滴成枝上花。

一声寒食夜，数朵野僧家。

谢豹出不出，日迟迟又斜。

"杜鹃花与鸟，怨艳两何赊。疑是口中血，滴成枝上花。"杜鹃高歌之时，正是杜鹃花盛开之际，所以又有杜鹃花的颜色是杜鹃鸟啼血染成之说。

即便从现代科学的角度看，杜宇化鸟不可信，但是杜鹃为催人"布谷"而啼得口干舌苦，唇裂血出，这种认真负责的精神也值得历代文人传颂。许多无以言明的牵肠挂肚、满怀忧愤都可以通过"杜鹃啼血"展现出来，那些看似漫不经心，信手拈来的诗句，未写悲痛而悲痛自见，不着凄凉而凄凉自显。

在天愿为比翼鸟，在地愿为连理枝

清时难屡得，嘉会不可常。

天地无终极，人命若朝霜。

愿得展嬿婉，我友之朔方。

亲昵并集送，置酒此河阳。

中馈岂独薄？宾饮不尽觞。

爱至望苦深，岂不愧中肠？

山川阻且远，别促会日长。

愿为比翼鸟，施翮起高翔。

这首诗是《送应氏二首》中的第二首，作者是"独占八斗才"的曹植。建安十六年（211年）七月，曹植随其父曹操西征马超，途经洛阳，在洛阳他见到了当时颇负诗名的应氏兄弟应玚、应璩二人，应氏兄弟旋将有北方之行，亲交故旧为他们设宴饯行。

这首诗的最后一句"愿为比翼鸟，施翮起高翔"表达了曹植恋恋不舍的分别心情。比翼鸟是传说中的鹣鹣，只有一只眼、一只翅膀，所以一定要两只鸟在一起才能飞。"比翼鸟"这个原形在现有文献中，最早记录于先秦时期。《尔雅·释地》:"东方有比目鱼焉,不比不行,其名谓之鲽;南方有比翼鸟焉,不比不飞,其名谓之鹣鹣。"在《山海经·海南经》中,有如下记载:"比翼鸟在(结匈国)其东,其为鸟清、赤,两鸟比翼。一曰南山东。"《博物志余》讲得更为详细:"南方有比翼鸟,飞止饮啄,不相分离……死而复生,必在一处。"在这里比翼鸟被当作一种奇异的动物,并没有典故的预示意义。

从曹植开始,比翼鸟有了意象,用以象征好友,兄弟、亲友事业共进的意思。《博物志余》中比翼鸟有了表达夫妻不相分离、生死相依的特性,其实让比翼鸟成为表达爱情千古名句的应该是从白居易的《长恨歌》开始,"在天愿作比翼鸟,在地愿为连理枝",这种恩爱夫妻的心理很契合,不管面对生活中的任何困难,两个人都生死相依,不离不弃。

三国至唐宋时期的诗词名句中,不时能寻见作者借"比翼鸟"意象抒发其匹配成双的愿望。三国魏时期,曹植在《释思赋》中写"况同生之义绝,重背亲而为疏。乐鸳鸯之同池,羡比翼之共林",此联可谓"比翼鸟"喻友情的名句。另外,三国魏晋时期比翼鸟作为一个新生的文学意象,其象征意义是泛指一种相伴相依的深厚感情,并没有特指爱情,比如晋代文学家陆机在《拟西北有高楼诗》中"不怨伫立久,但愿歌者欢;思驾归鸿羽,比翼双飞翰。"也是如此。

唐代诗人长孙佐辅在《关山月》中有"去岁照同行,比翼复连形。今宵照独立,顾影自茕茕。"南宋绍熙元年进士刘宰曾写过一首

《石翁姥》:

采石江头风昼息，掀天雪浪平如席。沿崖小泊客心宽，攀萝曾看望夫石。天涯望断人不归，露寒犹想泪沾衣。争似石翁携石姥，年年对峙夹闺道。人归人去我何心，雨沐风餐人自老。比翼鸟，连理枝。年多物化徒尔为，长生殿里知不知。

"翁姥"指的是夫妇，石翁姥也就是石头夫妇。这里面引用了白居易的《长恨歌》，比如"比翼鸟，连理枝"，再如最后一句"长生殿里知不知"。南宋诗人俞桂写有一首《古意》，引用了"比翼鸟"这个典故，其中也是表达爱情的，如下：

无言情脉脉，美人久相隔。

道阻修且长，春草几番碧。

凤钗冷鬓云，鸾镜轻云幂。

昔为比翼鸟，今作孤飞翮。

愁绝寄郎衣，腰瘦裁宜窄。

尽管比翼鸟"不比不飞"的特点源于传说，中国的民众还是把它当作吉祥物。比如将其比喻为和美的夫妇。《全唐诗》中记录了一首佚名的《新林驿女吟示欧阳训(生飞虫)》，诗篇短小精致，感情充沛：

月明阶悄悄，影只腰身小。

谁是骞翔人，愿为比翼鸟。

等到元明戏曲杂剧，也贯穿着不少"比翼鸟"意象以形容成双完满的姻缘。

延续至今，婚姻对联中以比翼鸟入对，寓意吉祥如意，代指和谐圆满夫妻关系以及刻骨铭心爱情的更是比比皆是，比如"地阔天高，比翼齐翔；海枯石烂，同心永结""云路高翔比翼鸟，龙池涤种并头莲"。

"比翼鸟"已作为一个典型的意象，通常包含着美满团圆、成双成对的希望，又或者通过"比翼鸟"的成双比对来反衬自身的形单影只，由古至今被人们所普遍运用。在中国的古老观念中，鸟和草木一直与春天、生命和情爱相连，"比翼齐飞"这种神话色彩的忠贞之鸟，也必然是要附会一定的预兆和感情色彩的，也是中国象征思维的一个缩影。

红雁在云鱼在水，惆怅此情难寄

鸿雁于飞，肃肃其羽。之子于征，劬劳于野。爰及矜人，哀此鳏寡。

鸿雁于飞，集于中泽。之子于垣，百堵皆作。虽则劬劳，其究安宅。

鸿雁于飞，哀鸣嗷嗷。维此哲人，谓我劬劳。维彼愚人，谓我宣骄。

《小雅·鸿雁》是中国古代第一部诗歌总集《诗经》中的一首诗。这是一首"饥者歌其食，劳者歌其事"的现实主义诗作。全诗分三章，每章均以"鸿雁"起兴，并借以自喻。第一章写出行野外；第二章写工地筑墙；第三章表述哀怨。关于这首诗的主题背景，历代说法不一。有人认为是赞美周宣王的，也有人认为是流民自述悲苦的，也有人认为是周王派遣使者到各处救济流民的。所以，此诗应当作于周厉王或周宣王时期。

这首诗中的"鸿雁"后来演变成"哀鸿"一词，主要是表现流民流离失所，痛苦奔波的诗句。后来，"鸿雁"逐步成为书信的代称，主要来源于两个传说故事。

在《汉书·苏武传》中记载，汉武帝天汉元年（公元前100年），匈奴出新单于，汉武帝为了表示友好，派遣汉朝使臣中郎将苏武率领一百多人出使匈奴，并带了许多财物。在苏武完成任务准备返回汉朝的时候，匈奴的政权上层发生了内乱，苏武一行人受到了牵连，被扣留，并要求他背叛汉朝。苏武不肯就范，单于便将他流放到北海（今贝加尔湖）无人区牧羊。

苏武在人迹罕至的贝加尔湖边放羊，长达19年之久。这期间汉武帝去世了，他的儿子汉昭帝继承了皇位，当初囚禁他的匈奴单于也去世了。后来，汉朝的使者在匈奴地区得知苏武依然健在，便要求单于放了他，并说汉朝的天子在上林苑中射到一只大雁，雁的脚上系着帛书，帛书中清楚地写着苏武在北方的沼泽之中。单于没有办法抵赖，只好把苏武等九人送还。这就是"鸿雁传书"的故事。

"鸿雁传书"的意象，一时被传为美谈，成为古时人们思念、乡愁的一种寄托。虽然在汉唐时期，鸿雁可能一次书信也不曾传递过，然而人们仍然称其为"雁使"，称信使为"雁足"。南宋末年，有一只鸿雁真的充当了蒙古国信大使，"元使郝经出使宋，被禁于真州(今江苏仪征)16年，后得一雁，手书帛书，系之雁足，而纵之"元世祖忽必烈果然收到这封书信，见书恻然良久，遂决意南伐。这封"雁足书"后珍藏于元朝秘书监，即北京元大都的皇家档案馆。

早在1897年大清邮政发行的普通邮票中，便有"飞雁"的形象。历代均有咏"雁"之诗，常用"鸿燕""雁书""雁足""鱼

雁"等指书信、音讯。西汉才女蔡文姬的《胡笳十八拍》："雁
南归兮欲寄边声，雁北归兮为得汉音。雁飞高兮邈难寻，空断肠
兮思暗暗"；晚唐诗人李商隐《离思》："朔雁传书绝，湘篁染泪
多"；宋代才女李清照的《一剪梅》："云中谁寄锦书来？雁字回
时，月满西楼"等等。

唐代大诗人杜甫写过一首思念李白的诗作《天末怀李白》，表达
了对李白的深切牵挂和怀念同情：

> 凉风起天末，君子意如何。鸿雁几时到，江湖秋水多。
>
> 文章憎命达，魑魅喜人过。应共冤魂语，投诗赠汨罗。

挚友遇赦，急盼音讯，故问"鸿雁几时到"，希望远道而来的
鸿雁能够带来友人的消息，杜甫对李白的关切之情溢于言表，真是
情真意切。晚清官员、著名文史学家李慈铭说："楚天实多恨之乡，
秋水乃怀人之物。"悠悠远隔，望消息而不可得；茫茫江湖，唯寄
语以祈珍摄。然而鸿雁不到，江湖多险，一种苍茫惆怅之感，袭人
心灵。

唐代诗人王湾在《次北固山下》中有"海日生残夜，江春入旧
年。乡书何处达，归雁洛阳边"的句子，表达了怀亲之情，期盼托鸿
雁传书；宋代词人晏殊在《清平乐》中写"红笺小字，说尽平生意。
鸿雁在云鱼在水，惆怅此情难寄。"另外，还有以鸿雁寄托游子羁旅
伤感之情的诗词，比如，唐代诗人刘禹锡《秋风引》：

> 何处秋风至？萧萧送雁群。

朝来入庭树，孤客最先闻。

前两句，以"何处秋风至？"就题发问，引出耳听萧萧风声、目见随风而来的雁群，表达作者因遭长时期的贬谪而产生强烈的羁旅之情和思归之心。后两句"朝来入庭树，孤客最先闻"，把笔触从秋空中的"雁群"移向庭院中的"庭树"，由远而近，步步换景，由此触发独在异乡的"孤客"的思乡之情。

另外，鸿雁是候鸟，春秋迁徙。在古诗词中，诗人们也常常取鸿雁春秋迁徙，来表达自己一生漂泊，没有依靠，比喻人生遭遇凄凉悲苦。比如宋代文学家苏轼的《卜算子·黄州定慧院寓居作》：

缺月挂疏桐，漏断人初静。谁见幽人独往来，缥缈孤鸿影。

惊起却回头，有恨无人省。拣尽寒枝不肯栖，寂寞沙洲冷。

这首词是苏轼被贬黄州时期写的，此词上阕写鸿见人，下阕写人见鸿，借月夜孤鸿这一形象托物寓怀，表达了词人孤高自许、蔑视流俗的心。以缥缈的"孤鸿"喻"幽人"，孤鸿惊恐不安，心怀幽恨，拣尽寒枝，都不肯栖息，只得归宿于荒冷的沙洲，这正是苏轼贬居黄州时心情与处境的写照。

在古诗词中，诗人也取鸿雁翱翔于天际，自由自在，比喻一种超然于物外的人生境界。比如李白在《宣州谢朓楼饯别校书叔云》中写"长风万里送秋雁，对此可以酣高楼""俱怀逸兴壮思飞，欲上青天揽明月。"面对万里长风送南归的鸿雁，这是一种怎样的逍遥自在。在谢朓楼上开怀畅饮，那满腹的豪情逸兴，飞跃的神思想要腾空而上，去摘取那皎洁的明月，这里诗人是寄托着一种怎样的生活理想。

中国古典诗歌不喜浅露，讲究含蓄，每每托物言志，借景抒情。"鸿雁"的意象多种多样，一定要在古诗词中进行多维的解读。

嵩云秦树久离居，双鲤迢迢一纸书

嵩云秦树久离居，双鲤迢迢一纸书。

休问梁园旧宾客，茂陵秋雨病相如。

这首《寄令狐郎中》是会昌五年（845年）秋天，李商隐闲居洛阳时，回寄给在长安的旧友令狐绹的一首诗。令狐绹当时任右司郎中，所以题称"寄令狐郎中"。

"嵩云秦树"化用杜甫《春日忆李白》的名句："渭北春天树，江东日暮云。""双鲤迢迢一纸书"则是说令狐绹从远方寄信给自己，双鲤，这句话出自古乐府《饮马长城窟行》中的"客从远方来，遗我双鲤鱼。呼童烹鲤鱼，中有尺素书。"后两句中提到的"梁园"以及"相如"说的是《史记·司马相如列传》，司马相如曾经是梁孝王的宾客，梁园是梁孝王的宫苑。此处诗人以"梁园旧宾客"自比，李商隐曾三次居住在令狐绹的父亲令狐楚的幕下，得到了令狐楚的赏识，还曾得到过令狐绹的推荐而登第。最后以"茂陵秋雨病相如"来说明自己常感闲居生活的寂寞无聊。

"鲤鱼传书"，这个典故出自汉乐府民歌《饮马长城窟行》，主要记载了秦始皇修长城，强征大量男丁服役而造成妻离子散，多抒发妻子思念丈夫的离情。

青青河畔草，绵绵思远道。远道不可思，宿昔梦见之。

梦见在我傍，忽觉在他乡。他乡各异县，辗转不相见。

枯桑知天风，海水知天寒。入门各自媚，谁肯相为言。

客从远方来，遗我双鲤鱼。呼儿烹鲤鱼，中有尺素书。

长跪读素书，书中竟何如。上言加餐食，下言长相忆。

这首烹鱼得书的民歌演绎出了鲤鱼传书的故事。而这个故事在《史记》中也曾有过记载：早在周灭商之前，传说姜太公在渭水边垂钓的时候，曾经捕获了一条鲤鱼。姜太公收拾鱼的时候，在鱼的肚子里发现了一封信，信中预告他以后将被封在某地。后来，姜太公辅佐周武王灭商建周后，果然被封在了那里。而这垂钓处就位于西周发祥地周原（今岐山、扶风）南边的宝鸡市磻溪河畔。

"客从远方来，遗我双鲤鱼"，这句诗中的"双鲤鱼"并不是真的指两条鲤鱼，而是指用两块板拼起来的一条木刻鲤鱼。在东汉蔡伦发明造纸术之前，没有现在用的信封和信纸，古代尺素（用绢帛书写，通常长一尺）或者用竹简、木牍。然后将信夹在两块木板里，而这两块木板被刻成了鲤鱼的形状，便成了诗中的"双鲤鱼"了。

这个作为"信封"的两块鲤鱼形木板合在一起，用绳子在木板上的三道线槽内缠绕三圈，再穿过一个方孔缚住，在打结的地方用极细的黏土封好，然后在黏土上盖上玺印，就成了"封泥"，这样可以防止在送信途中信件被私拆。这种鲤鱼形状的信封沿袭很久，一直到唐代还有仿制，唐代用丝帛写好书信后，也习惯上结成鲤鱼形状。

"鱼传尺素"这个典故流传开来，在后世文学中影响也尤其大，比如唐代诗人王昌龄有诗曰："手携双鲤鱼，目送千里雁。"唐代诗人孟浩然的诗《送王大校书》："尺书如不吝，还望鲤鱼传。"唐代诗人李白《赠汉阳辅录事》："汉口双鱼白锦鳞，令传尺素报情人。"后来也有将"鸿雁传书"和"鲤鱼传书"结合在一起，又被称为"鱼雁传书"，比如晏殊《清平乐》"鸿雁在云鱼在水，惆怅此情难寄。"

最为著名的莫过于北宋著名词人秦观的《踏莎行·郴州旅舍》：

雾失楼台，月迷津渡，桃源望断无寻处。可堪孤馆闭春寒，杜鹃声里斜阳暮。

驿寄梅花，鱼传尺素，砌成此恨无重数。郴江幸自绕郴山，为谁流下潇湘去？

这首词大约作于绍圣四年（1097年）春三月，秦观作为"苏门四学士"之一，在苏轼受到贾易的弹劾之后，也附带被弹劾。秦观先被贬杭州通判，再贬监州酒税，后又被罗织罪名贬谪郴州，削去所有官爵和俸禄；又贬横州，此词是在离开郴州前所作。

据说，秦观得知自己附带被弹劾时，曾找有关台谏官疏通。这样的失态做法，使得苏轼兄弟的政治操行遭到了政敌的攻讦。因此，苏轼和秦观的关系发生了微妙的变化。甚至有人认为这首《踏莎行》的下阕，很有可能就是秦观在流放的岁月中，通过同门友人黄庭坚，向苏轼所作的曲折表白。

唐代诗人张若虚那篇"以孤篇压倒全唐"的《春江花月夜》中也有两句："鸿雁长飞光不度，鱼龙潜跃水成文。"这里的鱼的含义是书信，鱼在水中自由自在地游动，十分容易让人联想起送信，在这里鱼被赋予了一种沟通的功能。

另外，"双鲤鱼"出现在一些文学作品中，也有其他意象，比如，《敦煌曲子词·鱼游春水》："凤箫声绝沆孤雁，望断清波无双鲤。云山万重，寸心千里。"字面上好像是清波上无双鲤跳跃，其实是指千里之外，烟波浩渺，音信全无。清人宋琬《喜周华岑见过》："不见伊人久，曾贻双鲤鱼。"写的也是睹物（双鲤鱼）思人。

古代的"尺牍书"很笨重，需要两个身强力壮的武士才能送到宫中去；后来的"尺素书"虽然轻便，但是不能"飞入寻常百姓家"，纸的发明使得书信进入了一个新的阶段，安史之乱时期，贫苦的石壕村妇人就能够凭借"一男附书至"，从而得知战场上孩子的讯息。

如今，依托互联网的电子邮件、手机信息、视频电话等通讯方式，使得人们的联系和交往更加方便快捷。然而，即便是信息快速发展的今天，纸质书信的古老方式却没有磨灭，虽然有电话和电脑等设备，但是收到纸质书信的那种幸福感觉，仍然是现代设备所不能"拷贝"的。

双燕复双燕，双飞令人羡

双燕复双燕，双飞令人羡。玉楼珠阁不独栖，金窗绣户长相见。

柏梁失火去，因入吴王宫。吴宫又焚荡，雏尽巢亦空。

憔悴一身在，孀雌忆故雄。双飞难再得，伤我寸心中。

这首《琴曲歌辞·双燕离》的作者是李白，柏梁台的遗址在今天的西安，是汉武帝时著名的宫殿，后被大火烧毁。汉朝吴楚七国曾经叛乱，后被平定。此诗以汉代宫中美人的口吻诉说当年与君王在一起的幸福，感叹离开君王后飘零的哀伤。李白早年游学四方，胸怀大志，中年入朝为官又被赐金放还，晚年的生活略显落魄。此诗也是托古讽今的自叹。

燕儿燕儿相追逐，双双飞舞，令人羡慕。玉楼珠阁上从不独栖，金窗绣户里终日长相见。因柏梁台失火而飞去，飞入吴王的宫殿。哪想到吴王宫中也遭遇战乱被焚烧抢掠，燕去屋空。可怜现在只剩下一只孤独的雌燕，回忆着从前的雄燕。那双飞的幸福日子很难再有了，只留下哀伤在我的心中。

许多候鸟都具有不弃旧主的特征，燕子也是如此，它秋去春来，唯恋旧主。关于燕子的意象来源有很多，最初燕子作为一种吉祥的象征，常常用于婚姻祝福。在《诗经·国风·燕燕》中："燕燕于飞，下上其音。之子于归，远送于南。"燕子雌雄颉颃，有飞则相随的习性，《燕颂》中"翩翩玄鸟，载飞载扬。颉颃庭宇，遂集我堂。衔泥啄草，造作室房"，双燕犹如人间的夫妻，萧纲《春日诗》有"燕作同心飞"，强化了双燕爱情的意象。

有时候，文人也将燕子的迁徙往来，寄寓感叹历史的悲凉情绪，比如唐代诗人刘禹锡的《乌衣巷》：

朱雀桥边野草花，乌衣巷口夕阳斜。

旧时王谢堂前燕，飞入寻常百姓家。

在这首诗中，燕子的意象被赋予了感叹时空的新内涵，年年此时归来的燕子，见证了历史的变迁。

南宋词人史达祖以燕为词，在《双双燕·咏燕》中写道："还相雕梁藻井，又软语商量不定。飘然快拂花梢，翠尾分开红影。"尽态极妍，形神俱似。春天阳光明媚灿烂，燕子娇小可爱，文人又多愁善感，当春天逝去之时，诗人们自会伤感无限，所以宋代词人欧阳修在《采桑子》中慨叹："笙歌散尽游人去，始觉春空。垂下帘栊，双燕归来细雨中"。而元代杂剧家乔吉在《水仙子》中的"燕藏春衔向谁家，莺老羞寻伴，风寒懒报衙（采蜜），啼煞饥鸦"更是将这种凄惨与彷徨体现得淋漓尽致。

鉴赏古诗离不开意象，意象作为诗人抒怀的一种凭借，是古典诗词百花园里五彩缤纷的娇艳花朵。花鸟虫鱼，无不入文人笔下，飞禽走兽，莫不显诗人才情。每一枝娇艳的花朵随风摇曳，无不香气袭人。像雁啼悲秋，猿鸣沾裳，鱼传尺素，蝉寄高远，燕子的栖息不定，留给了诗人丰富的想象空间，或漂泊流浪，或伤感无限。或许现如今燕子已不仅仅是燕子，它已经成为中华民族传统文化的象征，融入每一个炎黄子孙的血液中。

金乌海底初飞来，朱辉散射青霞开

月里金乌报晓，日中玉兔方眠。谁知万法倒颠颠。此理非深非浅。

认得元初这个，须明无事真禅。人人有分性周圆，只为使他不转。

这首《西江月·月里金乌报晓》是金末元初时期著名全真道士尹志平所写，古人认为，日中有金乌，月中有玉兔。而在这首词中，月亮里的三足乌鸦报晓，太阳里的玉兔刚睡着。金乌报晓是本义，本应在太阳里出现的三足乌鸦，出现在月亮里；而为众人所熟知的月亮上的玉兔，在本词中出现在太阳里。用这两种不可能出现的事物与原本事物颠倒的现象，引出下面的"万法倒颠颠"。

这首词中的"金乌报晓"也通常与成语"东兔西乌"一样，被使用在各种文体中。金乌是中国古代神话中的神鸟，也称金乌、阳乌，三足。在出土的汉代画像砖上常有三足乌出现，它居于西王母座位的旁边，是为西王母取食之鸟。汉代王充在《论衡·说日》："日中有三足乌，月中有兔、蟾蜍。"相传古人看见太阳黑子，认为是会飞的黑色的鸟——乌鸦，但是为了区别普通的乌鸦，便加一足特殊辨认，称为三足金乌，简称金乌。太阳是至阳之物，月亮为至阴之物。男性为阳，比女性多一部分，金乌比乌鸦多一足，其色为赤金。三足玉蟾象征着月亮，就如同女性为阴，比男性少一部分，所以玉蟾比普通蟾蜍少一足。

传说此鸟为日之精，居日中。我们所熟知的后羿射日的传说就是这个典故的来源。后羿射日的传说出自《山海经》《书·尧典》《十州记》《淮南子》《天问》等著作中。

传说，上古帝尧时代，大地出现了严重的旱灾。炎热烤焦了森林，烘干了大地，晒干了禾苗草木。原来，帝俊与羲和生了10个孩子都是太阳，他们住在东方海外，海水中有棵大树叫扶桑。10个太阳睡在枝条的底下，轮流跑出来在天空执勤，照耀大地，但他们一齐出来却给人类带来了灾难。

帝尧向天帝祷告，请求援救，天帝就派了后羿来帮助帝尧。后羿是擅长射箭的神人，当后羿辞别天帝的时候，天帝曾赐给他一张红色的弓和一个白色的箭袋，袋里装满了箭。为了拯救人类，后羿取出天帝所赐的弓箭对准天空中的十个太阳之一，嗖的一箭，射了出去。

起初，后羿射出的箭没什么动静，等过了一会儿，只见被射中的那个太阳猛地爆裂开来，火光乱迸，纷纷散落下一些金色的羽毛来。之后又轰然一声，掉下了一团红亮的东西。人们跑过去一看，原来是一只硕大无比的金黄色的三足乌鸦，身上还插着后羿的那支神箭。人们再次抬头望向天空，果然天空中少了一个太阳，人们不禁同声欢呼，额手称庆。

后羿看到人们的欢呼，十分得意。于是接连拿出第二支箭、第三支箭，第四支箭……人们的欢呼声接连不断。再望一望天上，果然少了很多个太阳，这个时候，空气立刻转冷，焦旱枯干的灾难，眼看就要解除了。帝尧也很高兴，但是当他看到天空中只剩一个太阳的时候，再看看后羿，正是兴致勃勃之时，似乎还没有射够。当看到后羿抽出箭袋里最后一支箭的时候，帝尧立马提醒了后羿，要留下一个太阳，否则这个世界就只有黑暗了。

在我国的远古时代，"三足乌"是历代君王们奉为祥瑞之兆的座上宾。从汉代开始，文学作品中"三足乌"就逐渐被赋予了慈孝的伦理色彩，比如晋代文学家崔豹的《古今注·鸟兽》中也说："有虞至孝，三足集其庭；曾参锄瓜，三足萃其冠"。此后一直到唐代，"金乌"都是太阳的象征。比如，唐代诗人杜甫《岳麓山道林二寺行》诗："莲花交以响共命鸟，金榜双回三足乌。"仇兆鳌注引黄生曰："三足乌，即日也。"贾岛的《游仙》中："借得孤鹤骑，高近金乌飞。"贯休《古意》中"阳乌烁万物，草木怀春思。"

而在宋词中，常常是金乌、玉兔连用，这种组合在宋词中已然形成了典型化和符号化，意义上也更深化了，常常抒发时光飞逝、生命短暂的感慨，饱含凄凉、悲哀之情。比如，北宋末年著名道士，正一天师道第三十代天师张继先在《鹧鸪天·岁月如驰乌兔飞》中写"岁月如驰乌兔飞。情怀著酒强支持。"在《沁园春·急急修行》中有"难留住，那金乌箭疾，玉兔梭飞。"南宋词人，平反岳飞冤案的史浩曾在《鹊桥仙·金乌玉兔》这首词中写"金乌玉兔，时当几望，只是光明相与。"

词人们流露出对时光飞逝的哀叹，体现了宋人惜时如金的品格。宋代的文人比唐代人忧患意识要强烈很多，由于政治上所实行的重内轻外，也使得宋代人的生活是封闭的，而不是开放式，性格是内向型而不是外露的。宋代的文人少了唐代的那种张扬个性，但却培养出了更多敏感的词人，哪怕一丝风吹草动，都能引起文人们强烈的感情冲动和深沉的人生感悟，所以宋代才有秦观和晏几道这种，被称作"古之伤心人"的文人。

词承载着宋代文人们幽深细婉的情绪，他们对时光的感受十分敏感，比如，张抡在《阮郎归·金乌玉兔最无情》中说：

金乌玉兔最无情。驱驰不暂停。春光才去又朱明。年华只暗惊。

须省悟，莫劳神。朱颜不再新。灭除妄想养天真。管无寒暑侵。

岁月的流动常常引发诗人的无限感叹，并进而引发他们对自身价值的思考。浮生百岁，如白驹过隙，倏然而逝。

另外，宋元时期，"金乌"在大量的诗词中仍然被用来象征太阳。比如北宋著名理学家，道士邵雍的《梅花诗》云"古曜半升箕斗隐。金乌起灭海山头。"宋代诗人释绍昙《偈颂一百零二首》中"放出金乌出海门，且听歌舞乐丰年"之句；元代冯尊师的《苏武慢·绝粒停厨》中有"开启朱扉，跃出金乌，飞入玉蟾宫里。"无名氏的《西江月·学道先明玄牝》中有"月下擒来玉兔，海中捉出金鸟乌。"

《邶风·北风》中有"莫赤匪狐，莫黑匪乌。"的句子，在古代民间传说中，乌鸦啼叫一直被视为一种不祥的征兆，诗人们也曾以赤狐乌黑来象征妖异不祥。在神话中"金乌"是神鸟，代表太阳。先民们将对太阳的崇拜赋予了乌鸦，这可真的是让乌鸦"飞上枝头变凤凰"了。

大鹏一日同风起，扶摇直上九万里

大鹏飞兮振八裔，中天摧兮力不济。

馀风激兮万世，游扶桑兮挂石袂。

后人得之传此，仲尼亡兮谁为出涕。

这首《临路歌》是唐代诗人李白所写。从李白的诗集中可以看到，李白受老庄思想影响比较深，常常以大鹏鸟自比，而这首诗的前两句，似乎也概括了李白的生平。大鹏展翅远举，振动了四面八方，飞到半空中却翅膀折断，无力翱翔。这两句诗似乎隐含着李白受诏入京，却在长安遭受了挫折。而这句诗与项羽在《垓下歌》中的"力拔山兮气盖世，时不利兮骓不逝。"那种无限苍凉又感慨激昂的感情十分相似。

李白这首诗中，用了好几个典故，比如"游扶桑兮挂石袂"这句，扶桑是神话传说中的大树，生在太阳升起的地方。古人喜欢将太阳象征君主，而"游扶桑"即指到了皇帝身边。而最后一句诗中，则是用孔子泣麟的典故。传说麒麟是一种象征祥瑞的异兽。哀公十四年，鲁国猎获一只麒麟，孔子认为麒麟出非其时而被猎获，非常难受。

这首诗也是李白慨叹当今之世没有知音，空有远大的理想和政治抱负，无处实现的沉闷心情。

关于此诗中所说的"大鹏"鸟的典故，想必很多人都知道，来源于《庄子集释》卷一上《内篇·逍遥游》中，"北冥有鱼，其名为鲲。鲲之大，不知其几千里也。化而为鸟，其名为鹏。鹏之背，不知其几千里也；怒而飞，其翼若垂天之云。""大鹏"的意象最早也是出自先秦时期的庄子著作《逍遥游》，即便在《逍遥游》中，庄子将大鹏的来源归为《齐谐》，然而这种志怪书是否真实存在，还缺乏资料佐证。

大鹏，按照《词源》"鸟"部称，是传说中最大的鸟；许慎《说文解字》卷七第四篇上"鸟"部中是这样解释的："朋，亦古文凤。"自从《逍遥游》中大鹏鸟的伟岸强大形象受到广泛认知后，文人们便赋予大鹏鸟一股挣脱羁绊、追求自由、光明执着的精神，唐代大诗人李白曾三次运用"大鹏鸟"的意象抒发情怀，除了《临路歌》以外，就是他年轻时写的《上李邕》：

大鹏一日同风起，扶摇直上九万里。假令风歇时下来，犹能簸却沧溟水。

世人见我恒殊调，闻余大言皆冷笑。宣父犹能畏后生，丈夫未可轻年少。

李邕当时任渝州刺史，性格非常自负，且不喜欢提拔后辈。年轻的李白谒见李邕，不拘俗礼，高谈阔论，纵谈王霸。李白的行为让李邕很不高兴，而李邕的态度也让李白颇为不满，于是便有了这首诗。虽然也有史学家分析，两人并没有彼此不满，还成了忘年交。

有猜测引起不满的诗句是下半部分，世人见我与众不同，都以为我只会说空话，于是就嘲笑我。孔子曾说："后生可畏，焉知来者之不如今也"，可别轻视年轻人啊！这首诗也表达了李白像大鹏鸟一样，想要扶摇直上九万里，想要建功立业的抱负。

与李白同时代的现实主义诗人杜甫，不但以"大鹏"自诩，而且更喜欢以"大鹏"来鼓励人。当时剑南节度使严武应诏赴京时，杜甫就作《奉送严公入朝十韵》一诗："南图回羽翮，北极捧星辰。"来赞美严武是振翅南回的大鹏。

宋代诗人与唐代文人相似，通常用"大鹏"自喻或者喻人。豪放派词人苏轼《再送蒋颖叔帅熙河二首》其一云："使君九万击鹏鲲，肯为阳关一断魂"表达了建功立业的希望，晚年又在《次韵郭功甫观予画雪雀有感二首》其一云："九万里风安税驾，云鹏今悔不卑飞。"追忆年轻时的凌云之志。南宋诗人陆游心怀北伐壮志，在《南省宿直》诗中云："犹喜眼中多壮观，时看云海化鲲鹏。"在《南堂默坐》中云"大鹏一举九万程，下视海内徒营营。"

与陆游一样，豪放派词人辛弃疾笔下的"大鹏"也是渴望建功立业的民族英雄写照，充满了爱国之志。他在《满江红·建康史帅致道席上赋》中写"鹏翼垂空，笑人世、苍然无物。又还向、九重深处，玉阶山立。"婉约派词人李清照的词向来以凄清柔婉著称，但是她在

《渔家傲·记梦》中云："九万里风鹏正举"，也表达了自己对理想抱负的热切追求。

很多文学作品中，并没有直接出现"大鹏"二字，而是通过"抟风""抟空""九万""图南""南图"等一些词，表达了大鹏扶摇直上九万里的意象。比如，杜甫的《赠崔十三评事公辅》中有"骞腾坐可致，九万起于斯。"在《送杨六判官使西蕃》中有"归来权可取，九万一朝抟。"晚唐诗人李商隐的《东下三旬苦于风土马上戏作》中有"天池辽阔谁相待，日日虚乘九万风。"钱起的《送李大夫赴广州》中有"图南不可御，惆怅守薄暮。"

历代诗人纷纷选取"大鹏"作为审美对象，而选取大鹏的审美价值就在于它的精神内涵，能够鼓舞人们奋发不息地去追求、奋斗，期望大鹏不愿受世俗羁绊和追求身心自由的精神永远流传。

精卫衔微木，将以填沧海

精卫衔微木，将以填沧海。

刑天舞干戚，猛志固常在。

同物既无虑，化去不复悔。

徒设在昔心，良辰讵可待。

这首《读山海经·其十》是东晋南朝宋初期诗人陶渊明所写，诗的前四句概括了精卫和刑天的神话故事，后面的四句叹惋精卫、刑天徒存昔日之志，却没有等到复仇雪恨的时机。这首诗寄托了诗人壮志难酬的深沉感慨，悲壮又优美。

"精卫填海"这个故事源自《山海经·北山经》，后来衍生出各种版本，还出现了演义小说，但是在诗词作品中，诗人们还是本着原典故的情节，来表达自己锲而不舍的精神和宏伟的志向。

传说，太阳神"炎帝"有个女儿，名叫女娃。炎帝每天到东海指挥太阳东升西落，没有时间陪伴女娃，女娃就自己跑到东海边去看日出。当看到霞光万丈、光芒四射，一轮红日从海面上跳出来时，她高兴极了。她在东海里很快活地游泳，越游越远，不料一阵风浪袭来，女娃被大海吞噬了。她沉入了东海，再也没有游上来。

女娃虽死，但是她的精魂没有死。她怨恨海中的恶浪，她的精灵化成了小鸟。头上的野花化作了鸟儿头部的花纹，脚上的红鞋变成了红爪，她发誓要填没东海。为了壮大自己的力量，精卫与海燕结成配偶，繁衍后代，让自己的精神世世代代流传，以继承填海的事业，直到把大海填平为止。从此，精卫和海燕生下的孩子，雌燕就像精卫，雄燕就像海燕。

精卫填海的事情惊动了天神，水神共工很佩服精卫的精神，于是就降下洪水，将高原的泥沙冲进大海，把海水搅黄了，于是东海北部发黄的海域叫作黄海。当大海发现自己有被填平的危险时，便赶紧采取了措施，把那些泥沙用潮汐推向岸边，泥沙便在岸边沉淀下来，形成了海涂。海涂慢慢变厚，就被人们围起来，改造成了良田。人们也没有忘记良田是精卫填海带来的，就教育子子孙孙，世世代代要爱鸟、护鸟，并学习精卫矢志不渝朝自己目标奋斗的精神。精卫后来也被人们称作"冤禽""誓鸟""志鸟""帝女雀"等。

唐代诗人王建曾写过一首《精卫词》，赞扬精卫坚忍不拔的壮志，以及奋斗到底的毅力，如下：

> 精卫谁教尔填海，海边石子青磊磊。
>
> 但得海水作枯池，海中鱼龙何所为。
>
> 口穿岂为空衔石，山中草木无全枝。
>
> 朝在树头暮海里，飞多羽折时堕水。

高山未尽海未平，愿我身死子还生。

这首诗基本上还原了"精卫填海"的过程，表达了要像"弱小而倔强的精卫鸟一样，孜孜不倦、一石一木地建造理想的根基"。

受中国传统文化影响，很多诗人在诗词中引用精卫，也是从儒家思想的角度出发。在表现反抗精神、人定胜天等精神品质时，精卫就成了这种崇高精神的代名词。比如明末清初的夏完淳，在《精卫·北风荡天地》诗中写道：

北风荡天地，有鸟鸣空林。

志长羽翼短，衔石随浮沈。

崇山日以高，沧海日以深。

愧非补天匹，延颈振哀音。

辛苦徒自力，慷慨谁为心？

滔滔东逝波，劳劳成古今。

在国家处于危难之际，精卫的反抗精神是诗中反复吟咏的主题，精卫也成了具有崇高自我牺牲精神的殉道者。

有些时候，精卫也是悲剧性人物的代表，代表着有劳无功，古代失意文人常常用精卫来表达自己的一己之悲，表现壮志难酬的愤慨和无奈，比如唐代诗人岑参《精卫》诗，如下：

负剑出北门，乘桴适东溟。

一鸟海上飞，云是帝女灵。

玉颜溺水死，精卫空为名。

怨积徒有志，力微竟不成。

西山木石尽，巨壑何时平。

盛唐诗人李白也曾有过这种感情，在《来日大难》中有"思填东海，强衔一木"的句子。

宋代词人晏殊在《七夕》这首词中，巧妙地将两个传说融合起来，乌鹊动作的迟缓，无形中减少了牛郎织女相会的时光，如果用精卫填海的志向去填银河，银河也总有填平的一天吧。

云幕无多斗柄移，鹊慵乌慢得桥迟。

若教精卫填河汉，一水还应有尽时。

提出"天下兴亡，匹夫有责"的清代思想家顾炎武也曾写过一首《精卫》：

万事有不平，尔何空自苦。长将一寸身，衔木到终古？

我愿平东海，身沉心不改。大海无平期，我心无绝时。

呜呼！君不见，西山衔木众鸟多，鹊来燕去自成窠。

这首诗是说，我知道这个世界上万事万物都不是均衡的，你何必要自寻烦恼。凭借着你这径寸之身，就算能长生不老，也无法将汪洋大海填平。我决意要填平这汪洋大海，即便身沉大海，填海之心也不会改变。如果大海填不平，我填海的决心就不会终止。教人伤心啊！你没看见吗？那西山上的鸟雀们都在各忙各的，为自己铸造安乐的巢穴呢！

这首诗既表露了作者反清复明的决心，同时也渗透了区区一己之身，势单力薄。最后又对为了利益"西山衔木众鸟多，鹊来燕去自成窠"表达了不满和无奈。

人生有太多难以填平的大海，有太多推而又落的巨石；生命的沉重部分远远多于轻松，苦难远远超越欢愉。但若有精卫挑战命运的精神，有"吾魂兮无求永生，竭尽兮人事之所不能"，虽然看似徒劳，但这过程本身也不失为一种幸福。

闹蛾雪柳添妆束，烛龙火树争驰逐

烛龙栖寒门，光曜犹旦开。日月照之何不及此？惟有北风号怒天上来。

燕山雪花大如席，片片吹落轩辕台。幽州思妇十二月，停歌罢笑双蛾摧。

倚门望行人，念君长城苦寒良可哀。别时提剑救边去，遗此虎文金鞞靫。

中有一双白羽箭，蜘蛛结网生尘埃。箭空在，人今战死不复回。

不忍见此物，焚之已成灰。黄河捧土尚可塞，北风雨雪恨难裁。

——李白《北风行》

《北风行》这首新乐府，是一首乐府"时景曲"调名，是由唐代"诗仙"李白所写。这一篇《北风行》将李白不拘一格的创新文学形式和奇思妙想，以及气势壮阔的意境全部糅合在一起，非常有代表性。

《北风行》的首句便借助于神话传说，"烛龙栖寒门，光曜犹旦开"引用《淮南子·坠形训》中的故事："烛龙在雁门北，蔽于委羽之山，不见日，其神人面龙身而无足。"接着作者便描写北方的阴寒景象。尤其是"燕山雪花大如席",用极其夸张的手法描写北方大雪纷飞的苦寒景象,充满了李白大气独特的艺术风格,寒冷被描写到极致。李白大刀阔斧,将旧时题材,点石成金,熔铸出新的寓意更为深刻,也融入了李白独特的气概和奇幻的妙想。

传说,在上古时期出现了四条威风凛凛的神龙,就连天上的神仙见了它们都要绕路走,绝不是受天庭管辖的四海龙王可以相提并论的。这四条神龙分别是冰夷、五爪金龙、烛龙和应龙。它们一旦出现就会伴随着阵阵雷鸣和惊涛骇浪,场面无比震撼。

而其中位居四大神龙之首的便是烛龙。据说烛龙是盘古开天辟地后,混沌中孕育出的神兽。它的别名是烛阴,为中国古代神话中的钟山之神。根据《山海经》中记载,烛龙是人脸蛇身的怪物,红色的皮肤,住在北方的极寒之地。它身长千里,睁开眼睛就是白昼,闭上眼睛就是夜晚。它呼气为夏天,吹气为冬天,能够呼风唤雨。

烛龙虽然强悍无比,但是却不是长寿体质,死后力量被帝俊的十子获得,成了太阳金乌。

在中国的诗歌史上,屈原大概算得上第一位热情讴歌太阳光明的诗人。他在《九歌·东君》中描绘了日出的壮观景象:"暾将出兮东方,照吾槛兮扶桑。抚余马兮安驱,夜皎皎兮既明。"古人还传说,"西北方有幽飞冥无日之国,有龙衔烛而照之。"又传说太阳下山时,"有若木开红花照之"。于是,屈原在《天问》中对此发出了疑问:"日安不到,烛龙何照?羲和之未扬,若华何光?"

那么，这么神奇的"烛龙"到底是什么呢？其实，"烛龙"是苍龙星宿。根据它的一些特性，我们可以推断"烛龙"与冬夏的季节交替有关，与苍龙星一致；"烛龙"是蛇身，而苍龙也是蛇身；"烛龙"在西北方，苍龙星也是如此。

历朝历代的诗文中，有很多"烛龙"的影子出现。南北朝时期，南齐著名诗人谢朓有一首《杂咏·灯》：

> 发翠斜溪里，蓄宝宕山峰。
>
> 抽茎类仙掌，衔光似烛龙。
>
> 飞蛾再三绕，轻花四五重。
>
> 孤对相思夕，空照舞衣缝。

这是一首标准的咏物诗，又仿佛是一首微型赋。诗中列举了一系列歌咏对象的物质特征，也描述了"灯"不寻常的传奇性起源。其中"抽茎类仙掌，衔光似烛龙。"之句，把灯比作神话中的烛龙。诗的第三联开始降低修辞的夸张效果，为结尾做出准备：一个孤独的夜晚，满怀无法排遣的忧思。

也就是说，诗人喜欢引用"烛龙"这种神话中的动物，描写"火光""太阳"以及其他光亮的东西。唐朝时期，社会稳定，国力强盛。所以文人的诗文极富想象力，写法也十分夸张，用典故也十分大胆。唐代著名山水田园派诗人孟浩然在《同张将蓟门观灯》中引用了"烛龙"，将异乡的火树比喻成烛龙，全诗如下：

> 异俗非乡俗，新年改故年。

> 蓟门看火树，疑是烛龙燃。

这首诗简单明了，说的是人在外地，风俗跟家乡的风俗不一样，新年与旧年也不同。在蓟门看烟火，怀疑是烛龙燃起来了。

唐代李邕有一首《日赋》，也同样引用了烛龙的典故，其中还涉及了"踆乌"。"烛龙照灼以首事，踆乌奋迅而演成。"这首《日赋》就是写太阳的，也说明中国古代天文学家观测到太阳的细微变化，而"踆乌"，就是太阳黑子的形象。

晚唐五代诗人韩偓在《元夜即席》诗中写："桂兔韬光云叶重，烛龙衔耀月轮明。"唐代僧鸾在《苦热行》中写："烛龙衔火飞天地，平陆无风海波沸。"烛龙这个神龙的频繁出现，体现了唐代诗人的浪漫想象，也说明烛龙在唐朝时期有明确的指向。

到了宋朝时期，宋代的文人承袭了"烛龙"的用法。比如，梅尧臣有《上元从主人登尚书省东楼》诗，旁观京城节日的繁华喧闹，全诗如下：

> 阊阖前临万岁山，烛龙衔火夜珠还。
>
> 高楼迥出星辰里，曲盖遥瞻紫翠间。
>
> 辒辌车声碾明月，参差莲焰竞红颜。
>
> 谁教言语如鹦鹉，便著金龙密锁关。

这些诗无一例外地写出了"烛龙衔火烛龙燃"的景象，主要表现的还是灯火的闪耀和光明。而在众多诗词中，才女朱淑真写"夜月"引用"烛龙"，显得格外的特别。

朱淑真的《忆秦娥·正月初六日夜月》，写出来月的形态，弯弯曲曲如玉钩，写法新颖而独特，全词如下：

弯弯曲。新年新月钩寒玉。钩寒玉。凤鞋儿小，翠眉儿蹙。闹蛾雪柳添妆束。

烛龙火树争驰逐。争驰逐，元宵三五，不如初六。

从这首词中的"钩寒玉""凤鞋儿""翠眉儿"等词，都能看出作者的想象力，这弯弯的一轮新年的新月，如钩似玉，地上的人儿着凤纹绣鞋，裹着纤纤细足，翡翠般的柳叶眉似笑还颦。盛装女子头上插着闹蛾（中国古代汉族妇女的一种头饰，用丝绸或乌金纸为花或草虫之形，然后用色彩画上须子、翅纹而成），发间镶嵌着雪柳（珍珠绣线菊别称），火树银花，烛龙劲舞，驰骋追逐。而这驰骋追逐的盛况，即便在十五元宵之夜，也远不如这正月初六。这首词中还透露了一个小细节，宋朝似乎在正月初六就开始燃灯了。

现如今，烛龙也依然存在，只不过由古人的诗词中，进入了高科技的游戏中。在打发闲暇的日子里，玩一局游戏时，能否想到通体赤红，吐着火的烛龙，除了神龙的身份之外，还有哪些传说故事？那些隐藏在书本中的诗词，能够让烛龙的文化意象再一次进入大众的视野中吗？

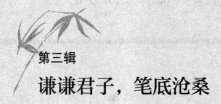

第三辑

谦谦君子，笔底沧桑

将心比心，乃有相知。

诗人与自己倾心的历史人物，穿越浩荡历史，达成"将心比心"的精神交流——或是如"廉颇老矣、尚能饭否"，用古人的经历人生来抒发现世感慨，在孤寂无可与之言者的情况下寻找精神上的共鸣；或是如"遥想公瑾当年，小乔初嫁了"，让自己的精神穿越到古代，去设身处地感受诗人所向往的当年的人、情、事、景。

正因为此，诗词中用人物典故，便不仅限于叙事，更是用典故来表述自己的内心，同时又往往夹杂着对历史人物的向往、倾心、崇拜或者认可。因此，小小一典，往往寓意非凡，回味无穷。

何事潘郎恋别筵？欢情未断妾心悬

徐邈能中酒圣贤。刘伶席地幕青天。潘郎白璧为谁连。

无可奈何新白发，不如归去旧青山。恨无人借买山钱。

这首《浣溪沙·徐邈能中酒圣贤》是北宋文学家苏轼的一首词，作于宋神宗元丰七年（1084年）三月。词的上阕赞扬了徐邈能识酒的清浊，醉而不问公事的洒脱气质；刘伶隐居乡间，简从陋出和贤明旷达；潘岳貌美才盛，与谁合称"白璧"。其实这里所写的魏晋时期的徐、刘、潘三贤与当时宋朝的徐得之、刘唐年、潘大临三贤同姓偶合，表达了苏轼向慕贤明，追求旷达的处世观。

词的下阕直抒胸臆，欲回朝不成，真做隐士又无奈的仕宦观。"无可奈何新白发，不如归去旧青山。"也点明了苏轼"无可奈何"的处境和"新白发"的衰老生命。

这首词中所提到的潘郎，想必人人知晓，就是"貌比潘安"这个词语中的潘安。潘安就是西晋文坛三大家之一的潘岳，字安仁，有"古代第一美男子"之称。潘岳字安仁，应该称为潘安仁，为何被称为潘安呢？原因有二，一说"他性轻躁，趋于世利，与石崇等诌事贾谥，每候其出，辄望尘而拜。"人们觉得他对不起那个"仁"字，便称为潘安；另一说是唐代大诗人杜甫曾写一首《花底》诗，诗中有"恐是潘安县，堪留卫玠车"的缘故，后人便简称他为潘安。

潘安的美貌到底有多大的感染力？人们常说"貌比潘安，才比子建"。我们知道，曹植以才华出众为世人所称誉，南北朝时期杰出诗人谢灵运曾言："天下才有一石，曹子建独占八斗，我得一斗，天下共分一斗。"能与才高八斗的曹植相提并论，"掷果盈车"的潘安的相貌也是世人公认的。

潘安有多美，年轻时驾车走在街上，连老妇人都为之倾倒，将水果抛到潘安的车里，都将车装满了。相比之下，文学家左思则有些让人同情。左思长相难看，学潘安到处游逛，结果女人们都向他吐唾沫、丢石子，弄得他垂头丧气——魏晋时期的人爱美的方式真是直观，毫不顾忌当事人的心情。

潘安的容貌到底有多美，古书都是惜墨如金。《晋书》里写他："美姿仪。"刘孝标注引的《潘岳别传》云："姿容甚美，风仪闲畅。"《世说新语》记载为："妙有姿容，好神情。"《文心雕龙》中写有："潘岳，少有容止"。就像"断臂的维纳斯"，因为不能真实见到他的样貌，所以后世的文学中便可以随意想象他的样子。梁朝的简文帝借潘安掷果的故事，写过一首《洛阳道》的诗：

> 洛阳佳丽所，大道满春光。游童时挟弹，蚕妾始提筐。
>
> 金鞍照龙马，罗袂拂春桑。玉车争晓入，潘果溢高箱。

这首诗再现了当时洛阳帝都里，那融融春日下采桑的少妇和骑马的少年真实的生活场景。那种繁华和美好，被永远定格在一片诗情画意中，至今读来仍然令人心驰神往。

唐朝诗人司空图在一首《冯燕歌》的诗中，曾这样写道：

掷果潘郎谁不慕？朱门别见红妆露。

故故推门掩不开，似教欧轧传言语。

这首诗运用"潘郎"的典故，从侧面形象生动地刻画出了魏中少年侠客冯燕当年的翩翩美姿。

潘安除了"掷果盈车"这个典故，还有"潘鬓"这个典故。这个典故来源于潘安那篇《秋兴赋》，他在这篇赋的序中曾写道："晋十有四年，余春秋三十有二，始见二毛。"二毛的含义是指除黑发之外的白头之色。另外原文中还有"斑鬓彭以承弁兮，素发飒以垂领"的句子，此后文人就以"潘鬓""短鬓"等词，来形容人到中年时鬓发初白的样子，此典多用于白发悲秋之感。比如，宋史达祖《夜行船》词："白发潘郎宽沈带，怕看山，忆他眉黛。"

北宋参与制造"乌台诗案"的舒亶曾写过一首《蝶恋花·深炷熏炉扃小院》的词："相见争如初不见。短鬓潘郎，斗觉年华换。"而与他相对的苏轼也曾引用过这个典故，在《南歌子》一词中，有"凭仗挽回潘鬓、莫教秋"的句子；南唐后主李煜的《破阵子》中有"一旦归为臣虏，沈腰潘鬓消磨"的句子。

另外，潘安还有檀奴、檀郎之称，所以，诗词中看到"檀郎"或者"檀奴",指的也是潘安。李煜在《一斛珠》这首词中曾写过"烂嚼红茸,笑向檀郎唾"的句子,将男女相互挑逗的场景写得极其生动、形象,逼真传神。南宋词人、书法家张孝祥的《浣溪沙》中有:"纤纤玉指动抨床。低头伴不顾檀郎。"苏门四学士之一的张耒在《失调名》中有"手把合欢彩索,殷勤微笑殢檀郎。"

潘安不仅貌美,且文采斐然,可以说是才貌双全。《晋书》中称"潘岳以才颖见称,乡邑号为神童","总角辩惠,文藻清艳",在当时就有"岳藻如江,濯美锦而增绚"的美誉。文学作品中常用"陆才如海,潘才如江"来形容潘安与陆机。潘安的诗歌名列钟嵘《二十四诗品》上品,同时他也是西晋著名文学、政治团体"金谷二十四友"之首。潘安的作品《悼亡诗》是中国文学史悼亡题材的开先河之作,历代被推为第一。

潘安这样一位貌美才高的男子,即便历史的风沙盖过多少风流人物,也无法掩盖他留给人们的惊艳传说;即便在当今这个"颜值即正义"的时代,他的名字依然如雷贯耳。能够得到"貌比潘安"的评价,依旧是肯定颜值的最高评价。潘安的清俊风骨响彻了魏晋时代,在历史的烟云中,也留给后人无尽的想象与长长的喟叹。

刘郎已恨蓬山远，更隔蓬山一万重

来是空言去绝踪，月斜楼上五更钟。

梦为远别啼难唤，书被催成墨未浓。

蜡照半笼金翡翠，麝熏微度绣芙蓉。

刘郎已恨蓬山远，更隔蓬山一万重！

这首《无题》诗是晚唐诗人李商隐的作品，是一首思念心上人的情诗。诗的首句幽怨便凌空而起：分别时，你说如期再来的话已经是空话，到头来是一去不返、无踪无影。接着写月光斜照楼阁传来报晓的五更钟声。梦里为伤心远别啼泣，难以唤醒。醒来急切地写信没等墨汁研浓。残烛半照绣有翡翠的帷帐，炉中熏香笼罩在芙蓉褥子上。刘郎已经怨恨蓬莱山的遥远，如今你我相隔，比那蓬莱山还要远上一万重。

这首诗中最后一句提到的"刘郎"，指的是东汉人刘晨。这个典故来源于南朝宋文学家刘义庆所写的志怪小说《幽明录》。这部志怪小说中有一个"刘阮遇仙"的故事，说的是东汉明帝永平五年（公元62年），剡县刘晨、阮肇两人一起去天台山采药（谷皮），期间迷路而找不到归路。经过十三天的时间，带的干粮被吃光了，又累又饿就快死了。

在无计可施之时，两人遥望山上，发现有棵桃树，桃子长得大且多，于是便顺着藤蔓攀援到山上吃桃子，等到体力补充完之后，就又下山继续寻找回家的路。他们二人沿着小溪走，并以茶杯取水喝，竟然发现溪水中有胡麻饭粒。二人想溪中若有胡麻饭，山中必定有人家。于是二人顺着小溪走，遇到了溪边的两位女子。

两位女子资质妙绝，看到刘阮二人手持茶杯，便笑着说："刘、阮二郎为何来晚也？"刘阮二人虽然惊讶女子知晓二人的姓名，但还是没有迟疑，接受两位女子的邀请，去了她们的家。走进家门，房内有绛罗帐，帐角上挂着金铃，金银交错，还有几名婢女。在餐桌吃饭时，发现桌上有胡麻饭、山羊脯、牛肉，菜肴相当丰富，又有美酒，还有吹拉弹唱的伴奏。

热热闹闹地吃完饭，几位侍女捧着桃子，笑着说："二位贵婿随我来。"二人各随侍女进入一个房间，与二位仙女结为夫妻。过了十天，刘晨与阮肇二人要求回乡，仙女则不同意，苦苦挽留半年。等到春天的时候，百鸟啼鸣，万物复苏，两人更加思乡，请求回家。二位仙女终于允许他们回去，并指点了回去的路途。刘阮二人回去之后却找不到自家的旧址，到处打听，结果在一个小孩子的口中听到，长辈传说祖翁入山采药，因迷路而不得归。原来刘阮二人在山上半年，山下已经到了第七世即晋太元八年（公元388年）。没有了老家，两人只得返回采药处寻找仙女，结果在溪边踱来踱去，怎么也找不到那两位仙女了。

这个故事其实并没有什么怪异色彩，与"王质烂柯"类似，表达了人们对美好仙境的向往，对充满罪恶的现实世界的厌恶与鄙弃，政治色彩浓厚。同时故事对超凡入圣的仙女的描写，也充满了对爱情的渴望。

刘晨、阮肇入天台山遇仙女的故事曾广为流传，不仅在《幽明录》中有记载，在《搜神记》《搜神后记》《列异传》等古书籍中，都有相同的故事。后世文学作品用这个典故，常称去而复来的人为"前度刘郎"。

这个美丽的传说故事，让后人浮想联翩。唐代诗人曹唐为此写下了《刘晨阮肇游天台》《刘阮洞中遇仙子》《仙子送刘阮出洞》《仙子洞中有怀刘阮》《刘阮再到天台不复见仙子》等内容相接的组诗，其中《刘阮再到天台不复见仙子》一诗，表现了诗人对这个故事结尾的遗憾和追忆：

再到天台访玉真，青苔白石已成尘。

笙歌冥寞闲深洞，云鹤萧条绝旧邻。

草树总非前度色，烟霞不似昔年春。

桃花流水依然在，不见当时劝酒人。

桃花流水依旧，而当年劝酒的仙子却早已不知去向。诗中将刘阮二人回山寻亲不见故人的惆怅之情诉说得恰到好处。而在《仙子洞中有怀刘阮》这首诗中，又将仙女怀念郎君之情描述得淋漓尽致，相思浓郁：

> 不将清瑟理霓裳，尘梦那知鹤梦长。
>
> 洞里有天春寂寂，人间无路月茫茫。
>
> 玉沙瑶草连溪碧，流水桃花满涧香。
>
> 晓露风灯零落尽，此生无处访刘郎。

"刘阮遇仙"的典故还衍生出很多词牌，比如《如梦令》《洞仙歌》《阮郎归》《天仙子》《桃源忆故人》等。后来五代时期的后唐庄宗李存勖还根据这个故事，自创了词牌《忆仙姿》，这也就是后来被易名的《如梦令》。

如梦如幻，一场人与仙的邂逅，虽然浪漫美好，却最终因人的离开，而成了千古憾事。或许也有后人如《桃花源记》中的人一样，去寻找过溪边的仙女，只可惜此路难寻，只能看到落花寂寂与流水潺潺。

若无江氏五色笔，争奈河阳一县花

晚醉题诗赠物华，罢吟还醉忘归家。

若无江氏五色笔，争奈河阳一县花。

这首《县中恼饮席》诗同样是酷爱用典的晚唐诗人李商隐所作，这首诗中运用了多个典故，"若无江氏五色笔"说的是"江郎才尽"的江淹，"五色笔"就是传说中有法力的仙笔，而"河阳一县花"说的是"貌比潘安"的潘安。

自古以来，"江郎"一词在文人的笔下就没有消停过，关于古诗词中的"江郎"典故，说的并不是一个人，而是三个不同的人。当然，最为人所熟知的便是南朝著名文学家江淹。江淹留给后人的不是一个风流倜傥的才子形象，而是一个才思枯竭的老人身影。虽然在南朝的辞赋家中按座次排名，江淹要坐头把交椅，但是"江郎才尽"这个词却成了他身上难以撕掉的标签。

江淹一辈子可以概括为：官场失意，文坛得意；官场得意，文坛失意。官场、文场都得意，此事古难全，在后人绵绵无尽的惋惜与无情冰冷的"开涮"中，没有多少人知道江淹一生经历了早年丧父，中年丧子丧妻，晚年又丧女的人生变故。

南朝是个辞赋兴盛的年代，江淹的《恨赋》与《别赋》被誉为千古奇文，是历来传诵不衰的经典之作，清代学者何焯赞为"杰作绝思"。著名武侠小说家金庸在《神雕侠侣》中，写过与小龙女分别十六年，自创出了一套"黯然销魂掌。"此掌名就是出自江淹《别赋》的首句："黯然销魂者，唯别而已矣"。

一个能够写出千古奇文的人为何会突然才思枯竭，这其中一定有隐情。一说因他官做得太大，事务繁忙，没有精力专心创作，所以才写不出好文章了；另一说他更聪明了，只是没有用在文学上。因怕当权者妒忌，谎称才尽以保全自己。其实，江郎才尽之事无论真假，他的才华都是无可置疑的。

明朝才子王稚登在送别其好友曹学佺入京时，写了一首《送曹能始进士北上》，诗中将曹学佺比作是掷果盈车的潘安和妙笔生花的江淹，全诗如下：

风流蕴藉更才华，年少成名乍起家。

银瓷青丝吴市酒，竹炉纱帽建溪茶。

车同潘令人人果，笔似江郎夜夜花。

去觅江东二三子，帝京明月醉琵琶。

被誉为清初诗坛领袖、一代诗宗的王士禛，曾为亡妻张氏写了二十六首《悼亡诗》，其间流露出的真挚情感，令读者唏嘘不已。在第二十五首诗中，他引用了"江郎"之典：

锦瑟年华西逝波，寻思往事奈君何。

若为乞得江郎笔，应较文通《恨赋》多。

佳人已逝，再无踪迹可寻。以往的事情全部在脑海中日夜回放。如果我也能够得到一支江郎的五彩笔，那我一定比他书写的遗恨还要多。

说完了这个"一朝才尽千古叹"的江郎，我们再说化为"三爿石"的江郎。位于今天浙江省衢州市江山石门镇内，有个景观叫"江郎山"。相传很久以前，金纯山脚江郎乡住着一户勤劳善良的庄户人家——江氏三兄弟。兄弟三人供养一个老娘，大哥打猎，二哥种地，三弟读书，日子过得很闲适。

这个山附近有个海口，从这里一直通到东海龙宫。龙宫中有个海公主，时常从海口出来玩。公主看到凡间男耕女织，夫妻恩爱，十分向往这样的生活。

有一天，美丽的海公主乘风来到这烟雾缥缈的金纯山上，慧眼望去，便看到了憨厚、诚实、英俊的三兄弟正在田间劳作，于是她翩然而至。海公主和三兄弟讲了龙宫的故事，三兄弟分享给她人间的趣事，一来二去，彼此产生了感情。龙王见海公主外出迟迟不归，又从虾兵蟹将那里知道海公主与凡人产生了感情，于是震怒，强制海公主离开。

海公主走后，三兄弟心中无比惆怅，茶饭不思，日日站在高山之巅守望海公主，天长日久，江氏三兄弟化身为三爿巨石耸立在金纯山上。从此，金纯山改叫江郎山，三爿巨石分别为郎峰、亚峰和灵峰。

这个传说有多个版本，都是江氏三兄弟与仙女的爱情传说。唐朝大诗人白居易曾游历江郎山，被这段美丽的神话爱情故事深深感动，并留下了一首《江郎山》诗：

> 林虑双童长不食，江郎三子梦还家。
>
> 安得此身生羽翼，与君来往共烟霞。

诗中的"林虑双童"是指隋朝卢太翼曾避难于林虑山，与弟子以岩为庐，欲修成不食人间烟火的神仙。江氏三兄弟就是传说中的江郎、江亚、江灵。最后两句写道，如若能够生得一双翅膀，与你一同往返天上人间。诗人浪漫的情怀展现得淋漓尽致，与神仙一起快乐逍遥，何乐而不为也？

现代文学巨匠郁达夫就曾写有《江郎"望妻石"》一诗，说的也是关于江氏三兄弟的美丽爱情传说：

> 阿奴生小爱梳妆，屋住兰舟梦亦香。
>
> 望煞江郎三片石，九姑东去不还乡。

最后一个"江郎"，说的是《世说新语·江虨娶妻》中的江虨。这个故事说，诸葛恢的女儿诸葛文彪嫁给了太尉庾亮的儿子庾会，可惜庾会被苏峻杀害，于是诸葛文彪便发誓守寡不再改嫁。由于诸葛文彪的性格非常方正刚强，因此也没有媒人上门。

江虨是当时颇有身份的文人兼围棋高手，诸葛恢有意将诸葛文彪再嫁江虨。于是先写信给庾亮告知此事，庾亮答复说："令爱还年轻，本来就该改嫁。"于是，诸葛恢与江彪商量，并让他在诸葛家的附近悄悄潜伏下来。之后，诸葛恢对诸葛文彪说要搬家，但是一个马车坐不下，便留下一个婢女和诸葛文彪做伴，说过几天之后再来接她。

诸葛一家人一起离开，只留下诸葛文彪和婢女，诸葛文彪察觉不对，但是已经不能出去了。江彪来到她的居室之前，诸葛文彪知道了这个事情，气得又哭又骂。江彪十分沉得住气，既不离开，也不恼怒，而是睡在诸葛文彪对面的床上。过了几天，诸葛文彪见江彪言行举止斯文得体，又不像是轻薄小人，便不再哭闹了。

江彪见诸葛文彪逐渐平静，他先是假装睡着，接着故意做起了噩梦。他长时间不醒，口中又胡言乱语，呼吸急促。诸葛文彪不知道江彪是假睡，心想他这样做噩梦，会有损身体健康，便催促身边的婢女将江彪唤醒。没想到江彪却跳起来，凑到诸葛文彪的身边说："我原来是天下间普通的男子，说梦话与你有什么关系，何必把我叫醒呢？既然你关心我，就不能不和我说话。"诸葛文彪听江彪的这一番话，顿感惭愧，低头不语。后来，两个人的感情日渐深厚，终于结成了夫妻。

《儒林外史》的作者吴敬梓，一生豁达不喜功名。年轻时日夜与友倾酒歌呼，晚年时便沦落成"可怜犹剩典衣钱"的悲惨境况。他少年丧母，青年丧父，中年丧妻，三十岁的那年作《减字木兰花》八首，其中第六首是写给病逝的妻子陶氏的，就化用了"江郎"这个典故：

闺中人逝，取冷中庭伤往事。买得厨娘，消尽衣边荀令香。

愁来览镜，憔悴二毛生两鬓。欲觅良缘，谁唤江郎一觉眠？

　　他回忆了服侍病妻的情景，感到眼下"买得"的"厨娘"也不能替代"闺中人"；又想再娶，但此时已届中年，功名不就，囊中渐空，有谁愿意嫁给他呢？其中"取冷中庭"指的是三国时期的情痴——荀奉倩。一年冬天，荀奉倩的妻子生病发烧，他便赤身跑到院子里让风雪吹冷自己的身体，然后再跑回来抱着妻子，帮她降温退烧。纳兰性德的词中也曾写过"不辞冰雪为卿热"，说的也是这个典故。

　　"荀令香"说的是荀奉倩的父亲荀彧，其年轻时酷爱熏香，但凡他待过的地方，香气会三日不绝。"二毛"则是上文中提到的潘安的白发。最后一句的江郎，用的正是江彪的典故。

　　三位"江郎"留给了我们无尽的遐想，也给后代的文人墨客留下了太多的感叹。历史的尘埃再一次覆盖，三位江郎或许都没有走远。

待将满抱中秋月，分付萧郎万首诗

公子王孙逐后尘，绿珠垂泪滴罗巾。

侯门一入深似海，从此萧郎是路人。

这首《赠婢》是唐朝元和年间秀才崔郊所写，虽然有公孙王子的竞相追逐，貌美女子的眼泪仍旧滴湿了罗巾。一旦进入这幽深如海的高墙大院，曾经的情郎也就成了陌路之人。

诗中最后两句很是经典，但崔郊何以自谓"萧郎"？若翻看《全唐诗》，便会发现，许多爱情诗中的女主人公所思慕的恋人都叫"萧郎"，唐以后的宋、明、清也都有这种用法，而唐以前则未见这种用法。那么，"萧郎"一词缘何被当作"情郎"来用？

"萧郎"一般有两种说法，一种说法源于汉代刘向的《列仙传》讲述的是秦穆公故事；一种说法是指梁武帝萧衍，他是南朝梁的建立者，风流多才。萧郎后来成为诗词中习惯用语，一般用来指代女子所爱慕的男子。

《列仙传》和《昭明文选》中曾写，萧史（亦写作箫史）是春秋时期秦穆公时期的人，他隐居在华山的明星崖采药炼丹，修道成仙。

他吹得一手好箫，箫声能吸引孔雀和白鹤飞来驻足观赏。

当时的"春秋五霸"之一的秦穆公，有个女儿叫弄玉，年方十五，姿容绝世，是一个吹笙的高手。她住的凤楼中，常常传出凤凰般的鸣叫，其实是她美妙的笙声。

一天晚上，弄玉又坐在凤楼中吹笙，她的笙声轻柔似一缕青烟，飘向天边。过了一会儿，弄玉隐约中听见星空中似乎有一缕箫声传来，正与自己的笙声和鸣。弄玉心想："不知这吹箫的是何人也？如果是个男人，我一定要嫁给他。"

后来，弄玉回房睡觉便做了一个梦。梦中有一个英俊的少年，吹着箫，骑着一只彩凤翩翩而至。少年对弄玉说："我叫萧史，住在华山，我很喜欢吹箫，因为听到你吹笙，特地来这里和你交个朋友。"说完，他就开始吹箫，箫声优美，弄玉听得芳心暗许，于是拿出了笙与他合奏。

可是这个甜蜜的梦还是醒了，弄玉醒来后对梦中那个俊美少年念念不忘，不久就得了相思病。秦穆公知道了女儿的心事后，便派人去华山寻找这位梦中人。没想到还真的找到了一位名叫萧史，会吹箫的少年。等弄玉见到萧史的时候，她的病就全好了，因为这正是她梦中的少年啊！

此后，萧史和弄玉结为夫妻，两人经常在一起箫笙和鸣，引得天上的凤凰都飞来观看。此后，他们生活的地方被人们称为"凤城"，就是今天陕西的凤翔县。成语"吹箫引凤""鸾凤和鸣""乘龙

快婿""神仙眷属"也是由此而来。《忆秦娥》和《凤凰台上忆吹箫》
这两个词牌，也是根据这个典故产生的。

南朝陈时期的著名文学家江总曾写过一首《箫史曲》，说的就
是这个典故：

> 弄玉秦家女，箫史仙处童。
>
> 来时兔月满，去后凤楼空。
>
> 密笑开还敛，浮声咽更通。
>
> 相期红粉色，飞向紫烟中。

后世文人开始在诗词中大量运用这个典故，"萧郎"是女子对情
人的爱称。比如，在朱淑真出嫁之前，写下了这首《秋日偶成》：

> 初合双鬟学画眉，未知心事属他谁？
>
> 待将满抱中秋月，分付萧郎万首诗。

在这首诗里，朱淑真说自己的少女时代就要结束了，可我还不知
道所嫁的夫婿是一个什么样的人。她希望能嫁个能诗能文，温文尔雅
的才子，两人能诗书唱和，有着共同的爱好和情趣。

宋朝获有"词俊"之名的朱敦儒曾写过一首《柳梢青·季女生
日》：

> 秋光正洁。仙家瑞草，黄花初发。物外高情，天然雅致，清标
> 偏别。
>
> 仙翁笑酌金杯，庆儿女、团圆喜悦。嫁与萧郎，凤凰台上，长生
> 风月。

这首词中的"萧郎"指的就是萧史，但凡诗词中出现的"萧郎"，涉及吹箫引凤，或是露出秦楼、凤台、嬴女、凤管、萧史、弄玉、乘鸾、跨凤、凤箫、凤笙、丹凤城、仙人凤、吹箫侣、萧台、秦台、秦楼、凤楼、弄碧箫、吹箫郎等相关意象，都能轻易分辨出所指代的萧郎为何人。比如，唐代状元诗人、道学家施肩吾在《赠仙子》中云："凤管鹤声来未足，懒眠秋月忆萧郎"。

宋人刘克庄在《清平乐·赠陈参议师文侍儿》中有"贪与萧郎眉语"，即有注云：萧郎原指梁武帝萧衍。

萧衍，字叔达。南兰陵（今江苏省丹阳市）人。他博学多通，好筹略，有文武才干，当时的文人墨客以及政界名流无不推许。南朝齐时，萧衍曾任卫将军王俭的东阁祭酒，一到任就得到王俭的赏识和器重。王俭对卢江、何宪说："这位萧郎30岁之内定会作侍中，日后其尊无法形容。"果然，后来萧衍成了梁朝的建立者。

这里所说的侍中是侍从皇帝，出入宫廷的官员。刚开始这个职位仅仅伺应杂事，南朝宋文帝时，开始掌机要，梁、陈相继沿袭，地位极重，相当于宰相。

后世文学中萧郎常被用作男子的美称，或指代女子的恋人。除去萧史，大部分"萧郎"指的是文艺全才的梁武帝萧衍，以及他的儿子昭明太子萧统。清人郭钟岳在《瓯江竹枝词》中云：

大树荫荫庙貌隆，谁骑白马赈哀鸿？

萧郎《文选》楼中住，白马何曾到海东？

　　此诗中的"萧郎"指南朝梁昭明太子萧统，因萧统曾组织文人共同编选《昭明文选》，这里萧统是继承了其父萧衍的美名。

　　另外，还有很多诗词中出现的"萧郎"并不是指萧史和萧衍父子，只是单纯地指女子所爱慕的男子。比如白居易在《忆杭州梅花因叙旧游寄萧协律》中写"歌伴酒徒零散尽，唯残头白老萧郎。"

可怜后土空祠宇，望断韦郎不见来

裁春衫寻芳。记金刀素手，同在晴窗。几度因风残絮，照花斜阳。谁念我，今无裳？自少年、消磨疏狂。但听雨挑灯，敧床病酒，多梦睡时妆。

飞花去，良宵长。有丝阑旧曲，金谱新腔。最恨湘云人散，楚兰魂伤。身是客、愁为乡。算玉箫、犹逢韦郎。近寒食人家，相思未忘苹藻香。

这首《寿楼春·寻春服感念》是南宋词人史达祖为悼念亡妻所作，词的上阕为忆旧，通过"裁春衫"和"金刀素手"写出家庭生活的剪影，又通过"残絮""斜阳"透露伤感，暗示妻子的亡故。史达祖通过一系列对亡妻琐碎往事的回忆，倾诉了对她的一往情深。

下阕"有丝阑旧曲，金谱新腔"写亡妻精于音乐，音乐虽美，却难与旧人共赏。"最恨湘云人散，楚兰魂伤"写妻子之死，自己之悲痛。引用玉箫生不能与韦皋再会，死后仍然能与韦皋团圆，对照感叹自己，妻子亡故之后，却再也无缘与她重会了。

关于"韦郎"这个典故，就如同"萧郎"一样，泛指有情的男子或女子的意中人。而"韦郎"的典故出处有三个,其一是唐代文武全才韦皋;其二是唐代诗人韦应物;最后是传说中唐大定年间的韦安道。

首先是史达祖这首《寿楼春·寻春服感念》中的文武全才韦皋。很多人都是通过"扫眉才子"薛涛的《十离诗》知道了两个人的情感纠葛,殊不知韦皋与玉箫还有过一段凄婉的爱情故事。

韦皋少年未显时,为了生计曾在江夏的姜郡守家做西席,教导姜郡守的儿子荆宝读书。那个时候荆宝虽然年幼,但是对韦皋却很恭敬,还经常派一个叫玉箫的小丫鬟照顾韦皋的起居。玉箫当时只有十岁,非常仰慕韦皋的才学,随着年龄渐长,玉箫和韦皋也日久生情,互相爱慕。

后来,韦皋接到家信催他回家省亲,只得匆匆收拾行李,和玉箫作别。荆宝想让韦皋带着玉箫一起走,但是韦皋以婚姻之事,需先禀告父母,以带走玉箫不合礼数为由而拒绝了荆宝,并承诺"少则五载,多则七年,定当迎娶",还将一枚玉指环留给玉箫当信物,并吟了一首《留赠玉环》给玉箫,之后两人只能挥泪告别。

此后,韦皋参与科考,出仕为官,并在平息战乱和边疆征伐中屡立战功,官至剑南西川节度使。而玉箫等着韦皋一年又一年,一直也见不到韦皋前来迎娶,等到第八年的时候终于绝望,认清韦皋不会来接自己,感叹道:"韦家郎君,一别七年,是不来矣!"于是日日憔悴,每日里只捧着那枚指环不吃不喝,不多久就衰弱而亡了。姜家人感念玉箫的痴情,就将那枚玉指环戴在玉箫中指之上一同葬了。

也许是觉得这个故事的结局过于悲悯，元朝时期出现了戏曲《玉箫女两世姻缘》。戏中安排了玉箫经过转世投胎，让她和韦皋再续前缘。到了明代，又有一部关于这段传说的《玉环记》的戏曲问世了。

宋代词人、音乐家姜夔曾写过一首《长亭怨慢·渐吹尽枝头香絮》，引用了韦皋与玉箫这个典故，余颇喜自制曲。初率意为长短句，然后协以律，故前后阕多不同。桓大司马云："昔年种柳，依依汉南。今看摇落，凄怆江潭。树犹如此，人何以堪？"此语余深爱之。

渐吹尽、枝头香絮，是处人家，绿深门户。远浦萦回，暮帆零乱向何许？阅人多矣，谁得似长亭树？树若有情时，不会得青青如此！

日暮，望高城不见，只见乱山无数。韦郎去也，怎忘得、玉环分付：第一是早早归来，怕红萼无人为主。算空有并刀，难剪离愁千缕。

"韦郎"典故的第二位说的就是韦应物，他之所以被称之为"韦郎"，完全是出于人们对他诗名的敬仰。他最广为流传的诗作恐怕就是那首《滁州西涧》：

独怜幽草涧边生，上有黄鹂深树鸣。

春潮带雨晚来急，野渡无人舟自横。

韦应物是山水田园派诗人，后人以王维、孟浩然、韦应物和柳宗元并称为"王孟韦柳"。他的山水诗景致优美，清新自然；他的田园诗多为反映民间疾苦的政治诗。白居易曾高度评价韦应物："其五言诗高雅闲淡，自成一家之体。今之秉笔者，谁能及之？"韦应物因五言诗最为人所称道，后世的诗人在论及五言诗时，常常用"韦郎"来表达对韦应物的赞叹。比如，宋朝诗人虞俦的《和七月初五日夜得雨》中有"端的对床寻旧约，韦郎曾赋五言城。"元代文学家元好问的《济南杂诗五首》有"只应画戟清香地，多欠韦郎五字诗。"

宋代文学家苏轼尤其喜欢韦应物的五言诗，曾作一首《和鲜》诗赞叹他：

独作五字诗，清卓如韦郎。

诗成月渐侧，皎皎两相望。

苏轼还写过一首《和孔周翰二绝观净观堂效韦苏州诗》，赞叹韦应物的五言诗：

弱羽巢林在一枝，幽人蜗舍两相宜。

乐天长短三千首，却爱韦郎五字诗。

后来，清人施补华在《岘傭说诗》中还为此讥笑了苏轼："东坡刻意学之，而终不似。盖东坡用力，韦公不用力；东坡尚意，韦公不尚意。"

最后一个"韦郎"说的是《太平广记》卷第二百九十九（神九·韦安道）中记载的故事，唐大定年间，住在洛阳的韦安道一大清早就出来在街上走，这时候天还没亮，他看到街上出现了由士兵组成的仪仗队，像是帝王的卫士；有官员夹道开路，有宫女太监几百人前簇后拥；中间有个穿着皇后装饰的人，骑着高头大马，后面又跟着嫔妃和女官。这个女人美丽光艳，容貌动人。

韦安道以为是当时住在洛阳的皇后出去游玩，但是问一下与他同行的人，大家都说没有看到。后来他看到了一个官员模样打扮的人，便上前询问。那个人告诉他，皇后没有出行，并指引韦安道去了一座宫殿。韦安道进了宫殿，又稀里糊涂地和这个打扮高贵的女人拜堂成亲了。这个女人自称是后土夫人，留下韦安道住了十几天后，就要拜见韦安道的父母。

韦安道的父母看到儿媳妇的华贵气质，十分紧张。因为当时皇后的法令严苛，他们担心会祸及家人，便悄悄将此事报告给了皇后。皇后知道这件事后，龙颜大怒。她断言此女一定是住在深山里的妖女，来到洛阳兴风作浪。于是便派九思、怀素两位高僧前去除妖。结果两位高僧非但没有降服她，反被她的法术降住，趴在地上求饶。

韦安道的父母担心事情会闹大，就让韦安道亲自将这个女人送走。韦安道是孝子，不能违背自己的父母，这个自称后土夫人的女人爱着丈夫，也不想他为难，便对韦安道说："我与你结为夫妻，皆因生命中的定数。你现在要与我离异，想必是缘分已尽。你的命运薄弱，多坎坷、寿命短，我本想给你延长三百年的阳寿，让你荣升三品官，看来这些都无法完成了！"说完，就泪流满面地和韦安道分别，并赠送给韦安道许多金银珠宝。

也许是"人仙殊途"，韦安道和后土夫人最终分道扬镳。这个故事影响广泛，很多文人在诗词中引用此典故。

唐代诗人罗隐曾投奔淮南节度使高骈，龃龉不合。高骈喜好仙术，罗隐以《后土庙》诗讽刺他：

四海兵戈尚未宁，始于云外学仪形。

九天玄女犹无圣，后土夫人岂有灵。

一带好云侵鬓绿，两层危岫拂眉青。

韦郎年少知何在，端坐思量《太白经》。

罗隐将这首诗题在墙上，之后连夕挂帆而去。高骈知道后，恼羞成怒，发船紧追罗隐，没有追上无奈作罢。罗隐这首借典讽今的手法，其实也是在讽刺高骈沉迷于仙术而不知举荐后生。

南宋末诗人、宫廷琴师汪元量，也熟知这个传奇故事，他在《湖州歌九十八首其二十六》的诗中感叹道：

九出琼花一夜开，无双亭曲小徘徊。

可怜后土空祠宇，望断韦郎不见来。

泛黄的纸堆中，总能找出一些耐人寻味的故事；历史的天空下，从不缺少繁花似锦的过往。十里秦淮的彻夜笙歌已经在漫漫的历史长河中隐去，桃花扇底风删不去胭脂香气，也遮不住美人漫长无望的等待。但愿美人再不被辜负，但愿有情人终成眷属。

一从陶令评章后，千古高风说到今

无赖诗魔昏晓侵，绕篱欹石自沉音。

毫端蕴秀临霜写，口齿噙香对月吟。

满纸自怜题素怨，片言谁解诉秋心？

一从陶令评章后，千古高风说到今。

这首《咏菊》出自清代小说家曹雪芹的作品《红楼梦》第三十八回，这是"海棠诗社"的第二次活动，也是贾府表面上处于最鼎盛的时期。这次活动由史湘云和薛宝钗拟定题目，由宝玉、黛玉、宝钗、湘云、探春等五人自由选题。这首《咏菊》则出自黛玉笔下，"潇湘妃子"林黛玉用首联就足以技压群芳。尾联回到咏菊的主题，说到自从陶渊明在诗歌中评说、赞扬菊花以后，千百年来菊花不畏风霜、孤标自傲的高尚品格，一直被人们传颂到今天。

陶渊明，字元亮，又名潜，世称靖节先生，是东晋末年至南朝宋初期伟大的诗人、辞赋家，是中国第一位田园诗人，也是文学史上第一个大量写饮酒诗的诗人，被称为"古今隐逸诗人之宗"。陶渊明对后世的影响很大，以至于他的诗文、名号、典故被后世文人不断演化，使用。关于他的典故有"葛巾漉酒""无弦琴""白衣送酒""不为五斗米折腰""量革履""颜公付酒钱""我醉欲眠卿可去"等，由他的诗文衍生出的诗文意象也很多，比如"东篱""五柳""飞鸟""桃花源""归去来兮"等。

> 结庐在人境，而无车马喧。
>
> 问君何能尔？心远地自偏。
>
> 采菊东篱下，悠然见南山。
>
> 山气日夕佳，飞鸟相与还。
>
> 此中有真意，欲辨已忘言。

这首《饮酒·其五》对后世文人的影响颇深。因为这首诗，"东篱"一词便成了陶渊明笔下具有典型意义的意象，历代的文人墨客中，也不乏拥有"陶渊明"情结的人士，他们将自己的归隐愿望寄托在"东篱"这个意象上，使得"东篱"经久不衰，广为传唱。

从古至今，大部分人将"东篱"解释为"种菊花的地方"，常用"东篱"来表现辞官归隐的田园生活或者娴雅的情致。而东篱原作东离，是三国时期周瑜在桑落洲（今天皖赣鄂交界处）所建九州八卦阵中之一阵型。阵型中有离卦阵型，离，就是东边。据说陶渊明这首诗中的"东篱"实为"东离"，并不是指东边的篱笆，而是陶渊明身在离卦阵型之中的这个地方采菊，一抬头便望见了南边的庐山。

一代词宗李清照曾在《醉花阴》中写"东篱把酒黄昏后，有暗香盈袖"；宋代黄庭坚在《南乡子》中写"黄菊满东篱，与客携壶上翠微"；宋代王之道在《好事近》中写"秋色到东篱，金散菊团香馥"；唐代诗人温庭筠在《送北阳袁明府》中写"莫作东篱兴，青云有故人"。

陶渊明有自传文（存争议）《五柳先生传》："宅边有五柳树，因以号为焉。"此后在历代文人在诗词中，"五柳"就成了隐者的代称。比如，唐代诗人王维的《辋川闲居赠裴秀才迪》中有"复值接舆醉，狂歌五柳前"；白居易的《郊陶潜体诗十六首》中有"归来五柳下，还以酒养真"；辛弃疾在《洞仙歌·飞流万壑》中写"便此地、结吾庐，待学渊明，更手种、门前五柳"。

陶渊明在《故去来兮辞》中有"三径就荒，松菊犹存"的句子，后来"三径"被用来指代隐士居住的地方。比如，白居易在《欲与元八卜邻先有是赠》中写"明月好同三径夜，绿杨宜作两家春"；宋代词人叶梦得在《水调歌头·秋色渐将晚》中有"归来三径重扫，松竹本吾家"；南宋道士葛长庚在《沁园春·三径就荒》中写"三径就荒，松菊犹存，归去来兮。叹折腰为米，弃家因酒，往之不谏，来者堪追。"

"葛巾漉酒"这个典故说的是陶渊明好酒，以至于用头巾滤酒，过滤后又照旧戴上。后用滤酒葛巾、葛巾漉酒等形容爱酒成癖，嗜酒为荣，赞羡真率超脱。唐代诗人李白曾在《戏赠郑溧阳》诗中写"陶令日日醉，不知五柳春。素琴本无弦，漉酒用葛巾。"宋代文人项安世在《次韵重阳值雨》中写"葛巾漉酒何妨湿，破帽沾泥亦足欢"；

南宋诗人、"南丰七曾"的曾协在《次翁士秀喜雪长咏》中写"登山不觉屐齿折，索酒仍催葛巾漉"；明朝文人顾禄在《渊明祠》中写"葛巾漉酒艳流霞，长向东篱醉菊花。"

陶渊明的《桃花源记》也曾多次被后世文人在诗词中引用，南宋文学家洪迈的《夷坚志》和南宋词人周密的《齐东野语》以及明代凌濛初的《初刻拍案惊奇》《二刻拍案惊奇》中都记载过南宋中期堕入风尘的才女严蕊的故事。

严蕊本是天台（今浙江台州）营妓，精通琴棋歌舞，丝竹书画，学识通晓古今，诗词语意清新，常常有人慕名千里来拜访。宋代学者唐仲友（字与政）任台州太守时，对严蕊的才艺十分赏识，一次设宴赏玩桃花时，当场以"红白桃花"为题，命严蕊作一阕小词。严蕊看到满树红的白的桃花，应声而成《如梦令》一词，如下：

道是梨花不是，道是杏花不是。白白与红红，别是东风情味。曾记，曾记，人在武陵微醉。

此词前两句虽明白如话，飘然而至，但绝非一览无味，须细加玩味。严蕊连用梨花和杏花比拟，交代了所咏之物为花，却又道出都不是，紧接着"白白与红红"点明了花的颜色，它有梨花之白，又有杏花之红。"别是东风情味"开始不再从正面着笔，而是赞叹花的别具一格。而最后"曾记，曾记，人在武陵微醉"之句，却已经做了回答。"武陵"二字，暗示此花之名。

陶渊明《桃花源记》云：武陵渔人曾"缘溪行，忘路之远近，忽逢桃花林，夹岸数百步……"原来，此花属桃源之花，花名就是桃花。可以说，此词细品之下，味道十足。唐仲友不由得赞叹，并赏给了严蕊两匹缣。

也许千百年后，桃花源依旧是人们梦寐以求的理想社会，那里没有战争、没有压迫、没有剥削、民风淳朴、关系和睦、丰衣足食；也许工作的忙碌，生活的压力，依旧让人们向往桃花源，推崇隐逸的生活。所以，即便是灯红酒绿，科技发达的今天，陶渊明任情适意及自然开放的人生态度，依然备受推崇。

身似何郎全傅粉，心如韩寿爱偷香

江南蝶，斜日一双双。身似何郎全傅粉，心如韩寿爱偷香。天赋与轻狂。

微雨后，薄翅腻烟光。才伴游蜂来小院，又随飞絮过东墙。长是为花忙。

这首《望江南·江南蝶》是宋代文学家欧阳修所写，开头两句以人拟蝶，写双双对对的蝴蝶在阳光下飞舞，以"何郎傅粉"比喻蝴蝶的外形美，以"韩寿偷香"来比喻蝴蝶依恋花丛的特征。"天赋与轻狂"是承上启下的句子，因"轻狂"者情爱不专一、恣意放浪，所以微雨后，这个放浪的蝴蝶就度翠穿红地忙活起来，伴随蜜蜂和飞絮到处宿粉栖香。最后一句"长是为花忙"回应了上阕的"天赋与轻狂"。

这首词中引用了两个典故，分别是"何郎傅粉"和"韩寿偷香"，两个典故都是魏晋时期的事情。魏晋时期人们对士人的容貌推崇到达了一个极高的境地，这个时代的美男子不胜枚举，"看杀卫玠"的卫玠，"掷果盈车"的潘安，"龙章凤姿"的嵇康，"误天下苍生者"的王衍，还有本篇中的"何郎傅粉"的何晏以及"韩寿偷香"

的韩寿。

这个时期的男士有三大爱好，分别是：剃须、敷粉熏香、穿女人的衣服，敷粉熏香大概相当于如今的化妆喷香水。曹丕有一次熏香过分，连他的坐骑都受不了，照着他的膝盖就咬了一口。而酷爱穿女人衣服的何晏的故事记载于《世说新语·容止》与《三国志·魏志·曹爽传》裴松之注引《魏略》，说的是三国曹魏时，南阳（今河南南阳）人何晏是东汉大将军何进之孙，曹操在任司空时，娶了何晏的母亲尹氏做妾，一并收养了何晏。

何晏所穿服饰与世子相类似，且才华出众，容貌俊美，而且喜欢修饰打扮，面容细腻洁白，无与伦比。曹操特别宠爱他，如同对待自己的亲生儿子一样，还将金乡公主许配给他。所以，曹丕特别厌恶他，每次都不叫他的名字或字，称他为"假子"。

何晏虽有才名，但十分好色，急于富贵，趋炎附势，所以，魏明帝曹叡即位后，厌恶他虚浮不实，抑制而不录用，何晏只担任一些冗官。何晏长得很白净，肤白貌美，因此魏明帝每次看到他都疑心他脸上搽了一层厚厚的白粉。于是，为了羞辱他，就故意在大热天，着人把他找来，赏赐他热汤面吃。

何晏越吃越热，吃得大汗淋漓，只好不断用自己穿的红色衣服来擦脸上的汗水。可他擦完汗后，脸色显得更白了，曹叡这才相信他没有搽粉，而是"天姿"白美。

何晏不仅喜欢傅粉，而且还"好服妇人之服"，就是说，他还喜欢穿女人的衣服，这也体现了当时男子追求阴柔的审美观。

后世文学中，常常用"何郎傅粉"来形容喜欢修饰或面目姣好的青年男子。唐朝名相宋璟在《梅花赋》中写："俨如傅粉，是谓何郎"；唐代诗人许浑在《夏日戏题郭别驾东堂》诗中有"犹恐何郎热，冰生白玉盘"的句子。

另外，因何晏娶了曹操的女儿金乡公主，成了魏国的驸马。所以"何郎"也被后世借作驸马的美称。唐代诗人白居易在《寄明州于驸马使君三绝句》中美言过于驸马"何郎小妓歌喉好，严老呼为一串珠。"而他的好友刘禹锡也曾夸赞于驸马，在《题于家公主旧宅》诗中写："何郎独在无恩泽，不似当初傅粉时。"

另外，"何郎"一词也有指南朝梁诗人何逊。何逊，字仲言。东海郯(今属山东省兰陵县长城镇)人。据说他8岁就能作诗，20岁左右被举为秀才，青年时即以文学著称，为当时名流所称道。后被借指才高的年轻男子，比如宋代诗人刘克庄《沁园春·维扬作》词："甚都无人诵，何郎诗句，也无人报，书记平安。"明代文学家高启《梅花》诗之一："自去何郎无好咏，东风愁寂几回开？"

有时诗词中的"何郎"也通常与"谢女"搭配，都有貌美才高之喻。比如明代剧作家叶宪祖就曾在《丹桂钿合》第七折中写有："何郎俊才调凌云，谢女艳容华濯露。"

沈郎春雪愁消臂，谢女香膏懒画眉

小玉楼中月上时。夜来惟许月华知。重帘有意藏私语，双烛无端恼暗期。

伤别易，恨欢迟。归来何处验相思。沈郎春雪愁消臂，谢女香膏懒画眉。

这首词是北宋著名词人、婉约派代表人物晏几道写的《鹧鸪天·小玉楼中月上时》，是一首离别相思之词，描写一个女子月夜独坐，回忆着与男子的"私语"和"暗期"，"伤别易，恨欢迟"是全词的主旨，结尾则是说相聚时互相诉说相思的话语。"沈郎"在外，因为相思之苦而恍惚，明明是榆树钱落在衣袖上，却怀疑它是雪花而怕它消融沾湿。"谢女"独居绣楼，因相思之苦而心绪烦琐，虽有香膏脂粉，也懒得梳妆打扮了，打扮给谁看呢？

晏几道的词中有很多女子名，未必专指一人，此处的小玉和小苹、小碧一样，都是晏几道怜惜之人，"归来何处验相思"是情深之人才想得出来的情语，晏几道自然是情深之人。这首词中的"沈郎"指的是南朝的沈约，而对"谢女"的指代则说法不一，一说是指晋代有"咏絮才"的才女谢道韫。

历代诗词中出现的"沈郎"并不都指沈约，还有另外三种说法，一是晋代的沈充；一是南宋著名哲学家朱熹；一是宋末文学家张玉娘的丈夫沈佺。

第一位"沈郎"指晋代沈充。沈充家室富裕，曾于孝元帝太兴年间在龙溪(今钟管镇西南)铸小五铢钱，史称"沈充五铢"，又称沈郎钱。因钱币轻小，又称榆钱。所以，后世诗词中，出现"沈郎钱"或者沈郎与钱财相关的，指的都是沈充。比如，唐代诗鬼李贺《残丝曲》诗："榆英相催不知数，沈郎青钱夹城路。"李商隐《江东》诗："今日春光太漂荡，谢家轻絮沈郎钱。"

第二位"沈郎"是指南宋著名哲学家、教育家朱熹，朱熹小名沈郎，是婺源县城人，如今朱熹公园有两棵"沈郎樟"，据说是朱熹亲手种下的，这两棵"沈郎樟"已经八百多年了依然枝繁叶茂。诗词中引用这个的不多，只是有这个说法。

第三位"沈郎"是指宋末文学家、才女张玉娘的丈夫。张玉娘与李清照、朱淑贞、吴淑姬并称"宋代四大女词人"，她自幼与沈佺有婚约，但因沈家衰败，张家想悔婚，逼沈佺进京科考。沈佺得中后病逝途中，张玉娘誓不再嫁，相思成疾，写有"蓟燕秋劲，沈郎应未整归鞍"的词句，最后郁郁而终。

最后一位要说的就是晏几道这首词中的"沈郎"，即中国古代四大风流韵事之一的"沈约瘦腰"中的沈约。"风流"一词原本就是指有功绩而有文采的；有才学而不拘礼法的；男女之间情爱关系的。其实沈约瘦腰，并不是风月所致，而是宦海沉浮后，对自己身家性命的日夜担忧所致，所以与其他三个男女之情的"风流"放在一起，实在是有点冤枉沈约。

沈约，字休文，南朝吴兴武康（今浙江德清县）人，是颇有才情的美男子。他出身于南朝门阀士族家庭，历史上有所谓"江东之豪，莫强周、沈"的说法，由此可见沈氏家族社会地位显赫。沈约从少年时代起就很用功读书，青年时已经"博通群籍"，写得一手好文章。但是后来，沈约的父亲沈璞在元嘉末年被诛杀，沈约被迫东躲西藏，他长期过着孤苦贫困的生活。

梁武帝萧衍在称帝之前，颇爱附庸风雅，经常与一些文士相往来，当时南齐竟陵王喜欢招揽名士，梁武帝和沈约、谢朓等八人经常出入竟陵王府，被称为"竟陵八友"。沈约与梁武帝关系密切，后来和名士范云一起劝说萧衍取代南齐皇帝齐和帝萧宝融自立为帝。

后来沈约侍宴，恰逢豫州向皇上进贡栗子，直径有一寸半，萧衍觉得很奇特，问沈约说："史书上关于栗子的典故有多少呢？"并和沈约一起将所记忆之事各自分条写下，结果沈约比萧衍少写了三件事。沈约出来后对人说："此公逞强好胜，不让他三事就含羞死。"萧衍知道了这件事，认为他出言不逊，对皇上不尊重，要治他的罪，经徐勉极力劝谏才作罢。此后，沈约很难在政治上施展才能。

更不幸的事情是沈约晚年与萧衍产生嫌隙，起初沈约久居宰相之职，常常向往三公之位，当时的人们都议论，认为沈约可以居此位，但萧衍始终没有同意，沈约于是请求外出任职，萧衍也不允许。沈约于是心灰意冷，想告老还乡，但是又担心萧衍有所不满，所以写了一封信给他交好的徐勉。信里说，自己近年来多病，腰肢每月要缩小半分，皮带常常要缩紧，希望能告老还乡。

后来，沈约的好友张稷死后，萧衍对张稷心存旧怨，对沈约议论起此事，沈约说："尚书左仆射出任边州刺史，也算是惩罚，已经过去的事情，何必再提。"萧衍以为沈约庇护亲家，大怒说："你说这种话，还算是忠臣吗？"于是乘辇回到内宫。

听到皇帝说这种话，沈约恐惧万分，回到家后，心神不定，还没等到床边便坐下，结果导致坐空而摔倒在地，此后便得了病。沈约病中梦见齐和帝萧宝融用利剑割了他的舌头。请巫师来察看的结果也与他梦中所见一致，于是沈约请道士向上天启奏赤章，称禅代之事，不是自己出的主意。而萧衍派遣御医徐奘前去给沈约看病，御医回来将沈约的病状如实告诉萧衍，萧衍后来也听说了赤章之事，大怒，几次派中使前去谴责沈约，后沈约畏惧而死。

沈约之后，关于沈约瘦腰的说法开始流传，并被赋予了其他的含义。在诗文中，"瘦腰"多数是写一个人因忧愁所致，身体逐渐消瘦，比如，南唐后主李煜《破阵子》词："一旦归为臣虏，沈腰潘鬓消磨。"成语"沈腰潘鬓"与沈约有关。金代诗人段成己《木兰花慢·元宵感旧》中写"思往事，今不见，对清尊、瘦损沈郎腰。"

有时候也借以描写男子身材苗条，具有赞美其仪表之意。后来也有文人将"瘦腰"二字形象化，借以描述细长的物体，比如皮带之类。

"沈郎"已逝，似流云飞烟，无论是浪漫的传说还是忧思焦虑的心，都随时光的渡口飘远，隐匿于字与字的层层叠叠，埋落于泛黄的纸张中。在时光的彼岸处，对着历史深穴呐喊一句"沈郎可还安好"，在过往时空中反射回来的竟也是人们对"沈郎"的感慨万千。

一炬曹瞒仅脱身，谢郎棋畔走苻秦

一炬曹瞒仅脱身，谢郎棋畔走苻秦。

年年拈起防江字，地下诸贤会笑人。

《赠防江卒六首·其六》是宋代诗人刘克庄的作品。这首诗的前两句用了周瑜火烧赤壁和谢安击败苻坚的典故。曹瞒指曹操的小名阿瞒，谢郎指"东山再起"的东晋著名政治家谢安。刘克庄用两个人的典故，意在表明只要坚决御敌，指挥得当，是可以战胜北方强敌的。

刘克庄是南宋诗人、词人、诗论家，他所处的时代正是南宋被金朝所扰，南宋朝廷腐败，消极抗金。最后两句诗是诗人展开想象，虚写"前贤"如果地下有知，对南宋不去整修防务，却一味提"防江"的做法，定会投以耻笑的。此处的一个"笑"字，沉重有力地抨击了南宋统治者，言辞激切，情感沉痛。

很多人都是从"东山再起"这个成语开始知道谢安的，谢安是东晋著名政治家，"咏絮"才女谢道韫的叔叔。谢安少时即才学过人，以清谈知名。但是谢安在朝廷常常遭到一些小人的嫉妒，使得皇帝一会儿用他，一会儿贬他。谢安一气之下就辞官隐居土山，每天邀人下棋，落个耳根清净。虽然人在外，心却念着家，于是模拟浙江会稽东山的景色，在土山大兴土木搞建筑，并改土山为东山。

383年8月，前秦苻坚率领百万大军南下伐晋，此时皇帝立马想起了谢安，决定重新重用他，就派人到东山，封谢安为征讨大都督。宰相肚里能撑船，救国要紧，谢安没有推脱，回到朝廷立马就调兵遣将，上下整顿，赏罚分明，官兵一心，与苻坚决一死战。

不多久，苻坚的人马就打到了淮河、淝水，只要一过江，东晋必将难保，谢安心里有数，仅凭东晋的八万官兵跟苻坚作战，犹如以卵击石，但是他坐镇东山，临危不乱，精心排兵布阵，并让自己的侄儿谢玄去前线打仗。谢玄走的时候想打探这个仗要怎么打，谢安只说了一句"朝廷自有安排"。谢玄心里没底，等到第二天派人去探口风的时候，谢安就拖着来的人下棋，一直下到天黑，打仗的事情一字未提，到了当天半夜，才掏出将帅名单，摆出了他的八卦阵。

淝水那边战势拉开，谢安仍然稳坐东山与人下棋，敌人果然中计，大败而逃。虽然喜报传来，但是谢安二话没说，继续下棋。客人都等不及了，都围过来听消息，这才知道是谢玄立了大功，在场的人无不佩服谢安沉得住气，这场战役也是历史上著名的以少胜多的淝水之战。

淝水之战后，谢安解了东晋之危，被封为三公之上。因为他闲居以后，又做出了一番大事业，后来的人们都称谓他"东山再起"。

《晋书·卷七十九·列传第四十九》中记载，谢安有鼻炎，吟诗的时候，鼻音较重。当时有许多士人为了模仿他的声音，都捂着鼻子吟诵。这种读法后来有个专名叫"洛下书生"。诗人李白在《经乱后将避地剡中留赠崔宣城》中写："闷为洛生咏，醉发吴越调。"唐代政治家唐彦谦在《春阴》中写："天涯已有销魂别，楼上宁无拥鼻吟。"

另外，谢氏家族在晋代是中国古代顶级门阀士族之一，晋代四大盛门"王谢袁萧"（也有称"王谢桓庾"）是中古时期中原最具代表性的名门望族，琅琊王氏素有"华夏首望"之誉称。所以古诗词中也常常将"王谢"合用，比如，唐朝诗人刘禹锡的《乌衣巷》有"旧时王谢堂前燕，飞入寻常百姓家"的句子；宋代豪放派词人辛弃疾在《鹧鸪天·晚岁躬耕不怨贫》中写"若教王谢诸郎在，未抵柴桑陌上尘。"

诗词中另外一个"谢郎"指南朝宋文学家谢庄。《南史·谢庄传》记载，谢庄，字希逸，陈郡阳夏人（今河南太康县），出生于建康。谢庄七岁时，便能属文，通《论语》，显示出文学的天分。谢庄生逢盛时，成年以后，更是一表人才，文采俊逸。

魏、晋、南北朝三百多年间，"王谢家族"为顶尖级的豪门望族，谢庄在富庶优裕环境中长大，又受到贵族传统的长期熏陶，他的文化教养自然不会差。谢庄集超群的才华、优雅的举止、不凡的谈吐于一身，连宋文帝见到他也常感到奇异，对尚书仆射殷景仁、领军将军刘湛说："蓝田生玉，难道是虚说吗？"

那时候，贵族间的应酬燕集，讲究文化品位，南北朝的帝室，大都武将出身，也很仰慕这些门第，附庸风雅的帝王也希望自己贵族化，因此宫廷里的文化氛围，也是相当浓郁。元嘉二十九年（452年），南平王刘铄进献了一种红色的鹦鹉，因为这种热带鸟类，长江一带少有，而且是红色的，尤为罕见。宋文帝认为这是盛事，便召集群臣为这只红鹦鹉作赋。太子左卫率袁淑文采在当时首屈一指，自然也是要参加这次竞赛的。席间他不假思索，援笔立就，一气呵成，并拿给在场的谢庄看。谢庄也拿出自己写的同题文章《赤鹦鹉赋》请袁淑指教。

没想到袁淑看完谢庄的《赤鹦鹉赋》后，不禁感叹地说："江东无我，卿当独秀。我若无卿，亦一时之杰也。"意思是"江东没有我，你将是一枝独秀。如果没有你，我也是一代人杰。"说到这里，袁淑把自己写的那篇应试的赋收藏起来，退出了这次竞赛。

谢庄最为著名的作品莫过于《月赋》，其中有许多可读的好句子。有人说，有一种欣赏是以自信打底的，比如，曹操之于刘备："天下英雄，唯使君与操耳！"比如，南北朝时期杰出诗人谢灵运曾言："天下才有一石，曹子建独占八斗，我得一斗，天下共分一斗。"这是对曹植多么至高无上的认可和赞扬啊！这种欣赏与自信等同于袁淑与谢庄，这是才子们之间的惺惺相惜。

南朝宋武帝刘裕大明五年（461年）正月初一，天降霰雪，当时身为右卫将军的谢庄因有事启奏，而站在殿下，雪花落满衣冠，等他回殿奏事，刘裕看到以为是祥瑞。于是公卿大臣为了歌功颂德，争相作起花雪诗来。后因以"元日花雪"用为歌颂祥瑞的典故。

后世诗词作品中，谢庄这个"谢郎"通常与"明月""花雪"等词同时出现，比如，唐代诗人李商隐在《对雪》诗之一中写"欲舞定随曹植马，有情应湿谢庄衣"；在《酬崔八早梅有赠兼示之作》中写"谢郎衣袖初翻雪，荀令熏炉更换香。"

在杀机四伏的内忧外患中，谢安闲庭信步，从容淡定，后人以为"江左风流宰相唯谢安耳"；明月千里，一段相思情不伤。谢庄用《月赋》奠定了文学史上所谓的"谢氏拜月教基石"。谢氏家族绵延百年而人才辈出，那个站在历史尖端而独具魅力的"谢郎"，让后人为之赞叹！

屏风误点惑孙郎，团扇草书轻内史

不逐城东游侠儿，隐囊纱帽坐弹棋。

蜀中夫子时开卦，洛下书生解咏诗。

药阑花径衡门里，时复据梧聊隐几。

屏风误点惑孙郎，团扇草书轻内史。

故园高枕度三春，永日垂帷绝四邻。

自想蔡邕今已老，更将书籍与何人。

这首《故人张諲工诗、善易卜，兼能丹青、草隶，顷以诗见赠，聊获酬之》是唐代著名诗人王维所写。这首诗中运用了很多典故，都是为了赞扬友人张諲绘画之传神和草书之精湛。这首诗的前两句意思是别去追逐城东那些自恃勇武，讲义气而轻生命的人，不如闲倚靠枕玩玩弹棋。

蜀中夫子指严君平，他曾根据卦象推断吉凶；晋代士人为了模仿谢安的声音，捂着鼻子吟诵文章，这个现象时称"洛下书生"，也说明那个时候的人崇敬谢安的多才多艺。

"时复据梧聊隐几"中的"据梧"一词的典故来源于《庄子·内

篇·德充符·第五》，其中庄子对惠子说："倚树而吟，据槁梧而瞑……"意思是靠着树干吟咏，凭倚几案闭目假寐。这首诗的三四句的意思就是说，花丛中的小路尽头是以药栏横木为门的简陋屋舍，几个人时常靠着树干闲聊辩论。

"屏风误点感孙郎，团扇草书轻内史"两句，主要是用来形容张謘书画水平高超，且两句均属用典。这句诗中引用的"孙郎"指的是三国时期著名的政治家、孙吴的开国皇帝孙权。

孙权手下有位名叫曹不兴的宫廷画家，他被称为"佛画之祖"，与东晋顾恺之、南朝宋陆探微、南朝梁张僧繇并称"六朝四大家"。同时民间将曹不兴的画和严子卿（严武）的棋艺，皇象、张子并、陈梁甫的书法，赵达的算术，宋寿的占梦，郑妪的相面，范淳达的算命，刘敦（刘惇）的天文合称为"吴中八绝"。

在一次为孙权画屏风时，曹不兴画到一篮杨梅，因为周围观看的人啧啧称赞而感到非常兴奋，不小心误落笔墨，于是他便顺手将墨点绘成一只苍蝇。孙权来看画好的屏风时，以为真有一只苍蝇飞到了画上，便举起手想要把苍蝇轰走，没有想到苍蝇竟然是画上去的。这就是著名的"落墨为蝇"的故事，也以此说明了曹不兴的绘画艺术，已达到了极为纯熟的程度，甚至能够骗过人的眼睛。

"团扇草书轻内史"这个典故出自梁虞龢《论书表》的记载，其中的"内史"指东晋书法家王羲之，官至会稽内史。王羲之在会稽任内史时，住在蕺山脚下，一日路过山阴城的一座桥。看见有个老婆婆拎着一篮子六角形的竹扇在集上叫卖。那种竹扇很简陋，没有什么装饰，引不起过路人的兴趣，看样子卖不出去了，老婆婆十分着急。王羲之看到这种情形，很同情这位老婆婆，就上前跟她说："你这竹扇上没画没字，当然卖不出去。我给你题上字，怎么样？"老婆婆不认识王羲之，见他这样热心，也就把竹扇交给他写了。

王羲之提起笔来，在每把扇面上龙飞凤舞地写了五个字，就还给老婆婆。老婆婆不识字，觉得他写得很潦草，很不高兴。王羲之安慰她说："别急，你告诉买扇的人，说上面是王右军写的字。"王羲之一离开，老婆婆就照他的话做了。集上的人一看真是王右军的书法，都抢着买，一箩筐的竹扇马上就卖完了。

诗中采用这样两个经典典故，说明诗人王维对画史文献是何等熟悉。"故园高枕度三春，永日垂帷绝四邻"两句说的是在园苑中无忧无虑地度过一年又一年，长久专心读书写作周围没有人能比得过。"垂帷"一词来源于《汉书》卷五十六《董仲舒传》，原意是指董仲舒放下室内悬挂的帷幕讲授诵读，这里借指专心读书或写作。

诗的最后两句说的是东汉末年的文学家蔡邕是个爱才之人，他觉得王粲是个奇才。还曾曰：'此王公（王畅）孙也，有异才，吾不如也。吾家书籍文章，尽当与之。"蔡邕死后，果然没有食言，将其藏书数车六千余卷赠予王粲。

其实，历史上被称作"孙郎"，且名号响亮的，所指不出江东孙家父子三人。东汉末年诸侯、地方军阀、著名将领孙坚，字文台，吴郡富春（今浙江杭州富阳）人，是春秋时期军事家孙武的后裔，也是三国中吴国的奠基人。

看过《三国演义》的人都很佩服关羽，尤其是"温酒斩华雄"的事迹更让关羽从此名震诸侯。其实，历史上斩杀华雄的人并不是关羽，而是当时任长沙太守的孙坚。中平六年（189 年），汉灵帝驾崩，大将军何进与十常侍争权同归于尽，董卓废汉少帝刘辩，改陈留王刘协为皇帝，在朝廷中恣意妄为。当时的孙坚知道这件事，拊膺长叹："如果当年张温听了我的话，朝廷哪会有这场浩劫？"于是，兴兵讨伐董卓，所向披靡，斩杀华雄。

两宋之际的爱国词人王以宁，曾为国奔波，靖康初年，征天下兵，王以宁只身一人从鼎州借来援兵，解围太原。他曾在《水调歌头·裴公亭怀古》这首词中写有："孙郎前日，豪健颐指五都雄。起拥奇才剑客，十万银戈赤帻，歌鼓壮军容。"王以宁向往孙坚的征伐建功和所向披靡，在天下未定之际，是不能去谈禅说道，遁出世外的。

孙坚有五子，其中最为著名的便是长子孙策和次子孙权。孙策，字伯符，东汉末年割据江东一带的军阀，汉末群雄之一，三国时期吴国的奠基者之一。晋代虞溥的《江表传》中记载："策时年少，虽有号位，而士民皆呼为孙郎。"小说《三国演义》第十五回：孙策当先出马，高声大叫："'孙郎在此'众军皆惊。"元末明初著名诗人高启在《过二乔宅》中写有："孙郎武略周郎智，相逢便结君臣义。"

最为著名的"孙郎"便是三国时代东吴的建立者孙权。孙权，字仲谋，建安五年（200年），孙策遭刺杀身亡，孙权继而掌事，成为一方诸侯。奸雄曹操曾评价孙权："生子当如孙仲谋，刘景升儿子若豚犬耳！"为此，南宋有"词中之龙"之称的辛弃疾在《永遇乐·京口北固亭怀古》中写："千古江山，英雄无觅，孙仲谋处。"又写"天下英雄谁敌手？曹刘。生子当如孙仲谋。"

宋金时期的"北方文雄"元好问在《赤壁图》中写"曹瞒老去不解事，误认孙郎作阿琮。孙郎矫矫人中龙，顾盼叱咤生云风。"写的是老不解事的曹操误认孙权为懦弱愚蠢的刘琮，孙权乃是叱咤风云的人中之龙啊！欣赏赤壁图，可以勾起对历史人物的遐思。

孙权喜爱狩猎，常常骑马射虎，早出晚归。当时有脱群的野兽扑向他的车，孙权每次都以与禽兽搏击为乐。重臣张昭多次劝说他，孙权常常笑而不答。为此豪放派词人苏轼在《江城子·密州出猎》中写："为报倾城随太守，亲射虎，看孙郎"。

东汉末年，群雄并起，三位"孙郎"以其耀眼的光芒，留存于那个刀光剑影的时代，闪耀于历朝历代的古诗文中。尤其是孙权这位"孙郎"，让多少文人墨客为其喟叹。他励精图治，年少有为，作为三国时期在位最久的开国皇帝，耗死了一切劲敌，最终却没有一统天下，难道"孙郎"真的没有这份一统天下的野心吗？

庚郎先自吟愁赋，凄凄更闻私语

丙辰岁，与张功父会饮张达可之堂，闻屋壁间蟋蟀有声，功父约
予同赋，以授歌者。功父先成，词甚美。予裴回茉莉花间，仰见秋
月，顿起幽思，寻亦得此。蟋蟀，中都呼为促织，善斗。好事者或以
三二十万钱致一枚，镂象齿为楼观以贮之。

庚郎先自吟愁赋，凄凄更闻私语。露湿铜铺，苔侵石井，都是曾
听伊处。哀音似诉，正思妇无眠，起寻机杼。曲曲屏山，夜凉独自甚
情绪？

西窗又吹暗雨。为谁频断续，相和砧杵？候馆迎秋，离宫吊月，
别有伤心无数。豳诗漫与，笑篱落呼灯，世间儿女。写入琴丝，一声
声更苦。

这首《齐天乐·庚郎先自吟愁赋》是南宋词人姜夔的作品。通
过这首词的前序可知，此词作于丙辰年宋宁宗庆元二年（1196年），
张功父（张镃）先赋一首《满庭芳·促织儿》，写景状物"心细如丝
发"，曲尽形容之妙；姜夔则另辟蹊径，以蟋蟀的鸣叫声为线索，将
词人、思妇、帝王等不同忧心之事巧妙融合于一篇，抒发了词人深切

的家国之痛。

词的首句是说庾信曾作《愁赋》这篇文章，专门写愁的各种形态。这句诗有一语双关的妙处，一是代指张功父，一是指代蟋蟀。蟋蟀的叫声就像庾郎在引用辞赋一样，在大门外，井栏边，到处都可以听到。这如泣似诉的哀鸣使得本就辗转反侧的思妇更加无法入睡，只有起床织布来消解忧愁。蟋蟀又名促织，与词意符合。思妇面对屏风上的远水遥山，不由得神驰万里，秋色已深，什么时候才能将自己亲手织的衣服送到远方人的手中呢？此时只有一个人对影自怜，又有什么心情来寻欢作乐呢？

词的下阕由室内到窗外，由织布的思妇到捣衣女。寒窗孤灯，秋风吹雨，蟋蟀究竟是为谁而时断时续地凄凄悲吟。

"庾郎"在诗词中比较常见，一般多指南北朝时期最为优秀的诗人之一庾信。庾信在南朝前期，正逢梁代立国，是最为安定的阶段，所以他写的作品多为奉和、应制之作，题材上多为醇酒美人、歌声舞影、花鸟风月等。庾信聪敏绝伦、博览群书，在应酬捷对中显露出过人的学养与文才，很快获得与著名诗人徐陵齐名的称誉。

梁朝后期因"侯景之乱"而濒于破碎，庾信以使臣身份奔波四处，后又历仕西魏及北周，虽位望通显，却常有乡关之思。这个时候的庾信作品笔调劲健苍凉，艺术上趋向成熟。唐代诗人杜甫在《戏为六绝句》中说："庾信文章老更成，凌云健笔意纵横"，还在《咏怀古迹五首·其一》中写"庾信平生最萧瑟，暮年诗赋动江关"。

庾信自谓晚年作品《哀江南赋》"不无危苦之辞，惟以悲哀为主"，清代学者倪璠说："子山入关而后，其文篇篇有哀，凄怨之流，不独此赋而已。"近代文学家林纾在《春觉斋论文》中评："子山《哀江南赋》，则不名为赋，当视之为亡国大夫之血泪。"庾信的《拟咏怀二十七首》也从多种角度抒发凄怨之情。

从《愁赋》到《哀江南赋》，庾信将这种深沉浓郁的忧愁传承下去，以至于后世文人写到愁苦之事，哀伤身世，抒发愁思，思乡怀旧，每以庾信自况，尤其是唐宋时期的诗人、词人，经常在诗文中运用他的典故。姜夔除了在《齐天乐·庾郎先自吟愁赋》中提及庾信，更在《卜算子·江左咏梅人》中写："忆别庾郎时，又过林逋处。万古西湖寂寞春，惆怅谁能赋。"回忆起当年的庾信，如今的西湖寂寞，没有了庾信，谁还能将这种惆怅情怀抒写得淋漓尽致呢？

庾信的哀愁逐渐地成了一种符号，就像提及屈原，人们就能联想到被放逐的失意士大夫一样。所以，唐朝的文人多崇拜庾信的文辞特点，比如杜甫曾将李白比作庾信，说李白"清新庾开府，俊逸鲍参军"；北宋词人李之仪在《鹊桥仙·宿云收尽》中写："庾郎知有几多愁"，北宋著名诗人、江西诗派临川四才子之一的谢邁在《蝶恋花·留董之南过七夕》中写："君似庾郎愁几许。万斛愁生，更作征人去。"

庾信曾在《哀江南赋》中写有"青袍如草，白马如练"的诗句，北宋有"宋诗开山祖师"之称的梅尧臣在《苏幕遮·草》中写道：

"独有庾郎年最少。窣地春袍，嫩色宜相照。"

而南宋代的词人因为"故国不堪回首"，都借用庾信来抒发山河破碎、国破家亡、故国遗老情怀，比如，南宋最后一位著名词人张炎在《祝英台近·与周草窗话旧》中写："长年息影空山，愁入庾郎句。"而周草窗（周密）在《长亭怨慢·记千竹》中也写："十年旧事，尽消得、庾郎愁赋。"又在《秋霁》中写："谩自惜。愁损庾郎，霜点鬓华白。"南宋末年爱国词人刘辰翁在《兰陵王·丙子送春》中写："正江令恨别，庾信愁赋。二人皆北去。苏堤尽日风和雨。"

"庾郎"的忧愁在古诗词中还以别的形式出现，比如"苏门四学士"之一的张耒，他所作《风流子·木叶亭皋下》词中，为了对仗的缘故，将"庾郎"被换成了"庾肠"，出现了"奈愁入庾肠，老侵潘鬓，谩簪黄菊，花也应羞"的句子。

另外，在部分诗词中，"庾郎"也指南朝齐人庾杲之。在《南齐书·庾杲之传》中记载，庾杲之幼年就很有孝行，宋朝的司空刘面力见到他认为很奇异，对他说："见到您足以使江汉一带仰望，优秀人才声名远扬。"

庾杲之家境清贫，吃的只有腌韭菜、煮韭菜、生韭菜等。任窲曾经和他开玩笑地说："谁说庾郎贫穷，吃菜曾经有三九(韭)二十七种。""三九"即"三韭"之谐音，这个庾杲之的"庾郎"从此成了清贫之士的代表。唐带诗人陆龟蒙在《中酒赋》中写："周子之菹向晚，庾郎之薤初春。"宋代词人黄庭坚在《木兰花令》词中说："庾郎三九常安乐，使有万钱无处着。"

最后，"庾郎"还泛指多愁善感的诗人。清代词人纳兰性德在
《念奴娇·宿汉儿邨》词中写"牧马长嘶，征笳互动，併入愁怀抱；
定知今夕，庾郎瘦损多少！"

在浅吟低唱、风花雪月的宋词中，读到"庾郎"的百转千愁，在
文辞雅正、格律严明的唐诗中，感受"庾郎"的清新劲健，"庾郎"
好似被文人墨客挑选出来的"千古伤心人"，用他表达自己的愁闷情
绪，用他的诗句再次精心排列，展现不一样的感伤心痛。难怪有人
说："南北朝作家，妙笔生花者，远不止江淹一人，庾信就是一位。"

东风不与周郎便，铜雀春深锁二乔

鸣筝金粟柱，素手玉房前。

欲得周郎顾，时时误拂弦。

《听筝》是唐代诗人李端创作的一首五言绝句。前两句的意思是金粟轴的古筝发出优美的声音，那素手拨筝的美人坐在玉房前。后两句说的是美人为博取周郎的青睐，故意地时时拨错琴弦。

这首诗描写了一位弹筝的女子，为了能让爱慕的人顾盼自己，故意将弦拨错，塑造了一个可爱的弹筝女形象。这首诗中的"周郎"是指东汉末年名将周瑜（周公瑾）。

说到周瑜，受《三国演义》的影响，周瑜可谓是家喻户晓。清代史学家、文学家章学诚说《三国演义》是"三分虚构，七分真实"，很多人将周瑜与"心胸狭隘""嫉贤妒能"联系在一起。其实《三国演义》不过是"三分真实，七分虚构"。很多人知道关羽抢了孙坚"温酒斩华雄"的英名，"三英战吕布"，吕布也抢了孙坚的勇名，不得不说孙坚可真是够惨的。但是很多人却不知道比孙坚还惨的是周瑜，周瑜可以说是被《三国演义》黑得体无完肤的一个历史人物了。

历史上真实的周瑜是什么样子？正史记载他"性度恢廓，实奇才也"，孙权称赞周瑜有"王佐之资"，诗人范成大称赞他"世间豪杰英雄士，江左风流美丈夫"。刘备评价他："公瑾文武韬略，万人之英，顾其器量广大，恐不久为人臣耳。"

在史书《三国志》中，作者陈寿对周瑜的评价更高，多次用"英隽异才""王佐之才""文武韬略万人之英"盛赞他。说其政治上高瞻远瞩，忠心耿耿；军事上胆略过人，智勇双全；人格修养上，"性度恢廓"，情趣高雅。那么，如此完美的周瑜为何会变成《三国演义》中那个风流倜傥、有些才干，但心胸狭窄，总想算计诸葛亮却总是搬起石头砸自己的脚的大都督？如何变成了一个聪明反被聪明误的人，一个性格暴躁，政治、军事才能远逊于诸葛亮，最后被诸葛亮活活气死的人？

其实，从宋代开始，很多糟粕的思想便开始繁衍生息。比如，裹脚风盛行、女人要遵守各种规矩、男尊女卑的思想越来越重，朱熹的理学占据历史的上风，"帝蜀寇魏、尊刘贬曹"渐成定局。之后的元明清三代，史学家也承袭朱熹的论点，三国时期的人物随着历史的浪潮，潮起潮落，数度沉浮，东吴处于最为尴尬的位置。为了更加推崇刘氏正统的思想，作为孙权的智囊周瑜，与"三气周瑜""赔了夫人又折兵""既生亮，何生瑜"这样一些典故联系上了。

据《三国志》记载，周瑜举贤荐能可比鲍叔；折节为国可比蔺相如；谦礼忠君更是无人能比。当时的人有"曲有误，周郎顾"的说法，说的是周瑜年少时，就精通音律，即便喝了三盅酒以后，弹奏者若在弹琴时有些差错，周瑜也能够觉察到，并立即扭头去看那个出错者。自魏晋以后，人们常常将"周郎顾曲"作为典故，在各类诗歌、戏曲等文学作品中引用。

南北朝时期，庾信的《和赵王看妓诗》中写"悬知曲不误，无事畏周郎。"著名的南朝陈文学家江总在《和衡阳殿下高楼看妓诗》中写"弦心艳卓女，曲误动周郎。"辛弃疾在《菩萨蛮·赠周国辅侍人》中写"曲中特地误。要试周郎顾。醉里客魂消。春风大小乔。"元代文学家邵亨贞《贺新郎》中写"顾曲周郎今已矣，满江南、谁是知音客。人世事，几圆缺。"

此外，以"梅子黄时雨"著称的贺铸也有名词《诉衷情》，词中写"乔家深闭郁金堂。朝镜事梅妆。云鬟翠钿浮动，微步拥钗梁。情尚秘，色犹庄。递瞻相。弄丝调管，时误新声，翻试周郎。"最后一句说不尽的妩媚风情，自此，《诉衷情》的词牌又得别名《试周郎》。如此一个刚柔并济的人物，一个无可挑剔、品格高尚，令人赞叹的文武全才，加上俊美的外貌，可以说已是一个十分完美的男子，就像他的名字一样——"如瑾似瑜"。

唐朝时期，也有关于正统之争的事情，唐朝的文人墨客对蜀汉的诸葛亮，这位"鞠躬尽瘁，死而后已"的名相推崇备至，又深表同情。于是诗人杜牧便在《赤壁》这首诗中，不加掩饰地调侃周瑜："折戟沉沙铁未销，自将磨洗认前朝。东风不与周郎便，铜雀春深锁二乔。"历史在文学中开始出现了偏差。

不过,"周郎"的风流倜傥和出色的军事才能,也让他在一部分文人诗词中,以一种正常的形象出现。曹操曾说:"赤壁之役,值有疾病,孤烧船自退,横使周瑜虚获此名。"但是北宋文豪苏轼在《念奴娇·赤壁怀古》中赞美周瑜:"大江东去,浪淘尽,千古风流人物。故垒西边,人道是,三国周郎赤壁。"又有"遥想公瑾当年,小乔初嫁了,雄姿英发。羽扇纶巾,谈笑间,樯橹灰飞烟灭。"苏轼把赤壁破曹主要功劳归于周瑜,是合情合理,合乎史实的。

毕竟大诗人李白也是这样认定的,在《赤壁歌送别》中李白写道:"二龙争战决雌雄,赤壁楼船扫地空。烈火张天照云海,周瑜于此破曹公。"在诗仙李白的心目中,周瑜是"龙中之龙"。南宋豪放派词人刘过(字改之)也认同这个史实,在《舣舟采石》诗中写道:"周郎未战曹瞒走,谢安一笑苻坚危。黄云如屯夜月白,箭痕刀痕满枯骨。"

说到刘过这位词人,不禁让人联想到小说家金庸写的《神雕侠侣》中的男主角杨过,杨过也是字改之,说不定金庸先生就是根据刘过的名字取的杨过的名字呢!

唐朝时期的诗人尊崇诸葛亮,也有不忘周瑜的重要性。李九龄在《读三国志》诗中写:

> 有国由来在得贤,莫言兴废是循环。
>
> 武侯星落周瑜死,平蜀降吴似等闲。

这首诗是说，国家的兴盛在于得到贤能之人，武侯是指诸葛亮，诸葛亮和周瑜死后，灭掉蜀国和吴国只是很平常的事。最后两句突出了诸葛亮和周瑜对蜀国和东吴的重要性，周瑜与诸葛亮在诗人眼中，有着等同的地位。

也许历史小说演义，成功地抹黑了这个完美的"周郎"，但是人们无法避开，那个曾经站在"周郎"的敌对面、负责收集编写诸葛亮故事的史官、《三国志》的作者陈寿，对周瑜极度的赞美和感叹，竟无一句对"周郎"的毁伤之言。这可能就是"千古知音无觅处，唯有英雄惜英雄"吧！

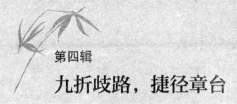

第四辑

九折歧路，捷径章台

　　古人将人生比喻为路，并有长路、歧路、别路、捷路等等分别，万千历史，百岁人生，在诗人们看来，不过是一条条或曲折、或平坦、或崎岖、或精彩的路，不同的人走过去，得失成败转头空，只留青史记篇章。那么诗词中有哪些常见的关于"路"的典故呢？我们一一道来。

大错无端铸六州，亡羊歧路误清流

亡羊歧路愧司南，二纪穷通聚散三。

老去何妨从笑傲，病来看欲懒朝参。

离肠似线常忧断，世态如汤不可探。

珍重加餐省思虑，时时斟酒压山岚。

这是《和江西萧少卿见寄》二首中的第一首，也被视为写中国古代四大发明之一的古诗。这首诗是五代至北宋初年文学家、书法家徐铉的作品，徐铉还校订了《说文解字》。

这首诗的首句便引用了《列子·说符》："大道以多歧亡羊，学者以多方丧生。"亡羊歧路让指示方向的司南都愧疚了，比喻面对的岔路太多，没有明确的目标，所以就会迷失方向。

《列子·说符》中记载，杨子（杨朱，战国时期哲学家）的邻居丢失了羊，于是带着他的朋友，还请了杨子的仆人一起去追赶。杨子说："咦，丢了一只羊，为什么要这么多人去追？"邻居说："因为岔路很多。"

杨子的邻居不久后就回来了，杨子问："你找到羊了吗？"邻居回答说："羊丢了。"杨子问："为什么羊丢了呢？"邻居回答说："因为岔路之中还有岔路，我不知道羊到哪里去了，所以就回来了。"杨子听了邻居说的这番话，有些闷闷不乐。他眉头紧锁，脸色很不好看、一言不发。

杨子的门徒看到杨子一整天都没有露出一丝笑容，不解地问道："羊并不是什么值钱的牲畜，而且又不是先生家的，您为何这样闷闷不乐啊？"杨子并没有回答门徒问的话，所以也没有人知道杨子到底为何不高兴。

杨子为何会不高兴呢？他当然不是心疼那只羊，而是为人们经常误入歧途而惋惜。"亡羊歧路"这个典故还出现在其他的诗词中，宋代词人郭印《再和两首》中有："大道多歧亡羊，至人用心若镜"；南宋诗人程公许《挟文薛君自赋五首克己读书安贫择交训子为题》中有"杂鲍兰胥化，亡羊路或歧"的句子。明代书法家祝允明《己卯春日偶作韩致光体》中有："亡羊何日返初歧，失马由来未用悲。"

宋代江湘《赠李崇义应童子科长歌》中有："愿子勉未至，多歧戒亡羊。"

"亡羊歧路"与"亡羊补牢"都有"亡羊"二字，但是诗词中倘若出现，所表达的含义也不相同。比如，南宋爱国诗人陆游写的《秋兴》：

惩羹吹齑岂其非，亡羊补牢理所宜。

白头始访金丹术，莫笑龟堂见事迟。

这首诗的前两句引用了两个典故，"惩羹吹齑"源自战国时期楚国爱国诗人屈原的《九章·惜诵》，其中有"惩于羹者而吹齑兮，何不变此志也。"意思是被热汤烫过嘴，吃冷食的时候也要吹一吹。比喻受到过教训，遇事过分小心。"亡羊补牢"则源自西汉刘向的《战国策·楚策四》，亡羊补牢的故事："见兔而顾犬，未为晚也；亡羊而补牢，未为迟也。"说的是犯了错误，立即改正，能够减少失误，及时采取补救，可以避免继续出现损失。

最后两句说的是，已经白头发了才开始寻访炼金丹的秘术，不要笑我事情发生了才去想解决办法，太迟了。陆游有"龟堂老人"称号，还写了很多关于"龟堂"的诗。

有人说，歧路之所以为歧路，就是并不知道哪一条是正途。若知道何为正途，即便是"歧路之中又有歧"也无妨。的确是这样，有一个明确的目标，即便歧路再多，也不会迷失。

近代文人柳亚子在《读史》诗中，也曾引用《列子》中的这个典故，其中有一联写："大错无端铸六州，亡羊歧路误清流"。看来"歧路亡羊"的使用率不低于"亡羊补牢"。

鲁迅先生在第一次回复许广平的信件里，也曾谈到"歧路"这个问题，他回答自己"如何在世上混过的方法"时，坦言说："走'人生'的长途，最易遇到的有两大难关。其一是'歧路'。"

很多时候，我们走脚下的路并不知道它是"歧路"，走到中途的时候才发现已经误入歧途。中途知歧而能返者，可能会找到一条好的路；知其迷途而不返者，歧路就成了不归路了。

近代著名学者王国维曾写过一首夜宿故乡的诗：

新秋一夜蚊如市，唤起劳人使自思。

试问何乡堪著我？欲求大道况多歧。

人生过处惟存悔，知识增时只益疑。

欲语此怀谁与共，鼾声四起斗离离。

人生中有很多的大道，大道的中途也可能有很多的歧路，只要心中有目标，再多的歧路也不会迷茫。

朱雀桥边野草花，乌衣巷口夕阳斜

朱雀桥边野草花，乌衣巷口夕阳斜。

旧时王谢堂前燕，飞入寻常百姓家。

这首怀古诗是唐代诗人刘禹锡创作的《乌衣巷》，其中"旧时王谢堂前燕，飞入寻常百姓家"是千古名句。朱雀桥边一些野草已经开花了，乌衣巷口有夕阳斜挂。当年豪门房檐下的燕子，如今已经飞进了寻常百姓的家里。

这首诗中所写的"朱雀桥"在金陵城外，乌衣巷在朱雀桥南岸。乌衣巷是三国时期东吴的禁军驻地。由于当时禁军都身穿黑色的军服，所以，此地便俗称为乌衣巷。东晋时期，以王导、谢安为代表的两大家族，以及其他豪门大族都聚集在乌衣巷，此后乌衣巷便成了豪门的代称，豪门子弟被称为"乌衣郎"。

乌衣巷和王谢堂在刘禹锡的诗歌下，终于在野草和废墟中重生，不需任何砖瓦的修葺，得到了永恒。此后，乌衣巷不再是一条小巷，成了金陵繁荣的象征，更是古今变迁的代言。元代著名书法家、画家、诗人萨都剌写了一首《满江红·金陵怀古》：

六代豪华，春去也、更无消息。空怅望，山川形胜，已非畴昔。王谢堂前双燕子，乌衣巷口曾相识。听夜深、寂寞打孤城，春潮急。

思往事，愁如织。怀故国，空陈迹。但荒烟衰草，乱鸦斜日。玉树歌残秋露冷，胭脂井坏寒螿泣。到如今、只有蒋山青，秦淮碧！

这首词连缀了一系列的古今人物和风物，拓宽了时空领域的同时，又使得怀古的意蕴悠远。金陵虽然不是元朝的都城，但是元文宗图帖睦尔对诗人恩宠有加，萨都剌在备受恩宠的境况下，游赏金陵。如今文宗已经不在人间，萨都剌抚今忆昔，感慨万千，写下了这首词。

因为乌衣巷、朱雀桥、王谢堂等历史名胜，写"金陵怀古"的文人有很多，比如，素来不被人称为宋代"词家"的王安石，因为写了首《桂枝香·金陵怀古》，而词名高涨，苏东坡见到这首词后，惊叹道："此老真野狐精。"比如，宋词集大成者周邦彦写《西河·金陵怀古》，词风难得一见的悲壮。

有人说，乌衣巷自带沧桑和历史深沉的气味。也有人说，如果王导和谢安令乌衣巷不凡；王羲之和王献之以及谢灵运令乌衣巷不俗；那么刘禹锡、周邦彦和萨都剌则令乌衣巷不朽。

唐朝时期，以一首《寒食》诗被唐德宗所赏识，"大历十才子"之一的韩翃，也写了一首《送客之江宁》的送别之作：

春流送客不应赊，南入徐州见柳花。

朱雀桥边看淮水，乌衣巷里问王家。

千间万井无多事，辟户开门向山翠。

楚云朝下石头城，江燕双飞瓦棺寺。

吴士风流甚可亲，相逢嘉赏日应新。

从来此地夸羊酪，自有莼羹定却人。

这首诗的开篇便点明送别时节以及所送之人南下所经之地。因为古人有折柳的送别习俗，所以诗人特意写了柳花。通过朱雀桥、乌衣巷，点明了题目的"之江宁"赴任。诗人还在诗的后面劝慰友人，不要担心水土不服，江宁之莼羹比中原的羊酪味更可人。

夕阳西下之时，乌衣巷就会变得沉重起来。巷子的另一头通到白鹭洲公园，如今的秦淮变窄，再难见到李白笔下"二水中分白鹭洲"的景色。乌衣巷与白鹭洲在北宋词人贺铸的笔下，也是景色美到极致，《江南曲》如下：

游倡寻杜若，别浦鸳鸯落。

向晚鲤鱼风，客樯千里泊。

当时桃叶是新声，千载长余隔水情。

乌衣巷里人谁在，白鹭洲边草自生。

南宋著名文学家、"中兴四大诗人"之一的杨万里，曾写过一首《谢湖州太守王成之给事送百花春糟蟹》，首句便是"乌衣巷里批敕手，整顿乾坤渠尽有。"南宋诗人苏泂写过《金陵杂兴二百首》，其中有一首这样写：

乌衣巷侧长干寺，暇日闲来看一回。

未觉六朝兴废迹，凄凉先傍眼边来。

主要也是从乌衣巷中看到了历史的变化凄凉和朝代的兴废。

"明初诗文三大家"之一的高启，曾写过一首《春日寄张祠部》的诗：

乌衣巷口燕来时，杨柳风多纻酒旗。

远客金陵游伴少，看花惭比去年迟。

从这首诗中可以看出明朝时期，金陵的酒业繁荣，悬挂着卖酒的旗有很多。而词的上部分多酒旗与下部分游客少和看花迟形成一个对比。

历史上的很多诗人都喜欢站在乌衣巷口凭吊历史，从盛极一时到繁华落尽。乌衣巷不会言语，却也是在用一砖一瓦来印证着兴衰的历史。很多诗人的诗中，乌衣巷都是一个沉重、凄凉的代名词，比如，南宋末诗人、宫廷琴师汪元量的《莺啼序·重过金陵》中，"伤心千古，泪痕如洗。乌衣巷口青芜路，认依稀、王谢旧邻里。"南明儒将、抗清名人张煌言的《辛丑秋虏迁闽浙沿海居民，壬寅春余舣棹海滨》诗中，"最怜寻常百姓家，荒烟总似乌衣巷。"

乌衣巷似乎流着血泪也诉不尽悲凉，金陵的一切名胜古迹也都有这种悲凉的基调。比如，"元曲四大家"之一的白朴，他有一首《水调歌头·初至金陵，诸公会饮，因用北州集》的词，其中有"新亭何苦流涕，兴废古今同。朱雀桥边野草，白鹭洲边江水，遗恨几时终。唤起六朝梦，山色有无中。"

　　乌衣巷自唐代便已经多半被废弃，虽然没有经历明清与民国的战火，但是乌衣巷的兴衰就代表了金陵的兴衰。现如今，荒废千年的乌衣巷又开始喧嚷如初，只不过关于金陵的感叹、金陵的伤痕以及金陵的沧桑，在古人的诗词中，依然凝聚着浓重的愁绪。

为郡鲜欢君莫叹，犹胜尘土走章台

> 小苑禁门开，长杨猎客来。
>
> 悬知画眉罢，走马向章台。
>
> 涧寒泉反缩，山晴云倒回。
>
> 熊饥自舐掌，雁惊独衔枚。
>
> 美酒余杭醉，芙蓉即奉杯。

这首《和宇文京兆游田诗》，是由南北朝时期文学的集大成者庾信所作。庾信其家"七世举秀才""五代有文集"，他的父亲庾肩吾也是著名文学家。庾信的这首诗是山村落猎围之语，狩猎是春日游山活动的组成部分。诗中的"长杨猎客来"，"长杨"本是秦朝旧宫，到了汉代则成了天子行宫。宫中有垂杨柳数亩，在汉代是游猎场所，诗中用以指代宇文氏的猎场。狩猎过程中用芙蓉杯饮美酒，其乐无比。

而"悬知画眉罢，走马向章台"，画眉则是说西汉时期的张敞，"走马章台"为何会和张敞紧紧联系在一起？据《汉书·张敞传》中记载，张敞担任京兆尹，朝廷每当议论大事，他能引经据典，处理适宜，大臣们都非常佩服他。皇帝也多次听从张敞的意见。但是张敞没有做官的威仪，散朝后驱马经过可以跑马的章台街时，他让车夫赶马快跑，而自己则用折扇遮面悠闲地走，以免被人认出。

章台本是长安下街名，在战国时期是秦国的象征，《史记》中记载，秦灭六国的过程中，"诸侯莫不西面而朝于章台之下矣。"章台的历史地位是很高的。而历史上著名的"完璧归赵"，也正是蔺相如来到秦国章台所发生的故事。庾信诗中兼取二义，运用秦汉典故，把京兆尹宇文氏的狩猎活动和西汉宣帝时的京兆尹张敞的逸闻逸事联系了起来。

北宋女词人盼盼有一首《惜花容》，引用了这个典故，也有这种"惜时""惜情"之感。比如"少年看花双鬓绿，走马章台管弦逐。而今老更惜花深，终日看花看不足。"

南宋末年的区仕衡，是一位普通的读书人，却曾做出过上书弹劾权奸贾似道、倾尽家财募兵抗元等不寻常的举动。他曾写过一首《寄赵仲白先辈》诗，如下：

> 章台杜牧之，长安孟东野。
>
> 忆君飞笔时，何处木兰下。

南宋时期，有一个居无定所，四处漫游，沿途寻求资助的诗人群体，被称作"江湖诗人"，而其中较为著名的就有这个赵仲白。这首诗的前两句提到了两个唐代著名的诗人，分别是杜牧和孟郊。

"章台"既然是风月场所，为何会与大诗人杜牧有联系呢？其实，很多人都不知道，杜牧是一个喜好留恋于风月场所的诗人。杜牧家学渊源，政治才华出众，是宰相杜佑之孙，杜从郁之子。杜牧自幼才华横溢，十几岁的时候就写过十三篇《孙子》注解，还写过很多策论；在考进士之前，杜牧因为一首《阿房宫赋》而广受好评。

但是，他也为人诟病。虽然他有才华，却为人不拘小节，喜好留恋风月场所。在被淮南节度使牛增孺授予推官一职之后，杜牧的风流才完全显现出来。因为任职在扬州，而扬州自古就是风月之地，杜牧几乎夜夜笙歌。一直到他要离开扬州转去洛阳做监察御史时，牛增孺才在临行时含蓄地对杜牧表示，你去洛阳之后出任的是监察工作，自身也要注意，不要再总是留恋烟花之地了。

忽然被老上司提起，杜牧也有点不好意思，但还是嘴硬地没有承认并狡辩说："某幸常自检守，不至贻尊忧耳"，意思是：我自己还可以吧，挺注意洁身自好的。

然后，牛增孺就递给了他一个小箱子，里面是满满的一箱平安帖。原来杜牧喜好留恋风月场所，又经常喝醉，牛增孺不放心他的安全，就派了三十多个人，轮流暗中保护杜牧。那一箱子平安帖的内容不外是：某日夜，宿于某处，平安无事。杜牧觉得不好意思之时，泣拜致谢，又大为感激牛增孺。

后来杜牧离开扬州之前不仅和自己的老上司告别，那些粉红知己更是要好好告别一番，他还为其中的歌妓写了首《赠别》诗。杜牧虽然感激牛增孺的提醒，但到达洛阳之后，还是没有压抑本性。当时一位李司徒宴请官员，因为杜牧监察御史的身份，没有请他。但是杜牧听说李司徒家有一婢女紫云长得特别漂亮，竟然捎话给李司徒，意思是我也有时间赴宴，李司徒没办法只得请了杜牧。

谁知杜牧赴宴之时就已经喝了不少酒，当时已经有歌姬在唱歌跳舞了，杜牧醉醺醺地问李司徒，哪个是紫云，李司徒指给他看之后，杜牧看了半天说："果然名不虚传，应该送给我"。周围的人听了都哈哈大笑，他却不以为意。还当席作诗一首：

华堂今日绮筵开，谁唤分司御史来？

偶发狂言惊四座，三重粉面一时回！

杜牧的风流，使得他赢得了"章台杜牧之"的诗句，也留下了读来令人忍俊不禁的风流故事。

晚唐诗人李商隐《柳》中有"巴雷隐隐千山外，更作章台走马声"；苏轼《蝶恋花·一颗樱桃樊素口》中有"破镜重圆人在否。章台折尽青青柳"；黄庭坚《清平乐·黄花当户》中有"且乐尊前见在，休思走马章台"。

翻看唐诗宋词，古代男性文人们十分擅长的，便是写妇人如何思念着他们。歌妓们所在的场所也有了不一样的名称特指，可见化用典故是一种多么高明的手段。

塞上长城空自许，镜中衰鬓已先斑

早岁那知世事艰，中原北望气如山。

楼船夜雪瓜洲渡，铁马秋风大散关。

塞上长城空自许，镜中衰鬓已先斑。

出师一表真名世，千载谁堪伯仲间。

这是陆游的作品《书愤五首·其一》，整首诗句句是愤，字字是愤。以愤而为诗，诗便尽是愤。陆游在这首诗中称，年轻的时候哪知世事艰难，朝北望着被金人侵占的中原，气概犹如高山。曾记得瓜洲古渡，飞雪洒满大宋的楼船；大散关头，铁甲骑兵在秋风中飒爽酣战。

可惜啊，我曾经以塞上长城自诩，如今看着镜中的头发已经花白。《出师表》真的足以万古流传，试问千载之下，谁还能和诸葛亮并立比肩？

这首诗中，陆游用了几个典故，首先是颔联的"楼船夜雪瓜洲渡，铁马秋风大散关"，这是在追忆25年前的两次抗金胜仗。宋高宗绍兴三十一年（1161年）冬，金主完颜亮率军南下，企图从瓜洲渡江南下攻建康，被宋将刘锜、吴璘击退。第二年，吴璘又收复了大散关。

　　另外两个典故是"塞上长城空自许"和尾联的诸葛亮《出师表》。说到"塞上长城"之称，指的是南朝宋的大将檀道济。在《南史·檀道济传》记载，檀道济曾跟随被李贽誉为"定乱代兴之君"，也有"南朝第一帝"之称的刘裕征战四方，因作战勇敢，身先士卒，勇冠三军，所向披靡，得到了刘裕的赞赏，被封为冠军将军。

　　檀道济虽然是战将，却也有仁德之心。刘裕北伐后秦，檀道济担任先锋，一路上连战皆胜，俘虏了许多战俘。有人建议将战俘杀死，将尸体堆在一起成为景观。檀道济却说："讨伐罪人，哀愍百姓，正在今日。"随即便下令将战俘释放。后来，他的奇袭最终帮助刘裕平定后秦。

　　"金戈铁马，气吞万里如虎"的刘裕死后，他的儿子刘义符即位，辅政大臣谢晦、傅亮、徐羡之将其废掉，檀道济被迫参与其中。之后"封狼居胥成笑柄"的宋文帝刘义隆即位，并先后除掉了辅政大臣谢晦、傅亮、徐羡之等人，但是唯独没有对檀道济动手。因为宋文帝知道，这个时候北魏政权崛起，多次南下挑衅，刘宋政权之所以安稳到现在，是因为有檀道济这座"万里长城"的存在，北魏军队才无法大举南下。

　　宋文帝重病之时，辅政的彭城王刘义康，担心檀道济会谋反，召檀道济入朝。临行前，檀道济的妻子劝他说："震世功名，必遭人忌，古来如此。朝廷今无事相召，恐有大祸！"但檀道济不听劝告：

"我率师抵御外寇，镇守边境，从没有辜负国家，国家又怎么会辜负我心呢？"

当檀道济准备坐船回驻地的时候，却收到了逮捕自己的诏书。他狠狠地把头巾摔在地上，说道："乃复坏汝万里之长城！"最终檀道济与其子，以及麾下的猛将全部被处斩。后来，檀道济被斩杀的消息传到北魏，魏军将领十分高兴，说道："济已死，吴子辈不足复惮。"于是连年南侵。

后来，北魏军不断强大，不断吞噬宋的疆土，甚至大军渡过了长江。宋文帝吓得向东逃到了镇江的北固山上，看着魏兵自由往来，宋文帝哆嗦着嘴唇说："檀道济要是活着，绝对不会让他们如此嚣张。"这个世界就是这么奇怪，很多人失去后才知道弥足珍贵。檀道济被冤杀之后，当时的人颇为此事伤痛，故民间又有歌云："可怜《白符鸠》，枉杀檀江州。"

后来，唐代诗人刘禹锡见到檀道济故垒，回想这一事实，顿生感慨曾写过一首《经檀道济故垒》的诗：

> 万里长城坏，荒营野草秋。
>
> 秣陵多士女，犹唱白符鸠。

檀道济之后，后世就用"万里长城"指守边的将领。"自毁长城"则用来比喻自己削弱自己的力量或自己破坏自己的事业。

乾隆帝爱新觉罗·弘历作为大清的皇帝，自然是喜欢爱国勇将，对奸佞之臣极其厌恶。他曾多次到杭州岳飞祠墓造访，并亲自撰写

《经岳武穆祠》:

> 翠柏红垣见葆祠，羔豚命祭复过之。
>
> 两言臣则师千古，百战兵威震一时。
>
> 道济长城谁自坏？临安一木本犹支。
>
> 故乡俎豆夫何恨，恨是金牌太促期！

其中，颈联"道济长城谁自坏"一句，引用了檀道济的典故，也为了说明对宋高宗冤杀岳飞等于自毁长城的愤怒。

历史总是惊人相似，有南朝刘宋文帝冤杀檀道济自毁长城，也有赵氏南宋高宗冤杀岳飞，而自毁长城，更有明朝末年，明思宗朱由检斩杀袁崇焕，自毁大明长城的事情。

在腐朽的大明帝国打一场败一场的情况下，袁崇焕挺身而出，投笔从戎，登上了悲壮的历史舞台。他让不可一世的努尔哈赤，第一次尝到了惨败的滋味，还让皇太极损兵折将，连夜溃逃，令清兵闻名丧胆。可惜，最后朱由检中了清人的离间计，袁崇焕被凌迟处死。

这悲情又让人难以呼吸的痛，历史名将不能战死沙场，却偏要死在自己人的手中。也许只有袁崇焕自己的诗，能描述那种无以名状的悲情：

> 太息弓藏狗又烹，狐悲兔死最关情。
>
> 家贫资罄身难赎，贿赂公行杀有名。
>
> 脱帻愤深檀道济，爱书冤及魏元成。
>
> 备遭惨毒缘何事，想为登场善用兵。

黄沙百战穿金甲，不破楼兰终不还

青海长云暗雪山，孤城遥望玉门关。

黄沙百战穿金甲，不破楼兰终不还。

这首《从军行七首·其四》是盛唐著名边塞诗人王昌龄所写，诗的前两句提到了三个地名，有点时空错乱之感，关于这两句诗有很多争议。后两句诗则由情景交融转为直接抒情，"百战"到"穿金甲"，表现了战斗的艰苦激烈。

这首诗中提到的"楼兰"是中国古丝绸之路上的一个小国，位于罗布泊西部，处于西域的枢纽，王国的范围东起古阳关附近，西至尼雅古城，南至阿尔金山，北至哈密。"楼兰"的名称最早见于《史记》，曾是丝绸之路的必经之地。

汉武帝时期，匈奴的势力强大，楼兰一度受控于匈奴，攻杀汉朝使者，劫掠商人。汉武帝曾发兵攻打，并俘虏了楼兰王，迫使他归附汉朝。后来，楼兰又中了匈奴的反间计，屡次拦截杀害汉朝的官吏。

汉昭帝元凤年间，傅介子以骏马监的身份拿着汉昭帝的诏书去谴责楼兰、龟兹国。期间观察到楼兰、龟兹国多次反复无常，于是乘机率领所带的汉军一起斩杀了匈奴使者。之后他对大将军霍光表示，反复无常应该受到谴责，愿前去刺杀楼兰王，以此树立汉朝的威望。

之后，傅介子和士兵一同带着金银钱币，声称把这些东西赏赐给各国。他们到了楼兰，起初楼兰王不愿亲近傅介子。后来，傅介子假装离开，并指使翻译对楼兰王说："汉朝使者带有黄金锦绣巡回赐给各国，大王如果不来受赐，我就要离开到西面的国家去了。"说完还拿出金币给翻译看。

翻译回来后，把情况报告给楼兰王，楼兰王贪图汉朝财物，就来会见使者。傅介子和他坐在一起饮酒，并拿出财物给他看。之后趁着楼兰王醉酒，带着两个壮士刺杀了楼兰王。楼兰王死后，他的贵族及左右官员都各自逃走。傅介子告谕他们说："楼兰王有罪于汉朝，天子派我来诛杀他，应改立以前留在汉朝为人质的太子为王。汉军刚到，你们不要轻举妄动，一有所动，就把你们的国家消灭了！"之后，傅介子就带着楼兰王的首级回京交旨，公卿、将军等都称赞他的功劳。

从傅介子计斩楼兰王以后，诗人就常用"楼兰"代指边境之敌，用"破(斩)楼兰"指建功立业。这个典故后来还有多种形式出现，比如"刺楼兰""返楼兰""都护楼兰返"等。

实际上，从傅介子用计策杀了楼兰王后，楼兰便改名为鄯善，还将都城南迁。汉朝没有放松对楼兰的管理，还设都护、置军侯、开井渠、屯田积谷，楼兰仍然很兴旺。到了东晋后，中原群雄割据，混战不休，无暇顾及楼兰，它才逐渐与中原失去联系。南北朝时期，很多文人也用"刺楼兰""都护楼兰返"来表达边境破敌，比如，南朝沈约《白马篇》中写："长驱入右地。轻举出楼兰。直去已垂涕。宁可望长安。"南北朝时期文学的集大成者庾信在《拟咏怀十七》中，更是写出名句："日晚荒城上，苍茫余落晖。都护楼兰返，将军疏勒归。"

而南北朝末期，隋朝诗人、悲情才子薛道衡在《出塞》诗中写："还嗤傅介子，辛苦刺楼兰。"

唐朝时期，中原地区较强盛，唐朝与吐蕃在楼兰多次兵戎相见。所以，唐朝时期的边塞诗人都有点"楼兰情节"，很多诗文中，也出现了"破楼兰"或"斩楼兰"的句子。比如，著名边塞诗人岑参的《献封大夫破插仙凯歌》中写："官军西出过楼兰，营幕旁临月窟寒。"王昌龄《从军行七首·其六》中写："明敕星驰封宝剑，辞君一夜取楼兰。"

就连诗仙李白也多次用"斩楼兰"，来表示建功立业，比如《塞下曲六首·其一》：

> 五月天山雪，无花只有寒。
>
> 笛中闻折柳，春色未曾看。
>
> 晓战随金鼓，宵眠抱玉鞍。
>
> 愿将腰下剑，直为斩楼兰。

这组诗作于唐玄宗天宝二年（743年），在这前一年，李白初入长安，彼时供奉翰林，胸中正怀有建功立业的政治抱负。他在另一首《出自蓟北门行》中也用了这个典故，写"画角悲海月，征衣卷天霜。挥刃斩楼兰，弯弓射贤王。"在《横吹曲辞·幽州胡马客歌》中也写"双双掉鞭行，游猎向楼兰。出门不顾后，报国死何难。"

作为现实主义诗人的诗圣杜甫，也有这样的抱负，他在《秦州杂诗二十首》中写："属国归何晚，楼兰斩未还。烟尘独长望，衰飒正摧颜。"唐朝末年诗人翁绶在《横吹曲辞·陇头吟》中写："横行俱足封侯者，谁斩楼兰献未央。"

宋代词人的"楼兰情节"也没有消失，尤其是面对金人的侵略，无力还击只会偏安一隅的南宋，使得这一时期的词人要"斩楼兰"的心思，分毫不减。

与张孝祥一起号称南宋初期"词坛双璧"的张元干，曾写过一首《贺新郎·寄李伯纪丞相》：

曳杖危楼去。斗垂天、沧波万顷，月流烟渚。扫尽浮云风不定，未放扁舟夜渡。宿雁落、寒芦深处。怅望关河空吊影，正人间、鼻息鸣鼍鼓。谁伴我，醉中舞。

十年一梦扬州路。倚高寒、愁生故国，气吞骄虏。要斩楼兰三尺剑，遗恨琵琶旧语。谩暗涩铜华尘土。唤取谪仙平章看，过苕溪、尚许垂纶否。风浩荡，欲飞举。

这首词是写给南宋著名的爱国英雄李纲（字伯纪）的，在金兵围攻京城的危急时刻，李纲力主抗战，坚守开封，并最终击退了金兵。

张元干与李纲是僚属，后来李纲被罢免，张元干也一并连带获罪。后来，秦桧二次为相，力图和议，李纲上书反对议和，又被罢免。于是张元干写下了这首词。

这首词中的"楼兰"代指金人，"要斩楼兰三尺剑"则是期望朝廷振作，能够像傅介子一样，提剑斩楼兰。

爱国词人辛弃疾在《送剑与傅岩叟》中写："且挂空斋作琴伴，未须携去斩楼兰。"就连一介布衣之士的刘过也关心北伐，热衷于祖国的统一，写下了《沁园春·张路分秋阅》这首词，"拂拭腰间，吹毛剑在，不斩楼兰心不平。"刘过的词闻名天下，又写出这样的爱国之词，所以《龙洲词跋》中说他"天下奇男子，平生以气义撼当世。"

唐宋时期，大量的诗句中，还能够看到楼兰的影子，但是这诗文中的"楼兰"，不再是当初的那个具体的国家了，而是泛指西域一带的广阔区域。宋朝以后，无论是诗文还是文献上，都很少再出现"楼兰"这个词了。到了元朝，马可·波罗还曾对楼兰古国十分好奇，几度带人前往寻找，但是每一次都是徒劳无获。至此，楼兰彻底成了传说，再也没有人知道它具体的样貌了。

畴昔金门看选贤，一星终矢半英躔。

谁怜蛮府清池句，不著南山捷径鞭。

作者七人茅瘴地，肃霜九月菊残天。

浮生聚散如风雨，同倚东楼岂偶然。

这首诗原来的题目为《逍遥楼席上赠张邦达教授，张癸未省闱门生也。同年进士俱会楼上者七人》，是南宋中兴四大诗人之一的范成大所写。这首诗明为赠张邦达，实际上是写范成大怀才不遇，只能流落到这荒蛮之地的牢骚之词。在这首诗中，诗人的郁闷之情不言而喻，除了仕途上的不得意之外，身处境地、朋友寥落，也加重了范成大抑郁思归之情。

这首诗中"不著南山捷径鞭"中的"南山捷径"，是由"终南捷径"这个词语演化而来。"终南捷径"一词出自《新唐书·卢藏用传》。唐朝时期，书生卢藏用因为没有考上进士，于是便和哥哥卢征明隐居在京城长安附近的终南山，想要以此来扩大影响。因为终南山距离京城很近，山水景色都很美，而且皇帝和大臣们常常来此处避暑、游赏，而且很多达官贵人也喜欢在此处建立自己的别墅。

古代隐居的人有很多种，一种是不愿意与官场之人同流合污的；还有人是因为官场失利；还有人是为了通过隐居这个举动来抬高声望。因为隐居之举比较容易引起官府的关注，所以在士人中形成了影响，很多人为了能够得到重用，便假意隐居。

卢藏用的目的昭然若揭，他想要借着隐居而被皇帝看重的意图，可以说小孩子都能看出来，所以，当时的人称呼他"随驾隐士"。后来他果然被唐中宗请入朝中做官，还曾先后担任左拾遗、修文馆学士、工部侍郎等职位。

卢藏用和道士司马承祯是好多年的朋友，但是两个人在兴趣志向上相差很多。有一天，司马承祯奉唐睿宗之命，前往长安宫中谈道说法。临别之际，卢藏用以朋友的身份来给司马承祯践行。司马承祯向卢藏用表明了自己想要退隐天台山的意愿，但是卢藏用却建议他隐居终南山，并说："这座山里有很多地方，你何必远走他乡呢？"

司马承祯立刻明白了卢藏用的意思，立即正色地说道："在我看来，终南山只不过是通向官场的一条便捷之道罢了。"卢藏用听到朋友这句话，面露惭愧之色，感到十分尴尬，甚至不知道该说什么好了。

此后"终南捷径"一词，便被后人比喻为求名利最近、最便捷的路，也比喻为了达到目的便捷的途径。

在盛唐时期，隐居可以扬名，还可以获得好的名誉，"终南捷径"就是一条"由隐而仕"的求官新道路。不通过科举考试就可以获得皇帝的诏见，盛唐时期的大诗人李白就是走的"终南捷径"。

李白关心民间疾苦，又不参加科举考试，不屑于做小官，总想要干一番惊天动地的大事。还常常以诸葛亮、谢安、张良自比，希望自己能够实现布衣卿相的人生理想。最后，他成功走上了"终南捷径"，在终南山接到了皇帝的诏令，高兴得有些忘乎所以，喜不自禁地写下了："仰天大笑出门去，我辈岂是蓬蒿人！"

有"五言长城"之称的诗人刘长卿曾写过一首《送上人》诗，堪称五绝诗作中的经典。虽然这首诗中没有出现"终南捷径"这个词，但是表达的却是这个含义。

> 孤云将野鹤，岂向人间住。
>
> 莫买沃洲山，时人已知处。

所谓的"上人",其实是刘长卿的好友灵澈上人,他有些出家为僧尘缘未断的感觉,刘长卿特意写诗调侃好友,也使得这首有趣的劝隐诗得以广为流传。

孤云野鹤不流于世俗,都是天上的,怎么会来人间居住,沾染世俗之气呢?这句隐藏的含义就是你既然决定归隐,就要如同那孤云野鹤一般,不得沾染尘世之气。后两句的意思也十分明显,你既然要归隐,那就去往深山老林,来到这沃洲算怎么回事?这里人来人往,都是凡尘俗子,如何能够帮助你修行呢?

南宋著名诗论家、豪放派词人刘克庄写过一首《水龙吟·先生放逐方归》:

先生放逐方归,不如前辈抽身早。台郎旧秩,看来俗似,散人新号。起舞非狂,行吟非怨,高眠非傲。叹终南捷径,太行盘谷,用卿法、从吾好。

闲了草庐长啸。后将军来时休报。床头书在,古人出处,今人非笑。制个淡词,呷些薄酒,野花簪帽。愿云台任满,又还因任,赛汾阳考。

这首词中不仅引用了"终南捷径"的典故,"太行盘谷,用卿法、从吾好"这一句用的是韩愈《送李愿归盘谷序》的典。《送李愿归盘谷序》是韩愈写给友人李愿的一篇赠序。韩愈因长期得不到朝廷的重用,便在李愿回盘谷隐居之时,写下这篇《序》,借以倾吐心中的不平之气,同时表达羡慕友人隐居生活的思想感情。

明代著名文学家、书法家陈继儒，人称"陈眉公"也曾做过和卢藏用类似的事情，而遭到众多文人的讽刺。陈继儒曾隐居小昆山，得了隐士之名，但是他又经常周旋于官绅之间。当时的人们也认为，隐士就要声闻不彰，息影山林，而不应身在江海之上而心居魏阙（朝廷）之下。

"江左三大家"之一的钱谦益曾评价他："仲醇为人，重然诺，饶智谋，精心深衷，妙得老子阴符之学。"而清代戏曲家、文学家、"江右三大家"之一的蒋士铨，有一首《临江仙·隐奸》的诗十分有名，不少人认为他这首诗是在讽刺陈继儒。

> 妆点山林大架子，附庸风雅小名家。
>
> 终南捷径无心走，处士虚声尽力夸。
>
> 獭祭诗书充著作，蝇营钟鼎润烟霞。
>
> 翩然一只云间鹤，飞去飞来宰相衙。

这首诗可谓是句句讽刺，意思是说，假装隐居不想做官，其实是嫌弃官职太小不愿意做。写诗、写字，这种附庸风雅的事情样样都会，小有名气。接着便引用了"终南捷径"这个典故，意思也是十分明显，不想做官吗？想得很啊！隐士自己在那里拼命吹牛，夸赞自己。

"獭祭诗书称著作"，我们都知道李商隐喜欢用典故，有"獭祭鱼"的称号。这里是借喻，是说一个人写诗做文章，这里抄几句，那里抄几句，然后组合一下，整齐地编排在一起，就说是自己的著作了。

"蝇营钟鼎润烟霞"，是说爱好古董，希望人家送他，想办法去搜罗。最后两句诗说，自由自在的，功名富贵都不要，像很清高地飞翔在高空中的白鹤一样。结果那么清高的云中鹤居然又在宰相家飞来飞去，所为何事？可见所谓当处士，不想功名富贵等等都是假的。

人生到底有没有"终南捷径"？似乎是没有的，只有经过不懈的努力，才能够获得成功。倘若有些人真的踏上了"终南捷径"，那么一定是有底蕴和才华在支撑。自古以来，能够踏上"终南捷径"的人，走得稳的很少，多数人费尽心思到头来不过是一场空。

九折危途寸步艰，至今回首尚心寒

　　　　　　穰绿连村荔子丹，瘴云将雨暗前湾。

　　　　　　张旗且喜三滩驶，叱驭曾惊九折艰。

　　　　　　泸水舟闲迷古渡，马湖碑缺伴荒山。

　　　　　　威名功业吾何有，无事飘飘犯百蛮。

　　这首《江安道中》收录在《全宋诗》中，是南宋中兴四大诗人之一的范成大所写。诗的题目点明了地点江安（今四川宜宾市江安县），首联写的是诗人在行进途中看到的景象；颔联则引用了西汉末年著名大臣王尊的故事。这一联的前一句在范成大撰著的《吴船录·卷下》中有解释，"乙巳。发叙州。十五里，有南广江来合大江，通百二十里，至南溪县。四十五里，至泸州江安县。道中有滩，号张旗三滩。谓湍势奔急，张旗之顷，已过三滩也。百二十里，至泸州，方申时。"

　　颔联的后一句则说的是王尊驾车路过"九折阪"的故事。根据东汉时期的史学家班固《汉书·卷七十六·王尊传》记载，王阳做益州刺史，巡视部属到邛崃九折阪时，曾叹息说："父母给了我这个身体，怎能屡次冒生命危险登上这险峻的山路呢！"于是，他就托病辞职返回故乡了。王阳的这句话后来被用做生病弃官的借口。

王尊升任为益州刺史的时候，也到了九折阪。他问官吏说："这里莫不是王阳害怕的路吗？"官吏回答："正是！"

王尊听到回答，大声催叱驾车人喊道："驱马快行！王阳做孝子，王尊要做忠臣。"王尊在任两年，安抚百姓巡察远地，外族蛮夷也都归附于他的威信。

王阳和王尊驾车路过"九折阪"的故事，深得后人尊重。自古忠孝难两全，王阳要做孝子，王尊要做忠臣，都值得后世尊重。后世根据王尊的故事，常以"九折途""九折心"来比喻险要的地势或道路，以"叱驭"为报效国家，不畏艰险，也借喻不再奔波于仕途或喻指路途艰险。

东晋时期，曾参加王羲之兰亭修禊的诗人和书法家孙绰，写过一首《游天台赋》，其中有"既克济于九折，路威夷而修通"的句子，南北朝时期梁陈间著名诗人阴铿，有一首《蜀道难》诗，曾引用这个典故：

> 王尊奉汉朝，灵关不惮遥。
>
> 高岷长有雪，阴栈屡经烧。
>
> 轮摧九折路，骑阻七星桥。
>
> 蜀道难如此，功名讵可要。

这首诗共八句，只有四十字。诗的前两句便说了身居高位，但是却不畏惧蜀道的艰难险阻；中间四句则重点描写了踏足蜀道所要经历的各种危险状况，不仅有终年不化的积雪，还有多次被战火烧毁的栈道，再加上道路的曲折，形象地勾勒出蜀道的艰难。

最后两句则点题，说即便是在这样的情况下，位居高位的王尊也不害怕，颂扬了王尊不畏艰难险阻的精神。

南北朝时期文学集大成者庾信在《周陇右总管长史赠太子少保豆卢公神道碑》中写："渡泸五月，葛亮有深入之兵；长坂九折，王尊有忠臣之路。"

"初唐四杰"之一的骆宾王在《杂曲歌辞·从军中行路难二首》中写"邛关九折无平路，江水双源有急流。"元稹也在《奉和权相公行次临阙驿逢郑仆射相公归朝俄顷分途因以奉赠诗十四韵》诗中写"黄霸乘轺入，王尊叱驭趋。"

北宋有"红杏尚书"之称的宋祁有《滕寺守丞弃导江宰还家侍太夫人》诗：

> 戴罢华星鞍帐催，紫兰芳意遍南垓。
>
> 人思孟母三邻养，车避王阳九折回。
>
> 渐北征鞭多拗柳，稍西官驿尚传梅。
>
> 板舆素有家园乐，早趁新年进寿杯。

南宋爱国诗人陆游的《遣兴》诗，也引用了这个典故：

> 貂裘破弊色凄凉，塞上归来路更长。
>
> 老骥嘶鸣常伏枥，寒龟藏缩正支床。

雕零客路新霜鬓，扫洒先师旧草堂。

九折阪头休绝叹，世间何地不羊肠！

另外，后世也用"叱驭"与"九折"等词，来记说王尊过九折阪勇闯三滩的故事。南宋著名理学家魏了翁（魏华父）有一首《临江仙·晓色昽》：

晓色昽？云日澹，绰开坦坦长途。西宁太守问程初。梅梢迎候骑，柳树困平芜。九折邛峡浑可事，不妨叱驭先驱。平平岂是策真无。抚摩迁事业，细密钝功夫。

魏了翁推崇朱熹的理学，所以所写的诗词都富含哲理。

前七子之一、明朝文坛四杰之一的何景明，他写的诗中也曾引用这个典故，其中《送王秉衡谪赣榆》写："中流得瓠常相保，九折回车且自全。"而《寄世恩爱日楼》中则写："九折岂忘回驭志，百年真慰倚门情。"

自古忠孝难两全，在古代的皇权社会里，为国尽忠与为母尽孝是两个矛盾的方面，往往容易顾此失彼。王阳选择尽孝，王尊选择尽忠。留给了古代文人无限的探讨。如今时代不同了，"忠孝两难"又有了新的内涵。在外求学、工作便无法照料老人、孩子，这也是当今时代的一大难题。

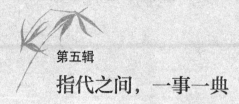

第五辑

指代之间，一事一典

对于指代用典，王国维在《人间词话》中并不提倡，认为好的诗词应该是浑然天成，如"大漠孤烟直，长河落日圆"一般直接通透，而用指代之典，则有"隔"的毛病。

然而也有人认为诗词就应该极尽曲折悠远，因此"折柳"代送别，"红豆"指相思，"采薇"替明志，曲折之间，更显诗意。毕竟浑然天成的佳句只能偶然得之，而常用典故指代，未尝不是诗词中的一种妙招。

返魂无验青烟灭，埋血空成碧草愁

穆满曾为物外游，六龙经此暂淹留。

返魂无验青烟灭，埋血空成碧草愁。

香辇却归长乐殿，晓钟还下景阳楼。

甘泉不复重相见，谁道文成是故侯。

这首《马嵬驿》是唐代诗人温庭筠的作品，这首诗以"马嵬之变"为题材，着重描写了这个事件之后，杨贵妃和唐玄宗李隆基的悲剧结局，通过这首诗寄寓了诗人对两人悲剧的深切同情。

安史之乱发生后，叛军攻破潼关，唐玄宗与杨国忠、杨贵妃等贵族仓皇出逃，一行人路径马嵬驿，军士徘徊，持戟不前，一致要求诛杀杨氏兄妹。李隆基无奈，只得反袂掩面，让人缢死杨贵妃。

这首诗通篇用典，借前朝故事来叙述马嵬驿的悲情，可以说是咏史诗的别具一格之作。诗的首联以周穆王周游天下的神话传说比喻唐玄宗的奔蜀。周穆王名满，所以是穆满。

颔联贵妃已死，犹如青烟消逝，纵有返魂树也不能使她重生。地上贵妃的鲜血化成了茂密的青草，似乎在诉说着她的怨恨。颈联说的是这场动乱之后，玄宗回到长安，看到的是人去楼空，钟声依旧的悲切情景，"香辇却归"与"晓钟还下"体现了钟声依旧人不在的无奈心情。

尾联说的是纵使甘泉宫也不可能招致亡灵再见了，即便是文成将军也难以被封侯。暗含这场悲剧的无可挽回，也暗示了玄宗的无尽悲哀和怀念。

颔联的两句诗运用了两个典故，"返魂无验青烟灭"化用了志怪小说《海内十洲记》中的记载。《海内十洲记》旧题为西汉辞赋家东方朔著，其实委托者可能是东汉六朝的方士，因东方朔长于文辞，又喜诙谐，所以便成了委托著述的理想人物。

《海内十洲记》中的"聚窟洲"中写："洲上有大山，形似人鸟之象，因名之为神鸟山。山多大树，与枫木相类，而花叶香闻数百里，名为反魂树。扣其树，亦能自作声，声如群牛吼，闻之者，皆心震神骇。伐其木根心，于玉釜中煮，取汁，更微火煎，如黑饧状，令可丸之。名曰惊精香，或名之为震灵丸，或名之为反生香，或名之为震檀香，或名之为人鸟精，或名之为却死香。一种六名，斯灵物也。香气闻数百里，死者在地，闻香气乃却活，不复亡也。以香熏死人，更加神验。"

聚窟洲的这棵返魂树，能够香传数百里，还能够令死者复活。真的可以说是神奇。而这种神奇的树似乎也救不活被缢死的杨贵妃。

"埋血空成碧草愁"这句诗化用了"苌弘化碧"的典故。这个典故在《庄子·外物》中记载:"人主莫不欲其臣之忠,而忠未必信,故伍员流于江,苌弘死于蜀,藏其血三年而化为碧。"另外《搜神记》中,也有关于"苌弘化碧"的故事,"周灵王时,苌弘见杀,蜀人因藏其血,三年,乃化而为碧。"

苌弘,字叔,又称苌叔,四川资州(今资中)人。东周景王时,他在周王室大臣刘文公手下任大夫一职,主要任务就是观测天象、推演历法、占卜吉凶,对周王室的出行起居、祭礼战事等做预测,对自然变迁、各种天象变化进行预报和解释。

周景王死后,苌弘与刘文公联手,借晋国帮助平乱,辅立王子姬匄即位,史称周敬王。苌弘多次帮助王室摆脱困境。国家出现了"王室衰微,诸侯坐大"的局面,他就巧妙地运用自己的"方术",为周王寻找统率天下的依据,从而达到控制各诸侯的局面。为了避王子朝之乱,苌弘四处游说,帮助周王室脱离财力匮乏,完成各项工程并争取各诸侯的支援。但是,苌弘的学识、忠诚以及治国之道,并没有赢得应有的回报,反而引起诸侯国中一些政客的嫉恨,卫国大夫彪傒说:"周王朝自从幽王昏乱以来,至今已历十四世了。苌弘还想复辟,一定不会有什么好结果的。"

不久,祸事果然发生。晋国有范氏、中行氏、智氏、赵氏、魏氏、韩氏六卿,其中的范吉射和中行寅发生了叛乱事件,不巧的是范吉射原为晋国执政正卿,同时又与苌弘的上司刘文公为世代姻亲。因此晋国内乱时,周王室明显地站在了范氏和中行氏一边,苌弘也暗中为范氏出谋划策。

结果是赵、智、魏、韩四氏灭掉了范氏和中行氏，接着就要追究周王室中，之前支持范氏和中行氏的人。作为刘国的国君刘文公，自然是根基深、地位高，无法扳倒，所以，他们便指名道姓地要周敬王惩治苌弘。周敬王当然还记得苌弘是自己的功臣，一向是忠心不二的，所以他拒绝惩治苌弘。

这个时候，晋国的正卿赵鞅便想出了一个离间计。他派大夫叔向故意频繁地和苌弘接触，还总是做出在深夜密谈的样子，试图引起周敬王和刘文公的注意。这样一段时间之后，叔向便面见周敬王，还煞有介事地说："大王，我们晋国已经查明范氏、中行氏之乱与苌弘无关，您不必再追究苌弘了。我也告辞回国复命去了。"

叔向临走时，故意装出匆忙的样子，然后从袖口中掉落了之前伪造好的信件在殿阶上。内侍把信件捡起来交给周敬王，他打开一看，居然是苌弘写给叔向的密信。信中的内容是："请转告晋君，尽速发兵攻打周国，我将迫使敬王废黜刘氏，以做内应！"

周敬王看到信后，十分生气，便将信件转给刘文公。结果刘文公看了之后，不辨真假，竟然发怒要周敬王立即逮捕苌弘，并诛灭苌弘九族。但是周敬王想到当初苌弘的辅佐之功，只是将苌弘放逐到千里之外的蛮荒蜀地去了。

这无妄之灾让苌弘百口难辩，自己对周王室的一片忠心，最后却抵不过一封假信。苌弘悲愤交加，在蜀地郁郁寡欢，没多久便剖腹自尽了。苌弘的冤死引起了当地吏民的怜惜与同情，他们将苌弘的血用玉匣子盛起来埋葬，立碑纪念。三年后，掘土迁葬时，打开玉匣一看，他的血已化成了晶莹剔透的碧玉。

这个典故后来以多种形式出现，比如"三年化碧""苌弘碧血""碧血化珠"等。后世常以"碧血"与"丹心"连举，称颂为国捐躯之士，元代文学家郑元佑的《张御史死节歌》："孤忠既是明丹心，三年犹须化碧血。"也有用"苌弘化碧""六月飞雪"比喻千古奇冤。后世的诗词中，常用"化碧"来形容刚直中正的人为正义事业而蒙冤受屈。

有时还与"杜鹃啼血"这个典故并用，比如，唐代诗人顾况的《露青竹杖歌》中写："家童拾薪几拗折，玉润犹沾玉垒雪。碧鲜似染苌弘血，蜀帝城边子规咽。"元代戏曲家关汉卿在《窦娥冤》中写："等他四下里皆瞧见，这就是咱苌弘化碧，望帝啼鹃。"

另外，辛弃疾曾因梦而作了一首《兰陵王·恨之极》，在这首词的题序中，大致介绍了梦境中的故事。

己未八月二十日夜，梦有人以石研屏见饷者。其色如玉，光润可爱。中有一牛，磨角作斗状。云："湘潭里中有张其姓者，多力善斗，号张难敌。一日，与人搏，偶败，忿赴河而死。居三日，其家人来视之，浮水上，则牛耳。自后并水之山往往有此石，或得之，里中辄不利。"梦中异之，为作诗数百言，大抵皆取古之怨愤变化异物等事，觉而忘其言。后三日，赋词以识其异。

辛弃疾梦到有人送给他一件石研屏，并讲述了一个离奇的故事：湘潭张难敌，勇敢而力气超群。他因与人搏斗而死，其精气化物之后，依然作磨角斗牛状而困斗砚池之中；他身影化入山石里，使得山石至今难以雕琢。

在这首词中，辛弃疾通过古来四件因怨愤变化为石(苌弘、郑人缓、望夫妇、启母)的记载，来赞扬湘潭张难敌抵死不屈的精神，全词如下：

恨之极，恨极销磨不得。苌弘事，人道后来，其血三年化为碧。郑人缓也泣。吾父攻儒助墨。十年梦，沈痛化余，秋柏之间既为实。

相思重相忆。被怨结中肠，潜动精魄。望夫江上岩岩立。嗟一念中变，后期长绝。君看启母愤所激。又俄顷为石。

难敌，最多力。甚一念沈渊，精气为物。依然困斗牛磨角。便影入山骨，至今雕琢。寻思人间，只合化，梦中蝶。

可以说，辛弃疾通过这首词，创造了"张难敌"的不屈形象，并通过张难敌来抒发胸中的激愤不平之怨气，用来影射当时的政治斗争。

苌弘已逝，然其鲜血化碧的不屈精神一直广为传颂。清朝后期，朝廷腐败不堪，八国联军入侵，中华民族陷入了被世界列强瓜分的境地。那个时候，女英雄秋瑾只身东渡日本，投身于革命的风潮，并立志保家卫国，写下了著名的《对酒》诗：

不惜千金买宝刀，貂裘换酒也堪豪。

一腔热血勤珍重，洒去犹能化碧涛。

安能摧眉折腰事权贵，使我不得开心颜

　　老来曾识渊明，梦中一见参差是。觉来幽恨，停觞不御，欲歌还止。白发西风，折腰五斗，不应堪此。问北窗高卧，东篱自醉，应别有、归来意。

　　须信此翁未死。到如今、凛然生气。吾侪心事，古今长在，高山流水。富贵他年，直饶未免，也应无味。甚东山何事，当时也道，为苍生起。

　　这首词是辛弃疾所写的《水龙吟·老来曾识渊明》，作于光宗绍熙五年（1194年），这个时候的辛弃疾已经五十五岁，在同年秋天又被罢官，可以说是他的感伤之作。词中所反映出来的思想与往日的辛弃疾极为不符。我们知道辛弃疾自青少年时代起，便立志抗金，恢复中原，所以他的词以激越豪放而著称。但是，在这首《水龙吟》中，辛弃疾却将"归耕隐居"的陶渊明视为"知己"。

　　词的首句便说，在自己壮志难酬的老年时，在梦中才有机会与陶渊明相识。接下来"觉来幽恨，停觞不御，欲歌还止"三句，直接写出了心中之痛。心头之恨沉重，酒也不饮，歌也不唱。皆因一个白发老翁怎能在西风萧瑟中为五斗米而折腰!

"问北窗高卧,东篱自醉,应别有、归来意"则是引用了陶渊明在《与子俨等书》中说的话:"常言五六月中,北窗下卧,遇凉风暂至,自谓是羲皇上人"。辛弃疾引用原词意义,也是说明陶渊明脱离官场,过着自由自在的隐居生活是本意。

词的下阕紧随前文,"须信此翁未死。到如今、凛然生气"说明了陶渊明的精神、人格是永存的。"凛然生气"一句,暗用《世说新语·品藻》中"廉颇、蔺相如虽千载上死人,懔懔恒如有生气"的句子来赞叹陶渊明,接着便以"高山流水"的典故来说明他与陶渊明是千古知音。

之后的六句借谢安的典故来写,其中"富贵他年,直饶未免,也应无味"三句,说明即使他年不免于富贵显达,也没有意思。在《世说新语·排调篇》中记载:"谢安在东山居布衣时,兄弟已有富贵者,翕集家门,倾动人物。刘夫人戏谓安曰:'大丈夫不当如此乎?'谢乃捉鼻曰:'但恐不免耳。'"

后三句引用的是同一书中的记载:"谢公在东山,朝命屡降而不动。后出为桓宣武司马,将发新亭,朝士咸出瞻送。高灵时为中丞,亦往相祖。先时多少饮酒,因倚如醉,戏曰:'卿屡违朝旨,高卧东山,诸人每相与言:安石不肯出,将如苍生何?今亦苍生将如卿何?'谢笑而不答。"

辛弃疾引用陶渊明到谢安,其实想说的是,无论归田隐居或者富贵显达，处境虽然不同，但其实都是一样的，没有什么意义。为何无意义？这是辛弃疾对现实政治的失望，对人生理想无法实现的叹息，更是对英雄末路的无尽叹惋！

这首词中，多被人引用的典故除了谢安，便是陶渊明"不为五斗米折腰"。陶渊明年轻的时候，本有"大济于苍生"之志。可惜在国家濒临崩溃的动乱年代，一腔抱负却无法实现。有一次，在他出任彭泽县令的时候，县里派督邮来了解情况。有人告诉陶渊明，督邮是上面派来的人，你应该穿戴整齐、恭恭敬敬地去迎接。性情耿直的陶渊明长长叹了一口气说："我不愿为了小小县令的五斗薪俸，就低声下气去向这些家伙献殷勤。"说完，就辞掉官职，回家去了。陶渊明当彭泽县令也不过八十多天，这次的弃职而去，也永久地脱离了官场。

后来，他的家境愈发贫寒，却始终不愿再为官受禄，甚至连江州刺史送来的米和肉也坚拒不受。最后他在贫病交加之中，离开了人世。

"折腰"本意为躬身拜揖，后来喻指屈身事人，而陶渊明之后，诗人常反其义用之。用"不为五斗米折腰"的典故，来形容高风亮节，保持高尚的人格。比如，李白《梦游天姥吟留别》："安能摧眉折腰事权贵，使我不得开心颜？"宋代诗人卢炳《水调歌头·富贵本何物》："休叹谋身太拙，未必折腰便是，炙手几曾温。"

北宋四朝重臣傅尧俞的重孙傅察在《和鲍守次韵林德祖十四

首·其一》中写："下笔未能工媲白，折腰何敢望纡青。"黄庭坚在《次韵寅庵四首》之二中写："五斗折腰惭仆妾，几年合眼梦乡闾。"杨万里《归去来兮引》词："五斗折腰，谁能许事，归去来兮。"

与辛弃疾同为豪放派的词人、文学家苏轼在被贬官黄州时期，写了一首《哨遍·为米折腰》词，也曾引用这个典故，并作题序交代了创作背景。

陶渊明赋《归去来》，有其词而无其声。余治东坡，筑雪堂于上。人俱笑其陋，独鄱阳董毅夫过而悦之，有卜邻之意。乃取《归去来》词，稍加櫽括，使就声律，以遗毅夫。使家童歌之，时相从于东坡，释耒而和之，扣牛角而为之节，不亦乐乎？

全词如下：

为米折腰，因酒弃家，口体交相累。归去来，谁不遣君归。觉从前皆非今是。露未晞。征夫指予归路，门前笑语喧童稚。嗟旧菊都荒，新松暗老，吾年今已如此。但小窗容膝闭柴扉。策杖看孤云暮鸿飞。云出无心，鸟倦知还，本非有意。

噫！归去来兮。我今忘我兼忘世。亲戚无浪语，琴书中有真味。步翠麓崎岖，泛溪窈窕，涓涓暗谷流春水。观草木欣荣，幽人自感，吾生行且休矣。念寓形宇内复几时。不自觉皇皇欲何之？委吾心、去留谁计。神仙知在何处？富贵非吾志。但知临水登山啸咏，自引壶觞自醉。此生天命更何疑。且乘流、遇坎还止。

这首词是在陶渊明《归去来兮辞》原有的文章上加以剪裁写成的，不改其意，还能使之符合声律。从"为米折腰"到"因酒弃家"，全篇都表现了苏轼对陶渊明的喜爱，欣赏他的弃官归隐的气魄。《归去来兮辞》本身就非常精炼，没有一句废话。苏轼能在这种情况下"檃括"，可见其水平之高超。

宋代张炎的《词源》卷下，曾赞叹苏轼："东坡词如《水龙吟》咏杨花、咏闻笛，又如《过秦楼》《洞仙歌》《卜算子》等作，皆清丽舒徐，高出人表。《哨遍》一曲，檃括《归去来兮辞》，更是精妙，周、秦诸人所不能到。"明代著名词人杨慎评本《草堂诗余》中写苏轼："《醉翁亭》《赤壁前后赋》，当时俱檃括为词，俱泊然无味，独东坡《归去词》特胜，不特其音律之谐也。"

苏轼在中国文学史上的地位自然是重要的，不可撼动的，但是他本人对于陶渊明的崇拜也是不可撼动的。有文学考据称，陶渊明有两大粉丝，一个是组织编写《昭明文选》的昭明太子萧统，另一个就是苏轼。苏轼和了陶渊明的诗一百零九篇，所以，宋代方回在《病后夏初杂书近况十首》中说："折腰彭泽不归去，未必东坡肯和陶。"

陶渊明在《饮酒》诗中写："托身已得所，千载不相违。"正是他这种只求自己满意，不违背内心，追求自由自在的生活姿态，才让他的诗的魅力千古留存，也让他的人格魅力受万世景仰。所以，沈约的《宋书》将陶渊明归为《隐逸传》，萧统因他的怀抱"旷而且真"，才喜欢他。尤其到了唐宋时期，李白、杜甫、苏轼等文豪，从陶渊明处寻觅到了陶渊明式的平淡生活真味。陶渊明不为五斗米折腰的气节，化为了一道自由之光，不仅照亮了田园，也照亮了千百年来文人压抑的内心世界。

玲珑骰子安红豆，入骨相思知不知

井底点灯深烛伊，共郎长行莫围棋。

玲珑骰子安红豆，入骨相思知不知。

《新添声杨柳枝词二首·其二》是唐代诗人温庭筠的乐府词组诗作品之一，这首词开篇便以女子口吻，抒写对情郎的眷恋。首句便运用了谐音双关的手法叙事，"井底点灯"是深处之烛，"深烛"隐喻"深嘱"。"深烛伊"就是诚恳的嘱咐你。

"共郎"与"长行"是一个相反的词，"共郎"是与郎君在一起，而"长行"则是出行、离别。这句又运用了谐音双关，"长行"是一种掷骰子来搏"长行局"的低速赌博，与"围棋"这种中国传统的文人雅士游戏相对，说明了这份叮嘱的另一层深意。女子用"长行"双关"长途旅行"，用"围棋"来双关"误违归期"，实际是要告诉郎君，远行千万不要误了归期。

"长行"引出的骰子，精巧的骰子上的颗颗红点，就像是最为相思的红豆，而且深入骨髓之中，表达着我对你深入骨髓的相思。你知道吗？这两句也恰恰重复了上一句的不要误了归期。最后一句"入骨相思知不知"，也是全篇的点睛之笔。

这首诗中的"红豆"是"相思子"的俗称，产于两广一带，形如豌豆，朱红色。古人常用来象征爱情或者相思。相传，汉代闽越国有位男子被强征戍边，他的妻子整日盼望他归来。后来，一同去的人都已经回来了，仍然不见丈夫归来。妻子思夫之心更切，便朝夕倚于高山上的大树下祈望。因为思念边塞的丈夫，妻子常常在树下哭泣。后来，她的泪水流干了，流出来的竟然是滴滴鲜红的血。妻子朝盼暮望，最终泣血而死。

她死后，这棵树忽然结了许多荚果，其籽半红半黑，晶莹鲜艳，人们视为贞妻挚妇的血泪凝结而成，称这种"红豆"为相思子。

其实，红豆有悠久、丰厚的文化内涵，不仅仅来自这个美丽的动人传说，更由于唐代大诗人王维的《相思》诗，而传遍古今，名扬四海：

> 红豆生南国，春来发几枝。
>
> 愿君多采撷，此物最相思。

这首诗还有另外一个名字，叫《江上赠李龟年》，是王维怀念友人之作。因此，便出现了很多的争议，有人讽刺说明明是两个男人之间的珍重友情之诗，却偏要写成男女之间的相思。其实，相思红豆的寓意，不仅包括男女之情，还包括亲情、友情、师生情、患难与共之情。此情博大，相思无限……

另外，这首诗还有不同版本，比如，"红豆生南国，秋来发故枝。

劝君休采撷，此物最相思。"诗人借物抒情，使得红豆成了最负盛名的相思之物，于是古往今来，不知道有多少人以红豆寄相思，尤其是当时的男女在确定终身大事时，以红豆饰品作为定情物，在有情人的眼中，红豆自然是无价之物。以红豆作为定情物，还有一个古老的凄婉爱情故事。

虽然红豆树在两广地区很多，但是最为著名的还属顾山的红豆树。相传，这里的红豆树是为南朝时期的昭明太子萧统所栽，距今已有一千五百多年了。

萧统在顾山编选《昭明文选》，邂逅了附近尼姑庵内年轻漂亮的尼姑慧如。才子与佳人相遇，互相倾慕，暗生情愫。几年后，萧统将返回京城，临别时便赠慧如两颗红豆，慧如将此物视为珍宝。

不曾想萧统回京之后，便英年早逝，传来了噩耗。慧如悲痛欲绝，便把日夜放在怀中相伴的两颗红豆，埋入尼姑庵内的花坛中。后来，慧如因思念过度，抑郁成疾，一病不起，过早地结束了尘缘。而两颗被埋入花坛中的相思豆，长成了相思树，经历了千年的风吹日晒，一直活到现在。

南宋文学家刘过曾写过一首《江城子·海棠风韵玉梅春》，写红豆作为爱情的信物：

海棠风韵玉梅春。小腰身。晓妆新。长是花时，犹系茜罗裙。一撮精神娇欲滴，说不似，画难真。

楼前江柳又江云。隔音尘。泪沾巾。一点征帆，烟浪渺无津。万斛相思红豆子，凭寄与个中人。

这首词上阕写了情人风情万种的姿态，下阕则是写情人分别后的刻骨相思。

其实，历朝历代写红豆的诗词很多，有名的红豆诗更是数不胜数。比如，曹雪芹的小说《红楼梦》第二十八回中，有一支《红豆曲》："滴不尽相思血泪抛红豆，开不完春柳春花满画楼。"这句说明贾宝玉和林黛玉之间生死不渝的恋情。另外，在五代欧阳炯的《贺明朝·忆昔花间相见后》中，他曾写过："忆昔花间相见后，只凭纤手，暗抛红豆"的句子。

在《敦煌曲子词集》中，还有一首《云谣集杂曲子·竹枝子》：

高卷珠帘垂玉户，公子王孙女，颜容二八小娘。满头珠翠影争光，百步惟闻兰麝香。

口含红豆相思语，几度遥相许，修书传与萧娘。倘若有意嫁潘郎，休遣潘郎争断肠。

这首词描述了一对青春觉醒的年轻恋人，两厢倾慕互许终身的情景。先从女子的门第、年龄、服饰等方面着力地渲染其美丽动人。"口含红豆相思语，几度遥相许"则突出了她的多情主动。接着通过男子都是怨恨的口气，巧妙地说明了男子急切成婚的心理状态，也表现出来女子愿意嫁给男子的情真意切。

红豆作为情人的相思物，古往今来，引发过数不清的缠绵悱恻的爱情故事。然而，一颗红豆也曾导致一部学术专著的产生，却鲜为人知了。

已故的国学大师陈寅恪先生，曾在抗战时期于西南联大执教。一天在读报纸的时候，得知有鬻书者，便驱车前往，见其所售书皆劣陋之本，无一可取。但是面对主人的殷勤，陈寅恪觉得过意不去，便问主人："除了书籍之外，可还有其他东西出售？"主人踌躇良久，回答说："曾旅居常熟白茆港钱氏故园，拾得园中红豆树所结子一粒，愿以此奉赠。"陈寅恪闻之大喜，于是付重金，藏于书箧二十年之久。

陈寅恪《咏红豆》诗序云："昔岁旅居昆明，偶购得常熟白茆港钱氏故园红豆一粒，因有笺释钱柳因缘诗之意，迄今二十年，始克属草。"这就是陈寅恪著《柳如是别传》撰写缘起。

《柳如是别传》卷首的第一首题诗《咏红豆并序》：

> 东山葱岭意悠悠，谁访甘陵第一流。
>
> 送客筵前花中酒，迎春湖上柳同舟。
>
> 纵回杨爱千斤笑，终剩归庄万古愁。
>
> 灰劫昆明红豆在，相思廿载待今酬。

"红豆"是陈寅恪撰写《柳如是别传》的旨趣象征物，也说明了对这个题材的研究，是他酝酿多年、魂牵梦萦、情感所系的一桩夙愿。

"江南红豆相思苦，岁岁花开一忆君。"当你低吟清代诗人王士祯的这句诗，来到了烟雨蒙蒙的江南小巷，看到清澈的水花轻柔地拍打着青石板，那水石撞击出的声音，似乎是鲜红的相思子在诉说着相思。一颗红豆惹相思，在尘封的古诗词中，闪耀鲜红的风姿。多少世的黄土尘埃落定，当年的有情人已化作风骨，但相思的红豆永不退却那惊艳的红色外衣。

时清闾里俱安业，殊胜周人咏采薇

白苣黄瓜上市稀，盘中顿觉有光辉。

时清闾里俱安业，殊胜周人咏采薇。

这是"南宋四大中兴诗人"之一的陆游写的《种菜》组诗之三，在南宋的文坛，陆游的诗与辛弃疾的词一样，取得了最高的成就。陆游勤于创作，一生写诗六十年，留存下来的诗作有9300多首。在他的众多诗词作品中，涉及饮食的诗作就达到了3292首。他创作的饮食诗有质朴而沉实的风格，这首写黄瓜的诗，则让我们看到了陆游安贫乐道的隐士情怀。

陆游是具有强烈的爱国情操的诗人，在晚年时看到国家渐渐安定，人民安居乐业，心中喜不自胜。一颗报国之心，才稍稍安定，便唱起了采薇之歌，有意隐居民间，安心修行。

此诗中的"殊胜周人咏采薇"，这句引《史记·伯夷列传》。伯夷、叔齐是商末孤竹君的两个儿子。孤竹君在世时，喜欢小儿子叔齐，想立叔齐为王位的继承人。孤竹君死后，叔齐却要将王位让给长兄伯夷，伯夷说："你能够当国君是父亲的遗命，怎么能够随便改动呢?"于是,伯夷逃走了。叔齐也不愿意继承君位,也逃走了。于是,国人只好立他们的另一个兄弟为新的国君。

伯夷和叔齐兄弟二人之所以让位,是因为他们对商纣王当时的暴政不满,不愿意与他合作。两人隐居到渤海之滨,等待着清平之世的到来。后来,两人听说,西伯昌是一个有德行的人,便长途跋涉来到周的都邑岐山(今陕西岐山县)。

可惜,这个时候周文王已经死了,他的儿子武王继位,武王正在兴兵讨伐商纣王。伯夷和叔齐二人叩马而谏,说:"父亲死了不埋葬,却发动战争,这叫作孝吗?身为商的臣子却要弑杀君主,这叫作仁吗?"武王的手下要杀伯夷、叔齐,被统军大臣姜尚制止,说:"此义人也!"

后来,武王灭商后,成了天下的宗主。伯夷、叔齐却以自己归顺西周而感到羞耻。为了表示气节,他们不再吃西周的粮食,隐居在首阳山(今山西永济西),以山上的野菜为食。周武王派人请他们下山,并答应以天下相让,他们仍拒绝出山仕周。

后来,一位山中妇人对他们说:"你们仗义不食周朝的米,可是你们采食的这些野菜也是周朝的呀!"妇人的话提醒了他们,于是他们连野菜也不吃了。他们快要饿死的时候,唱了一首歌,歌词大意是:"登上那首阳山哪,采集野菜充饥。西周用残暴代替残暴啊,还不知错在自己。神农、舜、禹的时代忽然隐没了,我们的归宿在哪里?哎呀,我们快死去了,商朝的命运已经衰息。"于是他们饿死在首阳山脚下。后世人以"采薇"喻隐居避世。

后世对于伯夷、叔齐，虽然有不同的评价，也是仁者见仁，智者见智。司马迁写《伯夷列传》。将他们放在了《史记》中"列传第一"的地位，也是从正面考虑的。但是孔子继承的是周朝的文化，他对伯夷和叔齐这两位蔑视周朝的人的评价则是："伯夷、叔齐，不念旧恶，怨是用希。"还有"求仁得仁，又何怨乎？"

大诗人李白在《行路难·之三》中写："有耳莫洗颍川水，有口莫食首阳蕨。含光混世贵无名，何用孤高比云月？"说人生须含光混世，不务虚名。白居易曾在《续古诗十首》中写："朝采山上薇，暮采山上薇。岁晏薇已尽，饥来何所为？"难道是这种野菜的美味难挡，要一日上山两次？等薇菜没有的时候，饿了吃什么呢？通过这种"朝采山上薇，暮采山上薇"的生活和处世态度，来称颂伯夷与叔齐的"古之贤人也"。

元代文学家、书法家仇远有《采薇吟》一诗：

采薇采薇，西山之西。

薇死复生，不生夷齐。

陟彼西山，我心悲兮。

世事隔了那么多年，还是有人为伯夷与叔齐不能重生而悲伤。当孔子以"求仁得仁，又何怨乎"这句话，解决了对伯夷与叔齐的争论时，"采薇"便以隐士的意象留存于古诗词中了。

隋末唐初"山水田园诗的先驱"王绩的代表作《野望》，也是现存唐诗中最早的一首格律五言律诗，如下：

> 东皋薄暮望，徙倚欲何依。
>
> 树树皆秋色，山山唯落晖。
>
> 牧人驱犊返，猎马带禽归。
>
> 相顾无相识，长歌怀采薇。

诗的首联化用了曹操《短歌行》中的"绕树三匝，何枝可依"，表现了百无聊赖的彷徨心情。颔联和颈联则是所见景物，动静结合，远近相错。追求的是牧马式的田园气氛，但是尾联中，王绩还不能像陶渊明那样，从田园之中找到慰藉，只能追怀古代的隐士，和伯夷、叔齐那样的人交朋友了。

其实，隐士是中国社会的一个特殊群体，隐士文化可以追溯到春秋中期以前。远古尧帝时期便有"巢父隐居""许由洗耳"，商末周初有"夷齐采薇"，春秋时期晋国有"介推焚死"等，这些离群索居的人恰恰是德才兼备之士，所以，后代文人墨客对隐士推崇备至。

辛弃疾有一首《鹧鸪天·有感》：

出处从来自不齐。后车方载太公归。谁知孤竹夷齐子，正向空山赋采薇。

黄菊嫩，晚香枝。一般同是采花时。蜂儿辛苦多官府，蝴蝶花间自在飞。

词的首句便是整首词的"词眼"，人的出处从来都是不同的。接着他便引用周代的历史说，周文王找到姜太公，非常礼遇，马上把自己的尊贵座位，让给姜太公坐，自己驾车，把他请回来。周文王的礼遇使得周代的政权稳固八百年之久，王业的成功，计划出于姜太公之手。但是同一时代，有伯夷、叔齐，连皇帝都不愿当，逃隐到最后，硬是饿死在首阳山上。

词的下阕又说，同样是对待菊花，蜜蜂就要辛辛苦苦地采蜜，簇拥蜂王，而蝴蝶则在花间自由自在地赏花飞舞。这也说明了人的志向各有不同，各人出处也不同。

唐代诗人王维的《送綦毋潜落第还乡》有诗云：

圣代无隐者，英灵尽来归。遂令东山客，不得顾采薇。

既至君门远，孰云吾道非。江淮度寒食，京洛缝春衣。

置酒临长道，同心与我违。行当浮桂棹，未几拂荆扉。

远树带行客，孤村当落晖。吾谋适不用，勿谓知音稀。

这首诗是诗人对参加科举考试落第的綦毋潜予以慰勉、鼓励。政治清明的时代，绝无隐者存在，人们都愿意出山应考，走向仕途。"圣代"一词充满了对李唐王朝的信赖和希望。

伯夷和叔齐已经卒于首阳山，薇菜作为一种美食也流传至今。无论今人如何看待二人不食首阳山上的野菜，最终饿死的事情，人们对于隐士的生活追求，至今也没有停止。

此夜曲中闻折柳，何人不起故园情

谁家玉笛暗飞声，散入春风满洛城。

此夜曲中闻折柳，何人不起故园情？

这首七言绝句是李白的《春夜洛城闻笛》，此诗化用乐府《横吹曲词·折杨柳歌辞》："上马不捉鞭，反折杨柳枝。蹀座吹长笛，愁杀行客儿"的诗意。题目已经明示，这首诗因笛声而感发。时间是春夜，地点是洛城。已经是夜里，诗人难以成寐，忽而传来几缕断断续续的笛声。这笛声触动了诗人的羁旅情怀。"此夜曲中闻折柳"点出了《折柳》曲，诗人闻笛声触动了乡思。强调"此夜"，是面对所有客居洛阳城的人，为结尾"何人不起故园情"造势。

这首诗中说到的"折柳"，很多人都知道是古人送别时的一种风俗。在古代的诗歌中，"柳"也常常与别离绾结在一起，"折柳"可能是最普通的送别诗意象了。那么，为何古人送别一定要"折柳"相送？送人者将远行人一直送到了离别的路口，在沿途路上，折取柳枝送给远行人，虽然只是随手之物，但是"礼轻情意重"，寓意也十分深刻。有人曾分析，"柳"的谐音与"留"十分相似，"丝"与"思"

同音，认为"折柳丝"是挽留的意思。

但也有人认为，"折柳送别"的风俗形成，其实与时节和柳树本身有很大的关系。清朝人褚人获所著的《坚瓠广集》中，就说："天下万木。莫不本于大造。而柳独列于二十八宿者。盖柳寄根于天。倒插枝栽。无不可活。其絮飞漫天。着沙土亦无不生。即浮水亦化为萍。是得木精之盛。而到处畅遂其生理者也。其光芒安得不透着天汉。列于维垣哉。送行之人。岂无他枝可折而必于柳者。非谓津亭所便。亦以人之去乡。正如木之离土。望其随处皆安。一如柳之随地可活。为之祝愿耳。"

柳树是中国古老的原产树种之一，生命力极强。古人送别亲友，从路边折一条柳枝相送，就是希望远行人能够像柳树一样，很快适应环境，随遇而安。

南北朝时期，插柳辟邪的风俗比较盛行。北魏贾思勰《齐民要术·种柳》引《术》称："正月旦，取柳枝著户上，百鬼不入家。"远行人路途遥远，中途难免会有艰难险阻，古人担心有邪气侵扰，路鬼作祟，便带上辟邪之物柳枝。所以，"折柳送别"寓意就是祝远行人路上平平安安。

另外，古代还有折桃枝送别，主要用于带孩子出行，而不用于成人单独出行。古人迷信"鬼畏桃也"，认为桃枝对孩子的保护功能比柳枝好。

其实，如果细究"折柳送别"的最早源头，或许在先秦时期。先秦时期杨柳就与文学作品有了关联，被赋予了感情，比如《诗经·小雅》中，有一首《采薇》，诗曰："昔我往矣，杨柳依依，今我来思，雨雪霏霏。"这个诗句运用了反衬的手法，将"昔"与"今"，"往"与"来"，"柳"与"雪"对比，将一个出门在外的旅人心情表达得淋漓尽致。

"折柳送别"的风俗在汉代就很流行了，汉代都城长安和畿辅地区地理状况的古籍《三辅黄图》中记载："灞桥在长安城东，跨水作桥，汉人送客至此桥，折柳赠别。"因为当时送人一般送至灞桥分手，送别分开的场景往往令人肝肠寸断，所以《开元天宝遗事》中有这样的说法："长安东灞陵有桥，来迎去送，皆至此桥，为离别之地。故人呼之为'销魂桥'。"

因为折柳相送盛行，在当年送别最集中的灞桥，附近的柳树条都被随手折光了。因为无法折到长柳枝，唐代诗人孟郊《横吹曲辞·折杨柳》诗中只好解释道："莫言短枝条，中有长相思。"诗人白居易在《杨柳枝词八首》（其七）中也呼吁："小树不禁攀折苦，乞君留取两三条。"李白《忆秦娥》："箫声咽，秦娥梦断秦楼月。秦楼月，年年柳色，灞陵伤别。"王维《送元二使安西》："渭城朝雨浥轻尘，客舍青青柳色新。"

南北朝时期，"折杨柳"的风俗也已风行各地，南方与北方都出现了以"折杨柳"为题目的诗文。比如，南朝梁简文帝萧纲有《折杨柳》："杨柳乱成丝，攀折上春时……"北朝则有《折杨柳歌》（其一）："遥看孟津河，杨柳郁婆娑……"

虽然历朝历代的送别诗很多，"折柳诗"也各有特色。但是，崔琼《东虚记》中，有一首作于大业末年的《送别诗》，这首无名氏作的诗成为众多诗作中的佼佼者：

> 杨柳青青著地垂，杨花漫漫搅天飞。
>
> 柳条折尽花飞尽，借问行人归不归？

后来，还出现了《杨柳曲》，乐府曲调"杨柳枝"，有时候也作"折杨柳"，主要是写军旅生活，从梁、陈到唐代，多为伤别之词，以怀念征人为多。比如，唐代诗人王之涣的《凉州词》："羌笛何须怨杨柳，春风不度玉门关。"诗人李白在《塞下曲六首·其一》中写："笛中闻折柳，春色未曾看。"

"折柳"发展到后来，古人就用折柳的习俗扩展出很多相关的意象，比如，用"柳岸"来指送别的地方。宋代著名词人柳永在《雨霖铃》中写有"今宵酒醒何处，杨柳岸晓风残月"的句子。周邦彦《兰陵王·柳》："柳阴直，烟里丝丝弄碧。隋堤上，曾见几番，拂水飘绵送行色。登临望故国，谁识，京华倦客。长亭路，年去岁来，应折柳条过千尺。"

南朝著名文学家江淹《别赋》中写："黯然销魂者，唯别而已矣。"古代诗歌中离情常常与柳相关，也许是柔弱的柳枝那摇摆不定的形态，能够传达出亲友离别时那种"依依不舍"之情。在中国古代，春暖花开的时节，也恰巧是古人频繁远行的时节。在交通不便，路途遥远，前程未卜的年代，每一次出行都像是生死离别，所以古人也十分重视送别。

　　"竹"有"刚正有节"的节操，"梅"有"傲霜斗雪"的风骨，"水仙"有"冰清玉洁"的象征，"杜鹃"则代表一种悲剧氛围。"折柳"也是一样，今日的离别，不知何时才能相逢。有多少人分开之后，转眼便是海角天涯。柳树不仅表达了离别时的不舍，更寄托着友人的美好祝愿，以及再一次平安相见的期盼之情。

少小虽非投笔吏，论功还欲请长缨

> 燕台一望客心惊，笳鼓喧喧汉将营。
>
> 万里寒光生积雪，三边曙色动危旌。
>
> 沙场烽火连胡月，海畔云山拥蓟城。
>
> 少小虽非投笔吏，论功还欲请长缨。

　　这首《望蓟门》是唐代诗人祖咏的诗作，祖咏留下来的事迹不多，只知道他曾因参加进士考试，写了一首《望终南余雪》而被破格录取，极为难得；又因仕途生涯并不顺利，最后以捕鱼砍柴为生，活脱脱地展现了那个时代读书人的悲哀。他和诗人王维关系不错，王维也曾写诗惋惜他的一生。

　　这首《望蓟门》从军事上落笔，首句便运用了南朝梁诗人曹景宗的诗意："去时儿女悲，归来笳鼓竞。借问行路人，何如霍去病？"望向燕台缘何客心惊？三四两句就是回答。冬季寒冷，积雪很厚，雪上映出的寒光也让人两眼生畏。颈联忽然转折，即便有了前面所说的严寒，边防的军队仍然意气昂扬，烽火点燃时，雪光、月光、火光三者交织，之前的悲凉全变成了雄伟。

最后一句则是引用了"投笔从戎"和"终军请缨"的典故，虽然自己并不如东汉定远侯班超，却要学西汉济南书生终军，向皇帝请发长缨，去立奇功。

"投笔从戎"这个典故出自《后汉书·班超传》的记载：班超是史学家班彪的幼子，班超的哥哥是著名的史学家班固，妹妹是著名才女班昭，姑奶奶是著名才女贤妃班婕妤，班氏一门，可谓是才华横溢。

但是，班超家庭贫寒，在哥哥班固被诏入京担任校书郎时，才随母亲一同迁居洛阳，靠为官府抄写文书来维持生计。后来，他请相面的人看相，相面的人说："你的先辈虽然是平民百姓，但是你日后定当在万里之外封侯。"班超问相面的人原因，相面的人说："你额头如燕，颈脖如虎，飞翔食肉，这是万里封侯的相貌啊！"

也许是受了相面人的暗示，班超心中埋下了战场杀敌，建功立业的政治抱负。在东汉受到匈奴的侵扰，不断掠夺居民和牲口时，班超却只能在为官府抄写文书，每日伏案挥毫。为此，他常常叹息并扔掉手中之笔说："大丈夫无他志略，犹当效傅介子，张骞立功异域，以取封侯，安能久事笔砚间乎？"

这时，旁人都嘲笑他，班超却说："凡夫俗子又怎能理解志士仁人的襟怀呢！"他的机会出现在永平十六年（73年），窦固出兵攻打北匈奴，班超随从北征，他显示了与众不同的才能。这就是"投笔从戎"成语的由来，后来"投笔从戎"的班超，因"不入虎穴，焉得虎子"，斩杀匈奴使者，使得鄯善再次倒向汉朝的怀抱。在以后的三十一年的时间里，他平定了西域五十多个国家，促进了民族的融合，官至定远侯。

后世以"投笔从容"来形容文人从军，当诗人、词人们要弃文从武时，通常在文中引用"投笔"。

宋代文豪苏轼仕途坎坷，常常受到排挤，对于自己的处境，他常常一笑置之。虽然身处江湖却仍然心怀天下，渴望自己能够重新回到朝廷，为国效力。为此，他写过一首《南乡子·赠行》：

旌旆满江湖。诏发楼船万舳舻。投笔将军因笑我，迂儒。帕首腰刀是丈夫。

粉泪怨离居。喜子垂窗报捷书。试问伏波三万语，何如。一斛明珠换绿珠。

在这首送别词中，苏轼想象着友人杨元素"帕首腰刀"的英姿，反观自己却是寒酸书生的迂腐窘态，在漫不经心地打趣自己时，也渴望像班超一样，投笔从戎，驰骋疆场，报效国家。女子之泪怨恨的是离群索居，蜘蛛（喜子）垂窗有捷报。想要问问伏波将军，怎么样啊？用一斛珍珠换美女。

苏轼在词中曾塑造了一系列鲜明的英雄形象，除了《南乡子·旌旆满江湖》中的"投笔将军"班超，还有《水调歌头·安石在东海》中的谢安石、《满江红·江汉西来》中的"狂处士"的祢衡、《满庭芳·归去来兮》中的侠士冯谖，这些英雄的出现，都是苏轼政治落空，报国无门的悲愤与心系家国的赤子情怀激烈碰撞的产物。

同为豪放派的爱国诗人辛弃疾，也曾引用"投笔从戎"的班超，对于壮志难酬，他的表现形式更加无奈，在送人之作的《水调歌头·落日古城角》中写：

落日古城角，把酒劝君留。长安路远，何事风雪敝貂裘。散尽黄金身世，不管秦楼人怨，归计狎沙鸥。明夜扁舟去，和月载离愁。

功名事，身未老，几时休。诗书万卷，致身须到古伊周。莫学班超投笔，纵得封侯万里，憔悴老边州。何处依刘客，寂寞赋登楼。

词的前两句便开篇点题，直接劝告友人不要远行。接下来的五句都是为友人感到担心。说明了前路之艰辛，也担心友人时运不济，像当年的苏秦一样，最终落魄而归，招致亲友的冷落。

词的下阕肯定了友人的才华，也希望友人能够像伊尹和周公一样成为国之栋梁。但同时也劝友人不要学班超投笔从戎，为了功名富贵而有家难回。结尾的"何处依刘客，寂寞赋登楼"两句，作者自比王粲，感叹自己身似浮萍，漂泊不定，空自思乡，落得孤独寂寞。

据传，抗金名将岳飞自幼聪颖，读书过目不忘，而且非常痴迷武功，总是偷偷练习。有一次，他将叔父的大铁锤偷偷拿出来，仿照叔父的招式练习。他的这个行为被父亲发现了，父亲担心岳飞年幼，这样过力伤身，就假装呵斥他说："文武兼备，方成帅才，你这样荒废学业，只知道棍棒刀枪，不过是匹夫之勇！"

岳飞说："父亲，孩儿所学的功课都能够背诵。"父亲问："你只不过是能够背诵而已，不过口耳之学！需要作得了律诗，才算学成啊！"岳飞说："若我作得了律诗，是不是就可以用叔父的大铁锤？"父亲说："可以！"于是岳飞取来笔墨，当即赋诗一首：

> 投笔由来羡虎头，须教谈笑觅封侯。
>
> 胸中浩气凌霄汉，腰下青萍射斗牛。
>
> 英雄自合调羹鼎，云龙风虎自相投。
>
> 功名未遂男儿志，一在时人笑敝裘。

这首诗的首联便引用了班超投笔从戎的典故；颔联则是说胸中浩然之气冲云霄，腰间佩着青萍宝剑；颈联调大鼎之羹是比喻做宰相裁夺国家大事；尾联的"笑敝裘"引用的是战国时，苏秦游说诸侯未能成功，归家时"黑貂之裘敝"，"妻不下杼，嫂不为炊，父母不与之言"的故事。

班超"投笔从戎"的典故一直流传于古今诗词中，经久不衰！中国古代文人将国家的前途命运系于己身，为了国家的兴盛，都要投笔从戎，甘愿牺牲自己的生命。其实，文人领兵，不输武将。比如，南宋文臣虞允文因势利导、利用灵活多变的战术，创造了以少胜多的著名战役——采石矶大捷；明朝一介文臣于谦，以一人之力，力挽狂澜，主持了京都保卫战；于谦之后，大思想家王守仁收集残兵败将，平定宁王叛乱。

文人带病，势如猛虎。也许就是岳飞的父亲所说的那样，文武兼备，方成帅才，荒废学业，只知道棍棒刀枪，不过是匹夫之勇！

惆怅萧关道，终军愿请缨

> 我行过汉畤，寥落见孤城。
>
> 邑里经多难，儿童识五兵。
>
> 广川桑遍绿，丛薄雉连鸣。
>
> 惆怅萧关道，终军愿请缨。

这首诗收录在《全唐诗》中，是有着"大历十才子之一"称号的诗人耿湋所作，诗的题目是《旅次汉故畤》。在这首诗中，诗人提到了汉武帝时期的少年外交家、爱国英雄，华夏志士终军请缨的故事。

诗的开篇便写在赏游的路上，经过了当年汉朝王族祭天地五帝的地方。作者在这里暂作停留时，看到了寥落的孤城。这里的乡村经历了多年的磨难，连儿童都经历过多次的战争，熟知了各路兵器。

接着写的"广川"这个地方，在今河北省衡水市枣强县黄河故道处。广川的桑树全披上了绿叶，在茂密的草丛里。野鸡一声接一声地鸣叫。作者心神无奈地走在通向萧关的路上，想起了终军自告奋勇请求杀敌的情景，以及"愿受长缨，必羁南越王而致之阙下"的壮志豪情。

这首诗中提到的"终军请缨",记载于《汉书·卷六十四下·传第三十四下》。终军,字子云,西汉济南郡人。终军年轻时爱好学习,以博闻强记、能言善辩、文笔优美,善写文章而在郡中闻名。

终军十八岁的时候被选为博士弟子,到太守府报到时,太守听说他才能出众召见了他。太守看出终军确实不同于常人,想和他结为朋友。终军揖一揖手,便辞别太守而去。

终军从济南赴京城时,步行通过函谷关,守关的官吏交给他一块用帛边制成的符信。终军问:"这个是干什么用的?"官吏回答道:"回来时作路证,经过这里拿它合符。"终军听后,顺手扔掉了符信说:"大丈夫西游,永远都不须凭它作回来的路证。"终军进京来到长安后,上书给汉武帝,谈论自己对于国家治理的建议。汉武帝看后,觉得终军的文辞与众不同,任命他为谒者给事中。

终军受命为谒者后,奉使巡视郡国,执持符节出函谷关东巡,守关的官吏记得他,便说:"这位使者就是以前抛弃帛制符信的儒生!"终军巡视郡国,遇见适宜的事情就上书报告朝廷。出使回来以后,向汉武帝汇报,武帝听了很高兴。

那个时候,正好赶上朝廷派使者出使匈奴,终军请求担任出使任务,说:"我连使草倒伏的功劳都没有,却得以列为宿卫之臣,拿了五年俸禄;边境上不时有战乱的警报,我应该披坚甲执锐器,面对矢石箭雨,开路前行。只可惜我不熟悉冲锋陷阵之事,现在听说准备派使者出使匈奴,我愿意竭尽精神激励气势,辅助贤明的使者,在匈奴单于面前筹划吉凶。我年纪轻才能低下，辜负所愿，不能任官于外而捍卫边境，不足以独当一面，私下常感到烦闷难禁。"汉武帝听了终军出使匈奴筹划吉凶的想法，知道终军的回答不同一般，便提拔他为谏大夫。

后来，南越与汉朝和亲，汉武帝决定派终军出使南越，去游说南越王入京朝见，并做汉王朝的诸侯国。终军奋勇地发誓道："请陛下给我一条长绳子，我一定捆住南越王，把他带到朝廷上来。"南越王因终军的游说，答应率领全部越人内附，归属汉朝。汉武帝知道后，十分高兴，便下令赐南越各级大臣印绶，让南越王统一实行汉朝的法令制度，改变越人的风俗习惯，并令终军留下来安抚南越官民。

可惜，没想到南越国的丞相吕嘉却不愿归属汉朝，他起兵造反，不仅杀了南越王，还另立了赵建德为南越王，还把汉朝的使者终军等人全部杀死。由于终军死的时候，年纪才二十出头，所以世人都称他为"终童"。

终军死后，后人将他的事迹用来称颂少年有为的典故，和其同源典故的词句还有："学终军""折繻""抛繻入关""弃终繻""弃繻""弃繻入关""弃繻生"和"弃关繻"等。

古代诗人引用这个典故作诗词的作品也是不胜枚举。初唐四杰之首王勃在《滕王阁序》中写："勃，三尺微命，一介书生。无路请缨，等终军之弱冠；有怀投笔，慕宗悫之长风。"王勃说自己和终军年龄相同，却没有请缨报国的机会。在《散关晨度》这首五律诗中，王勃再一次引用了这个"终童"的典故：

> 关山凌旦开，石路无尘埃。
>
> 白马高谭去，青牛真气来。
>
> 重门临巨壑，连栋起崇隈。
>
> 即今扬策度，非是弃繻回。

唐代诗人李嘉祐有一首《送张惟俭秀才入举》的五律诗：

> 清秀过终童，携书访老翁。
>
> 以吾为世旧，怜尔继家风。
>
> 淮岸经霜柳，关城带月鸿。
>
> 春归定得意，花送到东中。

很多诗人引用"终童"的典故，都是为了表达终军年少有为，赞扬请缨报国的壮举。在投路无门、怀才不遇的时期，多数文人都希望自己能够像终军一样，报效国家，建功立业。

培根说："读史使人明智，读诗使人灵秀。"几千年的中国历史，其间波澜壮阔，在人才辈出，一个个英雄扑面而来的年代里，人们记住了抗击匈奴的一代战神霍去病，记住了飞将军李广，记住了长平侯卫青。那么在读到"雄如马武皆弹剑，少似终军亦请缨"的时候，也请你记起这个虽然没能远征，但是却以另一种方式书写辉煌并彪炳史册的少年终军。

妆罢低声问夫婿，画眉深浅入时无

洞房昨夜停红烛，待晓堂前拜舅姑。

妆罢低声问夫婿，画眉深浅入时无。

这首《近试上张水部》是唐代诗人朱庆馀在应进士科举前所作的呈现给张籍的行卷诗。这首诗朱庆馀以新妇自比，以张籍比新郎，以公婆为主考官，借以征求张籍的意见。这首诗可以看出，诗人朱庆馀对自己能否踏上仕途与新妇紧张不安的心绪做对比，寓意自明，令人回味。

后来，张籍看到这首诗后，明确地给了他回答，在《酬朱庆馀》中，张籍写道：

越女新妆出镜心，自知明艳更沉吟。

齐纨未足时人贵，一曲菱歌敌万金。

在这首诗中，张籍又将朱庆馀比作一位采菱姑娘，相貌美，歌喉好，因此，必会得到人们的赞赏，暗示他不必为这次考试担心。

朱庆馀的赠诗写得好，张籍的答诗也答得妙，文人相重，酬答俱妙，真可谓是珠联璧合，因此，千年来被传为诗坛的佳话。

朱庆馀的诗中，"画眉"引用了中国古代四大风流韵事之一的西汉"张敞画眉"的典故。眉毛是古代女子最为看重的妆容部分，一个女子是否能画出美妙动人的眉毛，是能否迷倒男子的重要指标之一。

班固的《汉书·张敞传》中记载，汉朝时期，京兆尹张敞为官没有官架子，经常在散朝后步行回家。他和他的妻子感情很好，据说，张敞与妻子幼时为同村，张敞小时候顽皮，一次投掷石子，误伤了妻子的额头，导致妻子眉角从此就有了疤痕，但是那个时候，他还小，闯了祸便逃逸了。后来，长大做官后，听家人说，妻子因眉角有疤痕，一直嫁不出去。于是张敞便上门提亲。此后，他每天都要给妻子画眉后，才去上班。

当时有人把这件事告诉汉宣帝，认为张敞这样做，有损士大夫体面。于是，满朝公卿，包括汉宣帝本人都觉得张敞这样做不妥。一次，汉宣帝在朝廷中当着很多大臣的面，向张敞问起这件事。张敞就说："闺房之乐，有甚于画眉者。"意思是夫妇之间，在闺房之中，还有比画眉更过头的玩乐事情。作为明君的汉宣帝，自然是明白张敞的意思，作为领导，只要问国家大事做好没有，管人家替妻子画不画眉，做什么？

此后，张敞仍然每天都为他的妻子画眉毛，而且技艺十分娴熟，画出的眉毛十分漂亮，汉宣帝为此将他们树立夫妻恩爱的典范。后世也以此为典，津津乐道。

张敞为妻子画眉，在当代看来，没有什么争议，人们只会羡慕这份美好的爱情。但是在汉朝时期，封建道德观念中，男子的地位备受尊崇，女子的地位较为低下。即便是夫妻之间，也是"上床夫妻下床客"，古代被视为夫妻恩爱的典范是梁鸿与孟光的"举案齐眉"，而"张敞画眉"的确是破天荒的头一遭。

先秦时期流行蛾眉，细长而弯；西汉时期流行广眉，浓重如卧蚕；东汉流行愁眉（八字眉），后来汉末动乱，这种眉型便变成了三国时期曹操喜好的长眉，那时候的女人个个都长眉连心。唐朝时期，画眉之风达到了登峰造极，据说，唐玄宗李隆基患有"眉癖"，曾命人作了"十眉图"，鸳鸯眉、小山眉、五岳眉、三峰眉、垂珠眉、月棱眉、分梢眉、涵烟眉、拂云眉、倒晕眉，是为"十眉"。那时候女子将眉毛剃光，再画上风情各异的眉毛。所以，后来日本女子将眉毛剃光，在额头上画两团就是当时长安的一种时尚。

诗人白居易在《上阳白发人》中写：

小头鞋履窄衣裳，青黛点眉眉细长。

外人不见见应笑，天宝末年时世妆。

冷宫中的可怜女子，几十年过去了人世不知，还画着天宝末年流行的眉妆，外人见了要笑她过时了。中国人随着朝代的更迭，眉型不断在变化，比如八九十年代，都流行柳叶弯眉，那时候的明星年画都是那种装扮，现如今，都流行长粗眉，所以再画那种柳叶弯眉就要被人视为异类了。所以，唐朝时期的眉型被遗弃了，但是日本人却一直延续到了现在。

宋朝时期，坊间女子"百日内眉式无一重复"，很多词人写画眉之事，加之张敞画眉的浪漫之事结局有些让人失望，他画眉之后，再没有被重用。也许使得很多文人对此耿耿于怀，便把他作为一种反例来写，比如宋代无名氏的《满江红》写："祝君莫学画眉痴，如张敞。"清代林占梅的《感怀》写："画眉旧事悲张敞，戏彩遗欢痛老莱。"诗论家刘克庄还写了一首《跋张敞画眉图》：

> 列岫新眉淡复浓，黛螺百斛不堪供。
>
> 回头却笑张京兆，只扫闺中两点峰。

所以这首诗的最后两句有点讽刺的味道。很多文人受封建思想影响，总是拿梁鸿与妻子举案齐眉的事迹来和张敞画眉比较，比如宋元时期的音乐理论家刘诜，在《题张敞画眉》中写：

> 京兆春风到柳枝，翠帘缥缈远山奇。
>
> 梁鸿亦有齐眉乐，不要人间黛绿施。

但是，这又如何，就像冯梦龙在《醒世恒言》中说的那样："张敞画眉，相如病渴，虽为儒者所讥，然夫妇之情，人伦之本，此谓之正色。"

明代在"靖难之役"中被凌迟的练子宁曾写过一首《送花状元诏许归娶》的诗，这首诗还有一个颇为传奇的故事，说的是明朝洪武时期，一次会试还没开始，京城便传起了一句话："黄练花，花练黄。"这句话很突然，听到的人也感到莫名其妙。直到会试、殿试结束之后，人们才明白，原来是本科会试的前三名分别是黄子澄、练子宁、花纶；而殿试的前三名又成了花纶、练子宁、黄子澄，正应验了这句传语。人们不由得纷纷感慨，功名自有天定。

当时的榜眼练子宁便根据这则童谣，特意作了这首诗：

三月都门莺乱啼，郎君春色上朝衣。

潘生况拟供调膳，张敞仍须学画眉。

南陌酒香银瓮熟，西湖月朗画船归。

极知身负君恩重，莫遣心随粉黛移。

事情也正在朝着童谣中预言的那样发展，考官以初试拟花纶为殿试第一名，就等着皇帝朱元璋的确定了。谁知朱元璋在揭榜的前一天晚上，做了一个奇怪的梦，改变了这场科举的结局。

朱元璋梦见殿前有一颗巨钉，缀白丝数缕，在阳光下悠悠飘扬，映入眼帘。第二天，朱元璋御览考官进呈的考生试卷，看到第一名花纶时，虽然文采出色，不过和自己的梦没什么关系，便取消了他的状元资格，将他列入二甲名单中。接着翻看便看到了练子宁和黄子澄，想来和自己的梦也没什么关系。当他在三甲第五名的位置看到了丁显的名字时大喜！认为丁显这个名字与他的梦境相合，是老天授意，于是在心中默念道："状元就是他了！"

就这样，原本排名一百多位的丁显，在朱元璋助力下扶摇直上，被钦点为状元郎。但是后来丁显因直言进谏，得罪了朱元璋，被流放到驯象卫十五年之久，病死在任所。这可真是"成也朱元璋，败也朱元璋"啊！

据说，丁显死后，朱元璋震惊不已，他如炸雷般地吼道："朕流放丁显，是为了磨炼他，当地武将居然不替朕好好照顾他，让他英年早逝！"驯象卫的武将们敢怒不敢言，最终全部被朱元璋治罪。这也许是朱元璋为自己找借口的说辞，也许是真的想磨炼丁显，谁知道呢？

古代的封建礼教虽严，但是像"张敞画眉"这样浪漫的夫妻也不少，比如"赌书消得泼茶香"的李清照和赵明诚夫妇……情到深处无怨尤，但愿这份浪漫的爱意一直流传下去。

寻章摘句老雕虫，晓月当帘挂玉弓

寻章摘句老雕虫，晓月当帘挂玉弓。

不见年年辽海上，文章何处哭秋风？

这首《南园十三首·其六》是唐代有着"诗鬼"之称的李贺所作，这是一首慨叹读书无用、怀才见弃的绝句。诗的首句便说，诗人的青春年华就消磨在这寻章摘句的雕虫小技上了。次句则是使用白描的手法，写了刻苦读书的情形：一弯残月，低映檐前，抬头望去，像是当帘挂着的玉弓；天将破晓，而他还在孜孜不倦地酌句谋篇。

后两句则遒劲悲怆，写读书的无用以及有才学而不能见用于世的原因。其中，首句"寻章摘句老雕虫"中的"雕虫"，也就是我们日常用到的"雕虫小技"的成语。我们中国人讲究谦虚是美德，所以往往受到别人的夸赞时，总要说"雕虫小技，不足挂齿。"其中这个"雕虫"本意并不是指写诗作文，而是另有所指。"雕"也就是"刻"的意思，虫子当然不能被雕刻，所以"雕虫"并不是指具体的虫子，而是指秦朝时"秦书八体"之一的"虫书"。

根据《说文解字》记载，八体为"大篆、小篆、刻符、虫书、摹印、署书、殳书和隶书"，其中，虫书和篆书的花体，常常被铸或刻在兵器、旗帜和符节上，形状像鸟和虫的样子，故称"虫书"。"雕虫"就是指刻写虫书。现如今街头艺人当众写的花鸟字，就是历朝历代逐步完善的。

"雕虫小技"最初写作"雕虫篆刻"，语出自西汉文学家扬雄的著作《法言》："童子雕虫篆刻，壮夫不为也。"有人问扬雄，年少时是不是喜欢作赋，扬雄回答说："不错，但那只是童子雕虫篆刻般的技艺，成年就不做了。"扬雄贬低"雕虫篆刻"，不是因为它们学起来容易，而是因为它们最难学，但是实际的用处又很小。后来，人们便把"雕虫篆刻"说成是"雕虫小技"了，比喻微不足道的技术，多指文学技巧。

宋代诗人范祖禹在《殿试覆考和子由侍郎》中就写到了这个"雕虫"与扬雄，"雕虫尚忆长杨赋，汗简犹残太史书。"唐代道教全真派祖师吕岩（吕洞宾）在《七言全文》中写："杳杳冥冥莫问涯，雕虫篆刻道之华。守中绝学方知奥，抱一无言始见佳。"宋朝时期的法泰和尚（释法泰）在《颂古四十四首》中写："宗师垂手贵天真，肯事雕虫篆刻新。只向平田浅草处，等闲推出玉麒麟。"同为宋代的诗人释惟一在《颂古三十六首》中写："劫初铸就毗卢印，古篆雕虫尚宛然。堪笑堪悲人不识，却嫌字画不完全。"

明代"江西才子"曾棨《赠笔工陆继翁》中也有"闲来书空不成字，纵有篆刻惭雕虫"的句子。

　　"雕虫小技"这个成语最早出自《北史·李浑传》。李浑是北齐大臣，学问很大。文宣帝高洋命他组织一套班子，制定新的法律法规《麟趾格》。在他组织的这个班子里，聚集了很多著名的文人，其中还包括著名的史学家和文学家魏收。自古文人相轻，一次李浑就对魏收说："雕虫小技，我不如卿；国典朝章，卿不如我。"意思是说写那些环环绕绕的"虫书"，我比不上你魏收；但是制定国家的典章制度，你魏收可就比不上我了。

　　唐代诗人卢群玉在《投卢尚书》中写："从来若把耕桑定，免恃雕虫误此生。"宋徽宗政和年间的进士郭印《当可台邓士将赴类试作诗饯之因效其体》中写"雕虫小技何足论，要吐胸中济时策。"

　　明代绘画大师，著名才子唐寅曾有一首《无题》诗，诗人都有些猖狂，他将愤愤然之情表现得淋漓尽致，尤其是最后一句：

　　　　便纵拼争反下游，随波逐浪讵惭愁。

　　　　庸夫碌碌惟虚灭，烈士昂昂岂罢休。

　　　　说法双关如此乐，听诗万首向何忧。

　　　　孤芳自赏雕虫老，兴尽尘封故纸楼。

　　唐寅的诗文真切平易，不拘成法，意境清新，对人生、社会常常怀有岸傲不平之气。唐伯虎在某一个月夜，想起自己不羁的人生，想到了李白的飘逸洒脱，内心不得平静。在读到李白的《把酒问月》时，更是心生感慨，所以写了一首《把酒对月歌》。其实，关于大诗人李白，也有一个"雕虫小技"的故事。

唐朝时期，有个叫作韩朝宗的人。他为人非常热心，常常为一些无业的年轻人介绍工作，所以大家都非常尊重他。有一天，一个年轻人写了一封信给韩朝宗，请韩朝宗帮忙介绍工作，信的最后写道："恐雕虫小技，不合大人。"意思是说，恐怕我写的文章，只是一些微不足道的小伎俩，不够让大人欣赏。这个谦虚的年轻人就是闻名于后世的诗仙李白！

从此以后，大家就用"雕虫小技"来形容写文章或是做事情的时候，用的都是一些小技术而已。

李白在诗中的洒脱、自如以及豪放不羁，多有飘逸之感，所以才会给后人带来"羽化而登仙"之感。但是并不是每个人都能有李白这种才气，唐朝许多诗人写诗常常为了科举，只重视诗的形式，用了很多矫揉造作的方法。李白看不惯这种矫揉造作的创作方法，便写了一组《古风五十九首》，提出了自己对于诗的概念和看法，其中第三十五首名为《古风·丑女来效颦》，对一些诗歌创作进行了讽刺，全诗如下：

丑女来效颦，还家惊四邻。

寿陵失本步，笑杀邯郸人。

一曲斐然子，雕虫丧天真。

棘刺造沐猴，三年费精神。

功成无所用，楚楚且华身。

大雅思文王，颂声久崩沦。

安得郢中质，一挥成风斤。

此诗前四句用丑女效颦、邯郸学步两个典故讽刺矫揉造作的创作方法，中间六句用棘刺造猴的故事批评求仕进、取荣华的创作目的；末四句呼吁诗歌创作回归正道，志同道合的诗人能够出现。

李白用这首诗针对科举的诗赋取士，批评只重视形式，而不注重诗歌社会责任的现象和风气，可以说语言极其辛辣。同时，批评在这种风气的驱使下，写出来的诗歌华丽浮靡，背离雅颂之风，呼吁诗歌创作回归正道。

"雕虫小技"的成语如今依旧广泛使用，而"虫书"也历经各朝代的演变，成了当今颇受欢迎的花鸟字。其实，无论写任何文章，做任何事，都要记住李白的"一曲斐然子，雕虫丧天真"。切莫只讲求模拟雕琢、忽视思想内容以至于落入形式主义，丧失了自然的韵味。

荆山美玉奚为贵，合浦明珠比不得

铙吹喧京口，风波下洞庭。

赭圻将赤岸，击汰复扬舲。

日落江湖白，潮来天地青。

明珠归合浦，应逐使臣星。

这首《送邢桂州》是稳坐"盛唐画坛第一把交椅"的王维所写。有人曾说："李白是天才，天纵奇才，杜甫是地才，人间百态，王维诗画传情，是人才。""人才"王维可谓"诗中有画，画中有诗"，这首诗是一首送别诗。邢桂州指邢济，王维的挚友，桂州为一州名，属岭南道，邢济即将赴任桂州，所以称之为邢桂州，也说明邢济和王维的关系亲密。

邢济即将赴任桂州，王维去送别，只见孤帆碧天之景，有感而发，创作了这首诗。这首诗的首联交代了送别的地点和送别的壮观场面；颔联中的"赭圻"与"赤岸"均为地名，"击汰"一词取于《楚辞·九章·涉江》："乘舲船余上沅兮，齐吴榜以击汰。"体现诗人之渊博且融会贯通。

颈联的句子是描写景色的千古名句，诗人以白、青这两种最为简单的颜色，描绘出了厚重浑吞之感。尾联则再次用典，其中"明珠归合浦"化用东汉孟尝"珠还合浦"的故事，"使臣星"之典亦出自《后汉书》，其意是表明希望好友到任桂州后，造福一方，表达了对友人殷切的期盼和美好的祝福之情。

"合浦还珠"中的孟尝与战国四公子之一的孟尝君田文并不是一人，所处的朝代也不相同。据《后汉书·循吏传·孟尝》中记载，东汉时期，会稽上虞人孟尝迁任合浦太守，他看见合浦一带很少生产粮食，但海产珍珠非常出名，合浦郡与交趾（今越南）相邻，珠民用珍珠与交趾边民交换粮食，因为地方官为中饱私囊，强迫珠民频年滥采珍珠，珍珠贝苗几乎灭绝，也就是"珠渐徒交趾"之说。

汉顺帝刘保派孟尝当合浦太守后，他革除弊政，对于珍珠自然资源采取了保护措施。因此，海里的珍珠又得到了繁衍。一年以后，合浦南珠又得到增长，当时群众中广泛流传"去珠复还"，也就是流传中"珠还合浦"故事的由来。后世常以此比喻美好的东西失而复来。

著名的南朝陈文学家江总在《遇长安使寄裴尚书》中写："传闻合浦叶，远向洛阳飞。"唐代有着"诗鬼"之称的李贺，曾对现实有所感触，作了一组讽刺诗《感讽五首》，其中有"合浦无明珠，龙洲无木奴。足知造化力，不给使君须"的句子，说的是合浦产珍珠却没珍珠，湖南汜洲产柑橘又无柑橘。都知道自然界育万物的能力，还是不能满足州刺史的贪婪。

另外，很多人都知道大文豪苏轼晚年曾谪居岭南七年，契阔死生、丧亡九口。但是他在合浦也曾住过两个月，却鲜为人知。元符三年（1100年），已经六十五岁的苏轼告别了"食无肉、病无药、居无室、出无友、冬无炭、夏无寒泉"的海南儋州北归，中途经历了"暴雨倾泻、洪水涌涨，桥也坏了、天气阴晦"，到了合浦。

东汉太守孟尝"合浦珠还"的历史典故，引后世无数文人墨客临亭吟诗赋文。苏轼的《题冯通直明月湖诗后一首》中的诗句："闻道徉江空抱珥，年来合浦自还珠。"苏轼还感慨："孟尝高洁，施政廉明，去珠复还，无怪乎千古誉为盛事。"但无奈的是今天："曾驱万民入渊底，怎奈孟尝去不还？"

"合浦珠还"这个典故在后代以各种形式出现，南宋词人黄机的《临江仙·凤翥鸾飞空燕子》中有"终山方种玉，合浦忽还珠"的句子；元代姬翼《感皇恩·合浦未还珠》中写"合浦未还珠，空捞赤水。"明代林锦作有《还珠亭》诗：合浦还珠世所称，危亭移建事更新。若将物理论孚感，一代恩波一代人。说的也是孟尝"合浦珠还"的典故，恩惠了一代又一代人。

另外，这个典故还有戏曲的表现形式，明代戏曲家沈鲸所著的《双珠记》，以双珠的分合得失为线索，描写了王辑全家悲欢离合的故事，也来源于"合浦还珠"这个成语。据说，琼瑶的小说《还珠格格》的名称也源于此。

宋代郭应祥有一首《柳梢青·送别陈廉州于一片潇湘》，也引用了这个典故：

合浦名邦。风流太守，紫绶金章。暂驻旌麾，来临祖席，一片潇湘。

且须缓举离觞。细看取、眉间点黄。未到还珠，已闻赐玺，归近清光。

其实，"合浦还珠"的主人公孟尝，在青少年时便努力砥砺自己的节操品行，进入仕途也一直是清正廉洁、勤政于民的好官。相传，在上虞有个极其孝顺婆婆的寡妇，婆婆年老寿终正寝以后，这个寡妇的妯娌因以前对她嫌怨猜忌，就诬告寡妇对供养婆婆厌倦了，从而毒死了自己的婆婆。

当时的郡中不加寻访审查，竟轻易地给寡妇定了死罪。孟尝知道后，为此深入乡村，几经调查，知道了寡妇被冤枉的情况，向上虞的太守做了详细的汇报。哪知太守不听孟尝的意见，没有为这个寡妇重新审理。后来，新任太守殷丹到任后，探访询问其中的缘故，孟尝就到府县陈述寡妇被冤枉污蔑的事因。殷丹听从孟尝的话，重审此案。最后案情大白，立刻刑戮那个诬告的女子并祭扫寡妇的坟墓。

此后，孟尝对策孝廉以"茂才"的名目被推举，后来因治理有方，一直升迁为合浦太守。孟尝在合浦理政有方，深得同僚的赞赏。桓帝时期的尚书左丞杨乔曾七次向朝廷上书推荐孟尝，要求朝廷重用。可惜，尽管杨乔以死相荐，由于宦官当权，从中作梗，朝廷始终没有起用孟尝。最后孟尝70岁，卒于家中。

初唐四杰之冠的王勃，在其骈文名篇《滕王阁序》中称："孟尝高洁，空怀报国之情。"后来，合浦曾改名为"廉州"，就是为了纪念"孟尝清廉"之意。

南宋学者徐钧的《孟尝》诗中，称赞了孟尝"合浦还珠"的突出政绩，批评当时国家当权者"为国不知贤是宝"，居然令孟尝离职还乡，由于这个错误，致使孟尝"遁迹"故土，终老"空山"，实在是令人惋惜。诗中"人心物意两相关"一句，富于哲理，耐人寻味：

> 人心物意两相关，合浦明珠去尚还。
>
> 为国不知贤是宝，却令遁迹老空山。

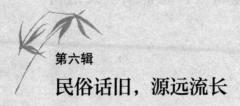

第六辑

民俗话旧，源远流长

　　节日诗词，最是难写。只因各个节日千百年来都在人们心中根深蒂固，让人从一首诗词瞬间联想到一个节日容易，让人从一个节日瞬间就能联想到某一首特定的诗，则是难中之难。纵观诗词长河，只有王安石的《元日》、杜牧的《清明》、苏东坡的《水调歌头·明月几时有》等寥寥几首能为天下人所熟悉。

　　然而，正因节日之诗少为人知，我们更要用心学习，才能在喜庆之日，咏恰当之诗，明诗词典故，道节日渊源。求知而知之，此学习之乐。

千门万户曈曈日，总把新桃换旧符

爆竹声中一岁除，春风送暖入屠苏。

千门万户曈曈日，总把新桃换旧符。

这首《元日》是北宋文学家、政治家王安石的作品，这是一首描写春节除旧迎新的诗。一片爆竹声送走了旧的一年，饮着醇香的屠苏酒感受到了春天的气息。初春的太阳照耀着千家万户，家家户户门上的桃符已经换成了新的。这首诗具有代表性，将春节时一些代表性的生活习俗，细致化地展现出来：点燃爆竹，饮屠苏酒，换新桃符。这首诗是以除旧迎新来比喻和歌颂新法的胜利推行，指出新生事物必将取代没落事物的规律。

关于"春节"的起源，历来说法不一。但是其中为公众普遍接受的说法就是，春节由虞舜兴起。大概在公元前2000多年，舜帝即天子位，他带领部下祭拜天地。从此，人们便把这一天当作岁首。这也是农历新年的由来，后一直叫春节。

关于"过年"还有许多不同版本的传说，据说古时候，有一种叫作"年"的怪兽，它比老虎还要凶猛，比大象还大几倍，而且常年深居海底。每到除夕的时候，它就上岸，并吞食牲畜伤害人命。因此，每到除夕这一天，村民们便扶老携幼地逃往深山，以躲避怪兽"年"的伤害。

可是，这一年的除夕，从别的地方来了一个老者，他不但没有躲避，反而说能够制伏怪兽"年"。他在村里的家家户户的门上贴上大红纸，又将村里屋内弄得烛火通明。当怪兽"年"来的时候，它浑身一抖，怪叫了一声。这个时候，老者弄出"噼噼啪啪"的炸响声，"年"再也不敢动了，狼狈逃窜。

乡亲们回村的时候，看到身披红袍的老者，又看到安然无恙的村庄，十分惊奇。老者和村民们说："'年'最怕红色、火光和炸响。"而这一天正好是正月初一，人们知道了驱赶"年"的方法，此后，每年除夕，家家户户都贴红对联、燃放爆竹；户户烛火通明、守更待岁。

春节在不同的历史时期，有不同的特指。汉朝时期，人们将二十四节气的第一个立春称"春节"；南北朝时期，人们把整个春季叫"春节"。我们现在过的"春节"是在新中国成立以后开始的。另外，春节在不同的时代，名称也不相同。在先秦时期，一般称为"上日""元日"等；到了两汉时期，又被称为"岁旦""三朝"；魏晋南北朝时期，称为"元辰""元日"；到了唐宋时期，则被称为"元旦""新正"；而清代一直叫"元旦"或者"元日"。

唐宋时期，许多诗人写了关于春节的诗词，比如，山水田园派诗人孟浩然的《田家元旦》：

昨夜斗回北，今朝岁起东。

我年已强仕，无禄尚忧农。

桑野就耕父，荷锄随牧童。

田家占气候，共说此年丰。

这里的"元旦"就是我们现在的"春节"，因为在唐宋时期，对于春节的称呼就是"元旦"或者"元日"。

诗的首句便写斗转星移，岁月不居，显示时间的推移和节序的更替。古人认为，北斗星斗柄指东，天下皆春；指南，天下皆夏；指西，天下皆秋；指北，天下皆冬。昨天夜里北斗星的斗柄转向东方，今天早晨新的一年又开始了。

这个时期的孟浩然是四十岁的壮年时期，概述了诗人仕途的遭际，表露了他的农本思想。我已经四十岁了，虽然没有官职，但仍担心农事。这里也体现了他不以物喜，不以己悲的可贵品质。

颈联则描述了一幅典型的田园牧歌图。诗人看到在种满桑树的田野里耕作的农夫，扛着锄头和牧童一起劳作。尾联扣题，写田家元日之际，凭借占卜纷纷预言丰收年。农家人推测今年的收成，都说这一年是丰收年。

宋代词人毛滂有一首《玉楼春·元日》：

一年滴尽莲花漏，碧井屠苏沉冻酒。晓寒料峭尚欺人，春态苗条先到柳。

佳人重劝千长寿，柏叶椒花芬翠袖。醉乡深处少相知，只与东君偏故旧。

莲花滴水送走了旧的一年，在井边悬挂着冻酒，晓寒侵人之时，柳枝的苗条身姿，已经透露出一些新春的气息。通过各种事物的变化，描写春天来临时的样子。

虽有佳人歌女劝酒助兴，可词人却为早春的物候所惊，犹如见到了久别重逢的故旧。此词构思新颖，饶有情致。

春节在每一位诗人的眼中都不同，除了"桃符""屠苏酒""爆竹"，还有其他的景色描写，比如宋代诗人陆游的《除夜雪》：

北风吹雪四更初，嘉瑞天教及岁除。

半盏屠苏犹未举，灯前小草写桃符。

这首诗说的是"瑞雪兆丰年"的寓意，在四更天刚刚到之时，北风带来了一场大雪。这是上天赐给我们的瑞雪，正好在除夕之夜到来，预示着来年的丰收。盛了半盏屠苏酒的杯子，还没有来得及举起庆贺，我依旧在灯下用草书赶写着迎春的桃符。

明清时期，春节被称为"新正"或者"元旦"，明代诗人叶颙有一首《己酉新正》，全篇如下：

天地风霜尽，乾坤气象和。

历添新岁月，春满旧山河。

梅柳芳容徛，松篁老态多。

屠苏成醉饮，欢笑白云窝。

这首诗说的是，在新春佳节到来之际，无风无霜，春意盎然。又要长一岁，新春的景象代替了旧的一年。梅花、柳树展现了新的姿态，显得冬天不凋的松树有了些老态。愉悦的心情使得人们饮了过多的屠苏酒，欢笑的声音响彻了云霄。

清初戏曲家孔尚任，他的传奇剧本《桃花扇》很著名，但是他也写过一首关于春节的诗《甲午元旦》：

> 萧疏白发不盈颠，守岁围炉竟废眠。
>
> 剪烛催干消夜酒，倾囊分遍买春钱。
>
> 听烧爆竹童心在，看换桃符老兴偏。
>
> 鼓角梅花添一部，五更欢笑拜新年。

传说总归是故事，关于春节"贴春联"的习俗，大约始于一千多年前的后蜀时期。此外根据《玉烛宝典》《燕京岁时记》等记载，春联的原始形式就是人们所说的"桃符"。后来，为了祈求一家的福寿康宁，一些地方的人们还保留着贴门神的习惯。在民间，门神是正气和武力的象征，只要在大门上贴上门神，一切妖魔鬼怪都会望而生畏。唐朝以后，除了以往的神荼、郁垒二将以外，人们喜欢将秦叔宝和尉迟恭两位唐代武将当作门神。

春节是我国的传统节日，如今"爆竹""桃符"等一些习俗都还在。只是随着时代的变化，春节让更多人懂得了幸福的意义，每一年的这个时候，无数在外闯荡的人，都不远千里踏上归途，几经周转波折，"过年回家"已近乎成为一种本能。

元宵争看采莲船，宝马香车拾坠钿

元宵争看采莲船，宝马香车拾坠钿。

风雨夜深人散尽，孤灯犹唤卖汤圆。

这首《诗曰》是号称"诗词文章，书法音乐无不精善"的南宋文学家姜夔的诗作。姜夔对诗词、散文、书法、音乐，无不精善，是继苏轼之后又一位难得的艺术全才。他的这首《诗曰》写的是元宵节的热闹气氛，上阕写的是在游人拥挤、花灯满挂的元宵佳节到来之际，王公贵族喜迎佳节的喜庆盛况。"宝马香车"是才子佳人的暗喻，采莲船又被称为旱船，是一种传统的舞蹈。佳人头上的钗饰品与花灯相媲美。

下阕写的是在这热闹散尽之后，孤灯下的劳动人民还在叫唤着卖汤圆。笔锋在此处一转，由上阕的热闹转换为描写下层劳动人民的辛劳，两者相对比，深刻地表现了姜夔对所处的社会环境的无奈和对普通民众的深深同情、怜悯。这种强烈的对比与杜甫的"朱门酒肉臭，路有冻死骨"差不多，同时也写了元宵节家家户户吃汤圆的习俗。

元宵节作为中华民族的传统节日，早在2000多年前的西汉就有了，而元宵赏灯则始于东汉明帝时期。汉明帝提倡佛教，听说佛教有正月十五日僧人观佛舍利，点灯敬佛的做法，于是就命令这一天夜晚，在皇宫和寺院里点灯敬佛，令士族庶民也都挂灯。此后，这种佛教礼仪节日逐渐形成了民间盛大的节日。这种习俗也经历了从宫廷到民间，由中原到全国的发展过程。

关于"元宵节"有个这样的传说，与"年"的传说差不多，都是描写野兽、怪物伤害人和牲畜，人们便组织起来去打怪物。后来，有一只神鸟因为迷路而降落人间，却意外地被不知情的猎人给射死了。天帝知道了这件事，十分愤怒，立即传旨，下令让天兵于正月十五日到人间放火，把人间的牲畜和人统统都烧死。

天帝的女儿十分善良，不忍心看到人间的百姓受苦。于是，就冒着生命危险，偷偷驾着祥云来到人间，把这个消息告诉了人们。众人听到这个消息后，都十分害怕，不知如何是好。过了好久，有个老人家想到了一个好法子。他说："在正月十五这天，每家每户都点燃爆竹，张灯结彩，燃放烟火。这样一来，天帝就会以为人们都被烧死了。"

大家都为老人家的法子纷纷点头，之后去做了准备。到了正月十五这一天晚上，天帝往下一看，人间一片红光，响声震天，还有烟火冲上来，以为是大火在燃烧。人间的百姓就这样保住了生命和财产，为了纪念这次成功，每年的正月十五，家家户户都悬挂灯笼，放烟火来纪念。

还有说，元宵节来源于汉文帝纪念"平吕"而设，汉高祖刘邦去世后，他的儿子汉惠帝刘盈登基为帝。刘盈生性懦弱，使得统治大权逐渐被吕后所取代，吕后独揽大权后，刘氏的天下就变成了吕氏的天下，朝中的老臣都惧怕吕后的残暴，敢怒不敢言。

后来，"诸吕之乱"终于被平定，刘恒被拥立为皇帝，是为汉文帝。文帝深感太平盛世的来之不易，便把平息"诸吕之乱"的正月十五，定为与民同乐的日子。家家户户张灯结彩，以示庆祝。

据相关史料记载，正月十五元宵节在西汉时期就已经受到重视，汉文帝时期就将正月十五定为元宵节，这一夜就叫元宵。司马迁创建《太初历》，也将元宵节作为重大的节日。汉武帝还在正月十五的夜里，在甘泉宫举行祭祀"太一"的活动。"太一"就是主宰宇宙一切的神。后来，人们也将正月十五视为祭祀天神的先声。

隋唐之时，灯火之风盛行，闹花灯的传统节日习俗被推向了高潮。隋朝隋炀帝有《元夕于通衢建灯夜升南楼》一诗。

唐朝时期，国力空前强大，元宵赏灯十分兴盛。无论是京城还是乡镇，处处都张灯结彩，人们还制作巨大的灯轮、灯树、灯柱等。满城的火树银花，十分繁华热闹。唐代诗人张祜的《正月十五夜灯》写：

千门开锁万灯明，正月中旬动帝京。

三百内人连袖舞，一时天上著词声。

这首诗将元宵节热闹的情景写得热闹非凡。家家出门、万人空巷、尽情而来、尽兴方归闹上元夜，使得上元灯节成了最有诗意，最为销魂的时刻。

　　关于"元宵节"最为著名的词应该是那首《生查子·元夕》，这首词有说是欧阳修的作品，也有说是宋代才女朱淑真的作品。

　　　　去年元夜时，花市灯如昼。

　　　　月上柳梢头，人约黄昏后。

　　　　今年元夜时，月与灯依旧。

　　　　不见去年人，泪湿春衫袖。

　　正月十五元宵节的花灯，灯光就像白天一样雪亮。月亮升起在柳树的梢头，他约我黄昏之后共诉衷肠。今年的元宵节，月光与灯光同去年一样，只是再也看不到去年的情人，泪珠不知不觉地湿透了衣裳。

　　豪放派词人辛弃疾的《青玉案·元夕》也是元宵节诗词作品中的精品之作。其中"蓦然回首，那人却在，灯火阑珊处"更是千古名句，还被王国维誉为"人生三境界"的第三种境界。全词如下：

　　东风夜放花千树。更吹落、星如雨。宝马雕车香满路。凤箫声动，玉壶光转，一夜鱼龙舞。

　　蛾儿雪柳黄金缕。笑语盈盈暗香去。众里寻他千百度。蓦然回首，那人却在，灯火阑珊处。

　　这首词开篇便写满城灯火、满街游人、火树银花，通宵歌舞，这样的热闹景象。但是作者的意图并不在于写景，而是为了反衬"灯火阑珊处"的那个人的与众不同。这首词描绘出了元宵佳节的通宵灯火，无论是词句的运用，还是情感上的表达，都是十分高明的。

元宵节与其他节俗活动一样，随着历史的发展而延长和扩展。在汉朝时期，官方放一天假；唐代已经有三天假期了；到了宋代更是达到了顶峰，长达五天假期。到了元代大部分假期都被取消，元朝统治者认为生命在于运动，工作就是休息，全年假期只有16天。而如今，元宵节仍然是家家张灯结彩，燃放烟火，家人团聚吃元宵。

每个节气里都有一个念想，串起人们的共鸣，只因为在这个节气里，蕴含着某种人们需要的温暖。今夜的元宵，在古人笔下的诗意盎然，热闹非凡；今夜的元宵，在碗里漂浮旋转，预示着团团的爱和圆圆的心情。

二月二日江上行，东风日暖闻吹笙

二月二日江上行，东风日暖闻吹笙。

花须柳眼各无赖，紫蝶黄蜂俱有情。

万里忆归元亮井，三年从事亚夫营。

新滩莫悟游人意，更作风檐夜雨声。

这首《二月二日》是唐代有着"小李杜"称呼的李商隐所写。诗的首句便点明了时间和地点，在踏青时节江上春游。次句便描写了踏青节的天气，和煦的东风，温暖的阳光，笙声似乎都带着春回大地的暖意。

颔联主要写江上的春色。花、柳、蜂、蝶，这些都是春天生命力与活力的标志，而红的花、绿的柳、黄的蜂，以及各色的蝴蝶，将春天的绚烂描写得淋漓尽致。"无赖"与"有情"相对应。

颈联引用了两个著名的人物，一个是东晋的陶渊明，字元亮；一个是西汉的周亚夫。陶渊明有"井灶有遗处，桑竹残朽株"的句子；周亚夫屯兵细柳营，军纪严明，后世用"细柳营"或"柳营"指军营。

尾联写新滩流水在羁愁者耳中引起的特殊感受。在"二月二"这个踏青节的日子里，作者因远离家乡而产生了思归之情。李商隐远离家乡万里，为他人做幕僚已经三年了，如今面对美好的春光，更加渴望回到家乡，过着陶渊明那样的生活。这种思而不得的痛苦和疲倦溢于言表。

"二月二"最早起源于伏羲氏时代，伏羲"重农桑，务耕田"，每年二月初二这一天，"皇娘送饭，御驾亲耕"。到了周武王时期，二月二还要举行盛大的仪式，号召文武百官都要亲耕。"二月二，龙抬头"是一句古老的谚语。如今，南方视为"社日"，又称为"踏青节""挑菜节"；北方则视为"龙抬头"的节日，又被称为"春耕节""农事节"或者"春龙节"。

"二月二"是古代天文学家根据日月五星的运行轨迹把天空划分为28天宿，即黄道带，以此来表示日月五星的运行和位置。而在这一天，"角宿"也就是龙角在东方地平线上升起，所以称为龙抬头。民间还传说，这一天龙神会从睡眠中醒来，于是人们在那时就会焚香祷告，祈求来年风调雨顺，五谷丰登，这一天也被称为"龙头节"和"青龙节"。

在中国的民间认为，龙是吉祥之物，主管云雨，而农历"二月二"这天是龙欲升天的日子。从节气上说，这个时期正处于"雨水""惊蛰"和"春分"之间，很多地区都开始进入雨季。古人认为这都是"龙"的功劳，所以便有了"二月二，龙抬头"之说。

　　唐宋时期，人们已经将"二月初二"视为一个特殊的日子，说这一天是"迎富贵"的日子，所以，这一天要吃"迎富贵果子"，也就是一些点心类的食品。南宋著名理学家魏了翁（魏华父）有一首《二月二日遂宁北郊迎富》诗，如下：

　　　　才过结柳送贫日，又见簪花迎富时。

　　　　谁为贫驱竟难逐，素为富逼岂容辞。

　　　　贫如易去人所欲，富若可求我亦为。

　　　　里俗相传今已久，漫随人意看儿嬉。

　　这首诗描写了宋代二月二迎富的习俗。诗人说，正月晦日送穷的日子刚过去，戴着花迎富的日子又来了。因为"穷神"难以驱逐，许多人已对"送穷"没了兴趣。可是，一向渴望富裕的人又怎么会回避这个"迎富"的风俗呢？贫困若是容易除去，人人都想除；富贵若可以求得，那我也去求。不过这些都是传之久远的风俗而已，我只是随大流去看看热闹罢了。

　　在唐宋时期的南方，二月二也是万物萌生的季节了。大地生机盎然，百草萌生，是踏青出游的绝好时节。许多诗人会选择在这个时候踏青。白居易有诗《二月二》，如下：

　　　　二月二日新雨晴，草芽菜甲一时生。

　　　　轻衫细马春年少，十字津头一字行。

　　白居易的这首诗描写的是二月二日新雨初霁，小草和田畦里的菜都发出了嫩芽，一派春意盎然的景象。一群穿着轻杉，牵着骏马的少年，正在十字码头一字排开地徐徐走着。这首诗抒写踏青见闻，刻画了一派春意盎然的诗情画意。

另外，在宋代时期，二月二还有"挑菜节"的说法，这种"挑菜"的风俗，始于唐代。唐代人李淖在《秦中岁时记》中就说："二月二日，曲江拾菜士民极盛。"到了宋代，这种风俗更加盛行。每年春季的二三月份，百草萌生，人们便纷纷赶到郊外去挖野菜，或者在园中摘取新菜。这一味这不仅能尝到鲜菜的美味，又能讨到发财的吉利（"菜""财"同音）。这种风俗，在宋代还由民间传到了宫廷。

"苏门四学士"之一的张耒便有《二月二日挑菜节大雨不能出》诗一首，说的就是二月二挑菜的情形，全诗如下：

> 久将菘芥芼南羹，佳节泥深人未行。
>
> 想见故园蔬甲好，一畦春水辘轳声。

诗人说，每一年的二月二这天，他都要采摘青菜烧一锅肉菜汤。而今年的二月二，雨大路滑，不能出去挑菜做羹了，只好坐在家中，回忆故乡菜园中那生长旺盛的蔬菜，仿佛又听到引来春水的辘轳的声音。

陆游还写过"社日"的诗，《春社》，其中描写了二月二这一天，各种春天的景象和人们庆祝佳节的欢乐场景：

> 桑眼初开麦正青，勃姑声里雨冥冥。
>
> 今朝有喜君知否，到处人家醉不醒。
>
> 社肉如林社酒浓，乡邻罗拜祝年丰。

太平气象吾能说，尽在冬冬社鼓中。

柴门西畔枕陂塘，社雨新添一尺强。

台省诸公方衮衮，故应分喜到耕桑。

太平处处是优场，社日儿童喜欲狂。

且看参军唤苍鹘，京都新禁舞斋郎。

值得注意的是，在唐宋时期，各种活动中，并没有和"龙抬头"联系在一起。一直到了元朝时期，二月二才明确"龙抬头"了。

元末期熊梦祥的《析津志》在描述大都城的风俗时提到，"二月二，谓之龙抬头"。这一天人们盛行吃面条，称为"龙须面"；还要烙饼，叫作"龙鳞"；若包饺子，则称为"龙牙"，总之都要以龙体部位命名。

元朝时期，也将二月二视为"迎富日"，元末明初学者谢应芳在《二月二日漫兴》一诗中写：

东风吹散社公雨，红白花开烂锦云。

时俗喜逢迎富日，老夫羞作《送穷文》。

裌衣试著寒犹怯，拄杖归来酒半醺。

为问驿桥杨柳树，送人多少去从军。

在这首诗中，二月二这一天，下了雨，花开得更加绚烂了，像是彩色的锦缎。在这个迎富日的风俗里，羞愧地写下了《送穷文》。诗人在酒后半醉归来，问驿站旁的杨柳，已经送了多少人去从军了。从末句来看，诗人是真的醉了。

　　清代蔡云有《撑腰糕》一诗，写的是清朝时期，二月二吃"撑腰糕"的习俗。所谓"撑腰糕"，就是用糯米粉制成的扁状、椭圆形，中间稍凹，如同人腰状的塌饼。这种习俗来源于江南一带，二月二这一天，江南一带家家都将隔年的"撑腰糕"用油煎食，据说可以治腰痛。不过想减肥的女子，这种糕却不能多吃。

　　二月二日春正饶，撑腰相劝啖花糕。

　　支持柴火凭身健，莫惜终年筋骨劳。

　　这首诗说的是，在二月初二这一天，春意正浓，大家互相劝说着吃隔年的花糕可治腰痛。担柴挑米凭的是腰板结实，有了健康的身体就不怕终年劳作。

　　二月二，龙抬头。在古代，这一天有着各种各样的风俗，然而风俗至今已多不存。但是我们从一些古诗中，仍然可以寻觅到它们的影子。其实，无论是"迎富日"或者是"撑腰糕"，都寄托了人们对于美好生活的向往。而"挑菜"与"龙抬头"之说，无不打着农耕文化的烙印。在科学不够发达、生产相对落后的古代，人们常常把脱贫致富寄托于迷信的色彩。尽管最终的目的很难达到，但是这种有趣的风俗具有独特的魅力，也能够给后来的人以欢乐。

上巳风光好放怀，忆君犹未看花回

清明上巳西湖好，满目繁华。争道谁家。绿柳朱轮走钿车。

游人日暮相将去，醒醉喧哗。路转堤斜。直到城头总是花。

这首《采桑子》是北宋古文运动的代表，负有盛名的政治家欧阳修所写。这首词从景物看，环湖有绿色的杨柳、回环盘旋之路、斜堤和一路的繁华。而从情景看，车马有人同行，有人喝醉、有人清醒，喧哗之声不绝于耳。这些景物都展现了西湖清明上巳时节的美好与繁华。表达了词人对西湖清明上巳时节繁花绿柳的喜爱，对游人赏湖欢腾喧闹场面的欣赏，以及对自由欢乐生活的热情赞颂。

这首词中，涉及的传统节日是上巳节，俗称三月三，是一个纪念黄帝的节日。古时中原地区有"二月二，龙抬头；三月三，生轩辕"的说法。上巳节在农历三月第一个巳日，也是祓禊（古代春秋两季在水边举行的消除不详的祭祀）的日子，所以也被称为春浴日。

每逢上巳节，人们便成群结队去水边祭祀，并用浸泡过的药草的水沐浴，认为这样可以祓除疾病和不祥。"上巳"最早出现在汉初的文献中，《周礼》郑玄注："岁时祓除，如今三月上巳如水上之类。"

在春秋时期，上巳节已经很流行，通常会举行"被除畔浴"的活动。

此外，上巳节在上古还有在河边解神的活动。解神即还愿谢神。南北朝时期文学的集大成者庾信在《春赋》中就有上巳解神的诗句："三日曲水向河津，日晚河边多解神。"上巳节带有浓郁的封建色彩。

秦汉时期，上巳节的风俗中，重要的活动是求子。汉代以后，上巳节的习俗发生了很大的变化，汉代以前虽然把上巳节定为正式的节日，使古老的被禊活动有确定的时间，但是农历三月上巳每年都不固定。为了方便和统一，三国时期的魏国将上巳节定在了三月初三。明朝人谢肇淛《五杂俎》中记载："三月三为上巳日，此是魏晋以后相沿，汉犹用巳，不以三日也，事见宋书。"

三月三上巳节与九月九重阳节相对应，正如西汉末年刘歆的《西京杂记》称："三月上巳，九月重阳，使女游戏，就此被禊登高。"一个在暮春，一个在暮秋，踏青和辞青也随之进入高潮。

魏晋时期，人们不仅仅举行被除的仪式，还把它当成宴饮游乐的好时光，于是便出现了流觞曲水等活动。汉代就有"引流行觞，递成曲水"之说，后来古代达官贵人或者文人骚客发展为到水滨结伴宴饮，并引水环曲成渠，曰"曲水"，然后将盛酒的"觞"浮于水面，从上游放出，使之顺流漂流而下，借助水流之力传杯送盏，流动的杯子在谁的面前停止，谁就拿起来一饮而尽，然后吟诗作赋，以此娱乐。

这项活动这么著名要归功于"书圣"王羲之。在《兰亭集序》中，东晋穆帝永和九年（353年）农历三月三，王羲之与当时的名流谢安、孙绰等四十一人，在山阴（今浙江绍兴）兰亭"修褉"。会上各人赋诗，结为一集，王羲之为诗集写序。"此地有崇山峻岭，茂林修竹；又有清流激湍，映带左右，引以为流觞曲水，列坐其次。"为后人留下了一篇千古美文，送上了"天下第一行书"。

晋代文学家陆机还有关于上巳节的诗，诗中写道："迟迟暮春日，天气柔且嘉。元吉隆初巳，濯秽游黄河。"即是当时人们在上巳节祓褉、踏青的生动写照。

唐代时期，上巳节已成为全年的三大节日之一，节日的内容除了修褉之外，主要是春游踏青、临水宴饮。据宋代吴自牧《梦粱录》"三月"条记载，唐朝时，皇帝在这天也要在曲江池宴会群臣，同甘共苦行祓褉之礼："三月三日上巳之辰……赐宴曲江，倾都褉饮、踏青"。

唐代诗人杜甫的《丽人行》中，就有对此盛况的描写："三月三日天气新，长安水边多丽人……"中唐诗人白居易也有数首"三月三日"的诗，比如《三月三日登庾楼寄庾三十二》中有"三日欢游辞曲水，二年愁卧在长沙"的句子，还在《三月三日谢恩曲江宴会状》一文中，详细记载了上巳节盛会的情况。

诗人孟浩然还有一次未成功的上巳诗会，在三月初三这天，他做好准备等待诗友前来聚会，却"群公望不至"，这首诗叫《上巳日涧南园期王山人、陈七诸公不至》：

摇艇候明发，花源弄晚春。

在山怀绮季，临汉忆荀陈。

上巳期三月，浮杯兴十旬。

坐歌空有待，行乐恨无邻。

日晚兰亭北，烟开曲水滨。

浴蚕逢姹女，采艾值幽人。

石壁堪题序，沙场好解绅。

群公望不至，虚掷此芳晨。

孟浩然感叹"虚掷此芳晨"，在诗中道出了上巳诗会文人的活动，有"浮杯""坐歌""行乐""题序""解绅"等，内容十分丰富多彩，诗人们可以尽情享乐，而又不失高雅。

然而，好景不长，到了宋代，理学盛行，礼教逐趋森严，这种全国性的狂欢模式就已经衰落下来，盛况不再，三月上巳的风俗在中国文化中逐渐衰微。为此词人刘克庄在《忆秦娥·上巳》写道：

修禊节，晋人风味终然别。终然别，当时宾主，至今清绝。

等闲写就兰亭帖。岂知留与人闲说，人闲说，永和之岁，暮春之月。

晋人的风雅，唐人的热情，到此时，都只化作人们闲谈的追忆了。上巳节虽然没有了以往的繁盛，但仍有余响。南宋豪放派词人辛弃疾在《鹧鸪天，时摄事城中》写道：

上巳风光好放怀。忆君犹未看花回。茂林映带谁家竹，曲水流传第几杯。搞锦绣，写玫瑰。长年富贵属多才。要知此日生男好，曾有周公袚禊来。

元朝时，上巳日的"情人节"气氛似乎有所回暖，白朴的杂剧《墙头马上》第一折写道："今日乃三月初八日，上巳节令。洛阳王孙士女，倾城玩赏。"言下之意，平时养在深闺的女子，在上巳日这一天都可以出门，尽情游玩了。

如今，上巳节几乎是消逝了，只有苗族、土家族、黎族、壮族等少数民族在这一天举行盛大的活动，还可以看到古时上巳节祓禊之俗的影子。上巳的文化就要繁华散尽了吗？那么在两周时期，如果没有游春女子的嬉笑，又何来魏晋栖心玄远的风神？也许兰亭的那群文人让上巳与中国文化雅致风流一脉相承，也让上巳从此融入诗人的生命中，在古诗词中经久不衰吧！

春城无处不飞花，寒食东风御柳斜

春城无处不飞花，寒食东风御柳斜。

日暮汉宫传蜡烛，轻烟散入五侯家。

这是唐代诗人、"大历十才子"之一的韩翃写的《寒食》，在大历十才子中，最为著名的要数韩翃和李益了。李益因为与霍小玉的爱情而更加闻名，还有"从此无心爱良夜，任他明月下西楼"的名句。而韩翃因这首《寒食》被唐德宗赏识，晋升不断，最终官至中书舍人。

这是一首讽刺诗，但是诗人的笔法巧妙含蓄。中唐时期，宦官作威作福，权势显赫。几任昏君都宠信宦官，导致宦官权势熏天，败坏朝纲，排斥朝臣。当时很多正直的人士对此都极为愤慨，此诗也因此而作。

寒食节就是清明节的前一天或者两天，后来，寒食节逐渐地被清明节所取代。诗的前两句写的是春日长安城花开柳拂的景色，时值春日，长安城到处飞花飘絮，一派缤纷绚烂的景象。后两句则由全长安城而入宫苑，写傍晚的宫苑里，传送着一支支由皇帝恩赐给宦官的蜡烛，蜡烛燃烧通明，升腾起淡淡的烟雾，袅袅地萦绕在宦官家，到处都弥漫着威福恩加的气势。

实际上，在封建习俗的统治下，不要说是全城百姓，就连那些不是宠臣的朝官之家，在禁止烟火的寒食之夜，也是漆黑一片。唯独这些宦官之家，烛火通明，烟雾缭绕。从这一点上看，足见这些宦官如何弄权倚势，欺压贤良。

关于这首《寒食》的诗，有这样一个传说故事。据说，韩翃年轻时很有才华，也很有名气。安禄山曾经的部将侯希逸镇守青淄时，韩翃曾在他手下当从事。后来韩翃被罢官，在家闲居十年。

宰相李勉去镇守夷门时，韩翃被启用为幕僚，当时韩翃已经到了晚年，和他一起任职的都是些年轻人，对他不了解，也看不起他写的诗。这样过着一直不顺意的日子，韩翃便多次称病在家。当时，有个职务不高的韦巡官，也是一个知名人士，和韩翃相处得很好。一天半夜时，韦巡官叩门声很急，韩翃出来见他，只见韦巡官笑着祝贺说："你升任驾部郎中了，让你主持制诰（草拟皇帝所下文告和命令）。"

韩翃很吃惊地说："这是不可能的事，你一定是搞错了吧！"韦巡官舒缓了一下愉悦的心情，便坐下仔细讲了事情的来龙去脉。原来是皇帝的文告、命令，缺少起草的人，当时中书省两次提名，皇帝都没批。等到再次请示时，皇帝说："用韩翃！"因当时还有一个同韩翃同名同姓的人，任江淮刺史。于是，中书省又把两个韩翃上报给皇帝请示，皇帝批示说："'春城无处不飞花，寒食东风御柳斜。日暮汉宫传蜡烛，轻烟散入五侯家。'就用写这首诗的韩翃。"

事情讲清楚了，韦巡官又祝贺说："这不是你写的诗吗？"韩翃说："是。"他才知道没有错。天亮时，李勉和同僚们都来祝贺。这时正是唐德宗建中初年。

这首被皇帝看重的诗，写得自然是不同凡响。那么，韩翃在《寒食》这首诗中也讽刺了一个现象，说的是寒食节这天，禁止烟火，只吃冷食，而作威作福的宦官却烛火通明。这个习俗来源于介子推的故事。

公元前636年的春秋时期，晋献公的宠妾骊姬心怀歹意，想要谋害太子申生和公子重耳，扶持公子莫齐继位。介子推等忠臣知道后，便保护着重耳离开晋国避难。后来，重耳在卫国的深山老林中迷路，在断粮待毙之时，介子推把腿上的肉割了一块，与采摘来的野菜煮成汤给重耳。重耳吃完知道了这件事后，流着泪对介子推说："永远忘不了'割骨奉君'的大恩。"并和介子推许诺说，以后若是继位，一定不忘恩。介子推说："我不求你日后报答，只求你关心百姓，做个清明的国君。"

后来，重耳历尽千辛万苦，成了中国历史上著名的春秋五霸之一的晋文公。许多曾跟随他的大臣都得到了封赏，唯独却忘了介子推。介子推心灰意冷，辞官归隐山林。这个时候经过大臣提醒，晋文公重耳才醒悟过来，命令全国上下寻找介子推。介子推已经带着老母亲躲进绵山岩洞中隐居，草衣寒食。晋文公派人到山上百般呼喊，只有山谷回声，不见介子推出山相见。

这个时候，急于见到介子推的晋文公想到，介子推是孝子，如果火焚绵山，他为了保住老母亲的性命，一定会背母出山。结果大火烧了多日，却发现介子推与老母亲抱着一棵大树被烧死了。后来，有人在半山岩洞中，还找到了半张破席子，上面刻着"割肉奉君尽忠心，但愿主公赏清明；臣在九泉心无愧，勤政清照复清明。"

晋文公感到内心愧疚，悲痛万分。便下令让随从人员在焚烧林拾起几块残木，做了一双木鞋。他每天上朝都要穿上木鞋在宫中行走，呱嗒呱嗒的声音提醒自己看着足下，就好像看到介子推一样。后来，人们将最忠诚的朋友称作"足下"。晋文公焚绵山之日，正值"清明节"。为了纪念介子推，晋文公令全国上下在这一天，不得举火炊烟，并将这一天称作"寒食节"。

五代南唐词人冯延巳的《鹊踏枝·几日行云何处去》中写："百草千花寒食路，香车系在谁家树？"唐代诗人韦庄的《浣溪沙·清晓妆成寒食天》中写："清晓妆成寒食天，柳球斜袅间花钿，卷帘直出画堂前。"

唐代诗人孟云卿科场失意后，过着贫困的生活，在漂泊流浪的一个寒食节前夕，写下了《寒食》这首绝句：

> 二月江南花满枝，他乡寒食远堪悲。
>
> 贫居往往无烟火，不独明朝为子推。

这首诗通过借咏"寒食"，来写寒士的辛酸，但是却并不在"贫"字上大做文章。用一种自嘲、讽刺的风格写：世人都在为寒食准备熄火，以纪念先贤；可是像我这样的清贫寒士，天天都过这样的"寒食"生涯，反倒不必格外费心呢！

如今人们依旧过着清明节，虽然"寒食节"已经被清明节所取代，但是介子推的忠心救主，一心为民，永远不会随着历史车轮的前进被淡化。

清明时节雨纷纷，路上行人欲断魂

清明时节雨纷纷，路上行人欲断魂。

借问酒家何处有？牧童遥指杏花村。

这是流传最广的一首《清明》诗，出自唐代有着"小李杜"之称的杜牧之手。这首诗一个难的字也没有，一个典故也没用，通篇是十分通俗的语言，写得极其自如，毫无经营造作之痕迹。音节十分和谐圆满，境界优美，兴味盎然。

这一天正是清明节，诗人杜牧行走在路的中间，可巧的是遇上了雨。这种雨不是瓢泼大雨，而是"天街小雨润如酥"那样的雨。在这样的节日里，路上的行人有些情绪低落，神魂散乱。最后两句也十分有影响力，受此诗影响，后人多用"杏花村"作为酒的名字。

在"寒食节"的部分，我们已经知道，清明节取代了寒食节，它的起源是在春秋时代，为纪念晋国的忠义之臣介子推而设立的。寒食节期间的习俗，主要是禁火冷食。后来清明节的主要内容则是祭祀扫墓。在战国时期，墓祭之风逐渐浓厚起来。秦汉时代，祭扫坟墓的风气则更盛。根据《汉书》记载，西汉与张敞关系十分不错的大臣严延年，是历史上有名的酷吏。他即使离京千里，也要定期还乡扫墓。在唐代，不论是士人还是平民，都将寒食节扫墓视为返本追宗的礼节，由于清明距离寒食节很近，人们常常将扫墓延期至清明。

唐代时期，人们不仅清明扫墓，同时还伴有踏青活动。在去郊外哀悼祖先之余，顺便在明媚的春光里骑马驰骋，因此清明节也被人们称作"踏青节"。有的时候人们就如贪玩的孩童一般，常常不满足于踏青活动只在清明节举行一次，便把本属于"上巳节"的踏青拿来用。所以，唐代诗人王维有诗句"少年分日作遨游，不用清明兼上巳"。

唐朝时期对于清明节有多重视？根据《唐会要》卷二十八记载："（开元）二十四年（736年）清明时节雨纷纷二月二十一敕：'寒食、清明四日为假。'"与现在我们清明节法定假日三天不同，那个时候假日已经加到了七天。清明放假扫墓在唐朝是一个十分隆重的全国性节日，唐朝王冷然的《寒食篇》中说："秋贵重阳冬贵蜡，不如寒食在春前。"这个诗句的意思是寒食节的重要程度已经超过重阳节和年终蜡祭。

唐代诗人白居易有一首《寒食野望吟》，写了清明时节的场景：

乌啼鹊噪昏乔木，清明寒食谁家哭。

风吹旷野纸钱飞，古墓垒垒春草绿。

棠梨花映白杨树，尽是死生别离处。

冥冥重泉哭不闻，萧萧暮雨人归去。

在这首诗中，清明节那随风而吹的纸钱，那一座座古墓，都给人肃杀的感觉，也让人顿生幽谷之情。棠梨与白杨本是风景所在，但是在诗人的眼中，却"尽是死生离别处"，也道出了人生之无常。

唐代山水田园派诗人孟浩然有《清明即事》一诗，在融融春光下，抒发了无尽的感慨，个中滋味令人咀嚼不尽。全诗如下：

> 帝里重清明，人心自愁思。
>
> 车声上路合，柳色东城翠。
>
> 花落草齐生，莺飞蝶双戏。
>
> 空堂坐相忆，酌茗聊代醉。

诗人借景色的描写，表达了想要踏入仕途却又忐忑不安的心情，欲走进无拘无束的大自然，却又十分不甘心。这种矛盾的情绪聚集在一起，可谓是寓情于景，寓情于境。

在宋元时期，清明节逐渐由附属于寒食节的地位，上升并取代了寒食节的地位。不仅上坟扫墓等仪式多数在清明节的时候举行，就连原本属于寒食节的风俗活动，比如冷食、蹴鞠、荡秋千等，也都被清明节收归所有了。

宋代诗人黄庭坚有一首触景生情的《清明》诗，将清明与寒食融合在一起。全诗如下：

> 佳节清明桃李笑，野田荒冢只生愁。
>
> 雷惊天地龙蛇蛰，雨足郊原草木柔。
>
> 人乞祭余骄妾妇，士甘焚死不公侯。

贤愚千载知谁是，满眼蓬蒿共一丘。

这首诗由清明扫墓想到齐人乞食，由寒食禁烟想到了介子推的焚死。不论是贤者还是愚者，到头来都不过是一抔黄土。诗人看到大自然的一片生机，想到的却是人世间不可逃脱的死亡命运，表达了一种消极虚无的思想，悲凉的情绪缠绕于诗行间。

清明在仲春与暮春之交，最早只是一种节气的名称。在二十四节气中，春分连接清明，这个时候正是一年中，春光最堪留恋的时节。所以，在一些文人的诗词中，清明节也不全是肃杀凄凉的场景。比如，宋代词人晏殊的《破阵子·春景》：

燕子来时新社，梨花落后清明。池上碧苔三四点，叶底黄鹂一两声。日长飞絮轻。

巧笑东邻女伴，采桑径里逢迎。疑怪昨宵春梦好，元是今朝斗草赢。笑从双脸生。

这首词通过清明时节的一个生活片段，反映出少女身上显示的青春活力，充满了一种欢乐的气氛。

清明时节，风和日暖，百花盛开，芳草芊绵。从唐朝时期前后，就已经在清明节出现了踏青的活动。宋朝时期的清明节，可以说是寒食节、清明节、上巳节的合体，所以，宋代的许多词人的词中会出现清明郊游的景象。

"凡有井水处，皆能歌柳词"，宋代"白衣卿相"的词人柳永，也写过一首与清明有关的词，词中生动地描绘了旖旎春光和郊游的盛况，《木兰花慢》词如下：

拆桐花烂漫，乍疏雨、洗清明。正艳杏浇林，缃桃绣野，芳景如屏。倾城。尽寻胜去，骤雕鞍绀幰出郊坰。风暖繁弦脆管，万家竞奏新声。

盈盈。斗草踏青。人艳冶、递逢迎。向路傍往往，遗簪堕珥，珠翠纵横。欢情。对佳丽地，信金罍罄竭玉山倾。拚却明朝永日，画堂一枕春酲。

这首词中的"桐花"即梧桐树花，它的开花周期与柳树发芽长叶相近，中国最早的农书《夏小正》中已有三月"拂桐芭"的说法，也就是说，这个桐花的花期在清明前后。桐花，古人将之视为"清明之花"，与"杨柳依依"，成为这一时节的共同风景。

柳永通过这首词，将北宋时江南清明郊游的情景再现，是一首典型的"承平气象，形容曲致"之作。

如今，清明节与端午节、春节、中秋节并称为中国四大传统节日，同时又与中元节、寒衣节并称为中国"三大鬼节"。清明节虽然春光明媚，万物复苏，但是人们的心头上，还有一抹思念先人的淡淡忧伤。离去的人总是希望活着的人能够更好地继续生活，所以，不如抛却愁绪去寻春，在青山绿水间，感受万物的生机勃勃。

节分端午自谁言，万古传闻为屈原

节分端午自谁言，万古传闻为屈原。

堪笑楚江空渺渺，不能洗得直臣冤。

这首《端午》是由唐代诗僧文秀所写，诗的语言直白，首句便提出了问题，端午节到底是谁规定的？从古代传下来，都说是为了纪念屈原。最后两句有些无奈又透露出一点讽刺，说那楚江的水不能洗清正直大臣的冤屈。

文秀这首诗中说端午节是为了纪念屈原，可见在唐代，人们就已经这样认定了。南北朝梁宗懔撰写的《荆楚岁时记》中记载，因仲夏登高，顺阳在上，五月是仲夏，它的第一个午日正是登高顺阳好天气，故五月初五亦称为"端阳节"。端午节的起源之说，有多种说法。战国时期的楚国（今湖北）诗人屈原，在五月初五这一天，抱石跳汨罗江自尽，统治者为了树立忠君爱国的标签，便将端午节作为屈原的纪念日。但是也有纪念伍子胥和曹娥的说法。

端午节是纪念屈原的，为现代人所周知。那么，纪念伍子胥的说法是怎么回事呢？春秋末期，吴王阖闾死后，他的儿子夫差继位，并打败了对手越国。越国的王勾践请求讲和，伍子胥建议夫差，应该彻底消灭越国。结果夫差不听，吴国的太宰还口出谗言陷害伍子胥，夫差相信了谗言，赐伍子胥宝剑，令其自刎。后来，又下令将伍子胥的尸体装在皮革里，于五月初五这一天，投入了大江中，因此，也有说端午节是为了纪念伍子胥的。

还有一种说法是为了纪念东汉的孝女曹娥。曹娥是东汉时期的上虞人，她的父亲曹盱是个巫祝，负责祭祀方面的工作。五月初五这一天，曹盱驾船在舜江中迎潮神伍君，不幸掉入江中，生死未卜。

曹盱溺于江中，数日不见尸体。当时孝女曹娥年仅十四岁，昼夜沿着江边哭号，寻找父亲。过了十七天，也就是在五月二十二这一天，她也投江了。五日后，曹娥的尸体抱着父亲的尸体浮出水面。后来这件事就此被传为神话，又被传到了县府知事那里，东汉名将度尚为曹娥立碑，让他的弟子邯郸淳作诔辞颂扬曹娥事迹，后来改舜江为曹娥江。

其实，端午纪念的人物还有很多，屈原、伍子胥和曹娥是影响较大的三位。由于我国地域广大，端午节的习俗也不尽相同。其中，主要的习俗有赛龙舟、饮用雄黄酒、吃粽子，还有悬挂艾草，佩戴香囊等。

端午节这个中华民族千百年来的古老传统节日，也有历代文人墨客为它而留下墨宝，留下了诸多脍炙人口的诗篇。唐代诗人杜甫的《端午日赐衣》：

> 宫衣亦有名，端午被恩荣。
>
> 细葛含风软，香罗叠雪轻。
>
> 自天题处湿，当暑著来清。
>
> 意内称长短，终身荷圣情。

诗中说，在端午佳节之际，皇上赐予名贵的宫衣，恩宠有加。香罗衣是细葛纺成，柔软得风一吹就飘起，洁白的颜色宛如新雪。这衣服来自皇天雨露滋润，正当酷暑时，穿上它无比清凉。宫衣的长短均合心意，终身一世承载着皇帝的盛情。

这首诗大约作于唐肃宗乾元元年（758年），杜甫在长安任左拾遗。在唐朝，端午节的时候，皇帝要赐给大臣们夏天穿的衣服，以此来显示对他们的优宠。这一年的端午，杜甫也得到了黄帝所赐的夏衣，于是就写了这首诗来表达内心的喜悦之情。

唐代诗人殷尧藩著有《忆江南》三十首，被白居易赞为"江南名郡数苏杭，写在殷家三十章"。现在这组诗大部分已不存，但是他的两首与"端午"有关的诗作，还有留存。

> 少年佳节倍多情，老去谁知感慨生。
>
> 不效艾符趋习俗，但祈蒲酒话升平。
>
> 鬓丝日日添白头，榴锦年年照眼明。
>
> 千载贤愚同瞬息，几人湮没几垂名。

从这首《端午日》的诗中，可以看到当时过端午节的一些习俗，比如"不效艾符趋习俗"，这句话说的是，端午有"日悬艾蒿于门户，并粘贴符箓以祛邪恶"的习俗。端午是入夏后第一个节日，气温升高，此时正是疾病的多发期。所以，在很多年以前，人们往往会在家门口挂几株艾草，由于艾草特殊的香味，人们用它来防蚊、辟邪。民谚说："清明插柳，端午插艾"。

殷尧藩还有一首《同州端午》的诗：

> 鹤发垂肩尺许长，离家三十五端阳。
>
> 儿童见说深惊讶，却问何方是故乡。

另外，端午节吃粽子、划龙舟也被广泛流传。早在春秋时期，人们就用菰叶（茭白叶）包黍米成牛角状，称"角黍"；又用竹筒装米密封烤熟，称"筒粽"。东汉末年，以草木灰水浸泡黍米，用菰叶包黍米成四角形，煮熟，因水中含碱，成为广东碱水粽。

在晋代时期，粽子被正式定为端午节的食品；南北朝时期，还出现了米中掺杂禽兽肉的肉粽，粽子的品类繁多，而且还被当作交往的礼品。宋朝时期，已经有了"蜜饯粽"，大文豪苏轼还有"时于粽里见杨梅"的诗句。

宋朝时期还形成了"躲端午"的习俗，也就是指新婚或者已经嫁人的女子回家过端午节。旧时以五月初五为恶月恶日，诸事多需躲避，因此有接女子归家躲端午的习俗。陆游的《丰岁》诗中，有"羊腔酒担争迎妇，罂鼓龙舟共赛神"的句子。

在《大戴礼记》中还曾记载，端午时用草药或者香草洗澡的风俗。屈原的《九歌·云中君》亦有"浴兰汤会沐芳"之句。《荆楚岁时记》也有这样的记载："五月五日，谓之浴兰节。"

苏轼在《浣溪沙·端午》这首词中，也有"浴兰汤"的习俗影子。

> 轻汗微微透碧纨，明朝端午浴芳兰。流香涨腻满晴川。

> 彩线轻缠红玉臂，小符斜挂绿云鬟。佳人相见一千年。

在《南歌子·游赏》中，他又写了其他的端午节风俗：

山与歌眉敛，波同醉眼流。游人都上十三楼。不羡竹西歌吹、古扬州。

菰黍连昌歇，琼彝倒玉舟。谁家水调唱歌头。声绕碧山飞去、晚云留。

端午节纪念屈原、伍子胥、曹娥等人，尤其是屈原广为流传。因此，端午节也成了人们心中的诗人节。历朝历代的诗词中，有不少描述端午景象、缅怀古人的诗词佳作。

端午佳节，在品粽怀古之余，不妨也体味一下粽香背后端午节本真的味道，或是在粽香深处找寻到一些不该被历史忘却的文化记忆。

年年乞与人间巧，不道人间巧已多

未会牵牛意若何，须邀织女弄金梭。

年年乞与人间巧，不道人间巧已多。

《七夕》是北宋布衣诗人杨朴所作的一首七言绝句，具体创作年代已经无从得知，根据题意得知，是作者作于某一年的七夕。诗的前两句写不明白牛郎是什么用意，每年七月总是邀请织女向人们传授金梭织锦的技巧。诗的后两句便借着乞巧发挥，意思是说每年都向织女乞求赐予人间技巧，却不知道人间的巧诈已经很多了。这是一首讽刺诗，通过咏七夕的乞巧而讽刺人间的尔虞我诈的丑恶现象。

布衣诗人杨朴，不愿做官，终生隐居在农村。据说，宋真宗在位时，曾想在林泉间访求一位真正的大儒。有人就向皇帝推荐了杨朴。皇帝下诏让杨朴出来做官，杨朴实在不愿意做官。皇帝问他："我听说你会写诗？"杨朴平静地回答道："我不会。"因为不愿意做官，便设法掩盖自己的才学。皇帝又问："朋友们送你时，可曾送你几首诗吗？"杨朴回答说："没有。只有拙荆（妻子）写了一首。"真宗很好奇，便问："是什么诗？可以告诉我吗？"于是，杨朴便把临行前，妻子写的一首诗念了出来：

更无落魄耽杯酒，且莫猖狂爱咏诗。

今日捉将宫里去，这回断送老头皮。

真宗听到这首诗后，便只好放他走了。之后，杨朴便写了《归耕赋》，表明了自己归隐乡野的志向。

据说，这个故事曾被大文豪苏轼写在自己的笔记里，一次，苏轼的夫人因为生气而哭泣，苏轼就把杨朴的这个故事讲给夫人听，夫人听到这首诗后，不禁破涕为笑，一腔怨气就此烟消云散。

说到七夕，人们的第一反应就是牛郎织女鹊桥相会，现在商家的炒作，七夕便等同于中国的情人节了。其实在古代，七夕是以女性为主体的综合性节日，这一日女子会访闺中密友、切磋女红、乞巧祈福，因此，七夕又有"女儿节"的称谓。

七夕，原名为乞巧节。七夕乞巧，这个节日起源于汉代，东晋道教学者、医药学家葛洪的《西京杂记》有"汉彩女常以七月七日穿七孔针于开襟楼，人俱习之"的记载。也就是说，农历七月初七，妇女会在庭院中向织女星乞求智巧，故称之为"乞巧"。这便是我们于古代文献中所见到的最早的关于乞巧的记载。

七夕，最早来源于人们对于自然的崇拜。从历史的文献上可以得知，至少在三四千年以前，人们便对天文有所认识，对纺织技术有研究。那个时候，人们对于星星的崇拜远不止牵牛星和织女星，还有"二十八星宿"等。

七夕的"七"与"期"同音，古时候的人把日、月与金、木、水、火、土五大行星合在一起，称为"七曜"，在计算时间的时候，往往也以"七七"为终局，这也可以看出人们对于时间的崇拜痕迹。至今，以"七曜"计算"星期"，在日本仍然被保留。

最早的乞巧方式始于汉代，流传于后世。各种风俗习惯云集，有穿针乞巧、喜蛛应巧、投针验巧、兰夜斗巧等，除了正统流传的乞巧，还有种生求子、为牛庆生、晒书晒衣、供奉"磨喝乐"（旧时民间儿童玩物，小泥偶）、吃巧果、拜魁星等。

后来，逐渐在诗文中加入了牛郎织女的神话故事，文人们便根据神话故事抒发夫妻离别之怨。杨朴的《七夕》诗，流传甚广，还保留着七夕乞巧的原貌。其他诗文中掺杂了牛郎织女的故事，使得七夕这一节日更加广为流传。最为著名的是产生于汉代的一首文人五言诗《古诗十九首》之一的《迢迢牵牛星》：

> 迢迢牵牛星，皎皎河汉女。
>
> 纤纤擢素手，札札弄机杼。
>
> 终日不成章，泣涕零如雨。
>
> 河汉清且浅，相去复几许。
>
> 盈盈一水间，脉脉不得语。

这首诗借古代神话传说，写牛郎织女被银河阻隔而不得相见的悲剧，通过描写织女有情思亲、无心织布、隔河落泪、对水兴叹的心态，来比喻人间的妻子对辞亲远去的丈夫的相思之情。

牛郎与织女的故事，其实是由织女星和牵牛星而来。最早出现在《诗经》中的《大东》篇。在这首诗中，织女与牵牛仅仅是天上的两个星座名称，它们之间没有任何的关系。而我们文中所说的《迢迢牵牛星》中，也可以看出，牵牛与织女已经是一对相互倾慕的恋人，诗中并没有认定他们是一对夫妻。

在文字的记载中，最早把牛郎与织女写成夫妇的文献，应该是南北朝时期梁代萧统编纂的《文选》，其中有一篇《洛神赋》的注释中说："牵牛为夫、织女为妇，织女牵牛之星各处河鼓之旁，七月七日乃得一会。"这里牛郎织女的故事，已经初具规模，由天上的两颗星星发展成为夫妻。

神话传说中，织女是天帝的孙女，她在天河的东面织云锦天衣，牛郎则在天河的西边看牛，两个人都十分勤勉。天帝爱怜他们，便让他们结为了夫妻。但是牛郎与织女结婚后就贪图享乐，荒废劳动。于是，天帝发怒，将两个人分开在银河的两侧，并命令乌鸦告诉他们，七天见面一次。结果乌鸦传错了话，说成是每年的七月初七见一次面。

还有一种说法，织女是王母娘娘的外孙女，在天上织云彩。而牛郎则是人间的一个看牛郎，并且没有父母，受兄嫂的虐待。

有一天，他放牧的牛突然说话了，对他说织女要和别的仙女到银河洗澡，让牛郎去取一件仙衣。牛给牛郎出谋划策说："你拿着仙衣，要织女答应和你结婚，你才还给她。"牛郎按照牛的方法照做了，果然成功了。

牛郎和织女结婚后，生了一男一女。这事被王母娘娘知道了，她把织女抓回了天庭。牛郎在牛的帮助下，用扁担挑着两个孩子追到了天上。王母娘娘立即拔下头簪，在织女面前划出了一条天河，把这对恩爱的夫妻隔开了。他们天天隔河相望哭泣，感动了王母娘娘，于是允许他们每年七月初七相会一次。相会的时候，由喜鹊为他们架桥。

唐代文学家、宰相权德舆的《七夕》诗，不仅保留了七夕乞巧的风俗，还加入了新鲜的鹊桥相会的内容：

> 今日云骈渡鹊桥，应非脉脉与迢迢。
>
> 家人竟喜开妆镜，月下穿针拜九宵。

唐代诗人徐凝的《七夕》，也别具特色：

> 一道鹊桥横渺渺，千声玉佩过玲玲。
>
> 别离还有经年客，怅望不如河鼓星。

由唐代诗人权德舆和徐凝的《七夕》来看，牛郎织女的故事已经被融入诗中了。再向前推，还能在三国时期的魏文帝曹丕的诗中，找到这个意向。曹丕《燕歌行》中有"明月皎皎照我床，星汉西流夜未央。牵牛织女遥相望，尔独何辜限河梁"的句子。

那么到底是谁将七夕变成了情人节的代名词呢？其实，他就是唐代著名诗人白居易。白居易有诗《长恨歌》，其中"七月七日长生殿，夜半无人私语时。在天愿作比翼鸟，在地愿为连理枝"之句广为流传，以至于清代卓越的戏曲大家，与孔尚任并称"南洪北孔"的洪昇写了剧本《长生殿》，七夕便不断地被后世文人用来抒发离情别绪。

宋代"苏门四学士"之一的秦观，有一首《鹊桥仙》的词也十分有名，借牛郎织女的故事，以超人间的方式表现人间的悲欢离合：

纤云弄巧，飞星传恨，银汉迢迢暗度。

金风玉露一相逢，便胜却人间无数。

柔情似水，佳期如梦，忍顾鹊桥归路！

两情若是久长时，又岂在朝朝暮暮！

如今，七夕被误认为只有情人节一个功能，这是商家、大众的一个悲哀。在带有喜鹊、玫瑰花、巧克力的爱情礼物面前，乞巧的风俗渐渐被淡化在历史的书本中。但愿人们读到与七夕有关的诗词时，能够唤醒人们对于传统民俗的记忆。

人逢喜事精神爽，月到中秋分外明

> 皓魄当空宝镜升，云间仙籁寂无声。
>
> 平分秋色一轮满，长伴云衢千里明。
>
> 狡兔空从弦外落，妖蟆休向眼前生。
>
> 灵槎拟约同携手，更待银河彻底清。

这首《中秋》诗是由理学家、学者李朴所写，李朴为官刚正不阿，不畏权贵，直言敢谏，有才名，时人称之为"章贡先生"。

这首诗的首联便点明主题，用"宝镜"来形容月的明亮，一轮皓月从天边缓缓升起，万籁俱寂，唯有清风徐徐。

颔联诗人的空间进行了延伸，将读者带入了一个广袤无垠的月夜里，那一轮满月足以平分秋色，高悬在云层之中，照亮了千家万户。用皓月当空与光照万里，使得景色有一种壮美疏朗之感。

颈联则引用了关于中秋的两个传说，即月中玉兔与蟾蜍。增加了全诗的趣味性和可读性。尾联诗人突发奇想，想要与月亮一起乘船遨游银河，给人以想象的空间。

从立意的角度看，作者通过这首诗，借月光的皎洁来写自己内心的纯洁高尚，立意十分新颖，构思奇巧。

关于"中秋节"的起源，说法很多。而"中秋"一词，最早见于《周礼·礼记·月令》，上面记载："仲秋之月养衰老，行糜粥饮食。"另外，在《礼记》上记载："天子春朝日，秋夕月"这里的"夕月"就是祭月亮，说明早在春秋时期，帝王就开始祭月拜月了。后来，士族大夫和文人学士相继效仿，逐步传到了民间。

另一种说法是，中秋节和农业生产有关。秋天是收获的季节，农历八月十五，古人有"秋报"的习俗。当然，也有人认为，中秋节应该起源于隋末唐军大业十三年八月十五日，唐军裴寂以圆月作为构思，发明月饼，并广发军中作为军饷，成功解决因大量吸收反隋义军而衍生的军粮问题。

从历朝历代的诗文中，唐代之前的确难以找寻关于"中秋"的诗文。南北朝时期的谢庄有《月赋》，奠定了文学史上所谓的"谢氏拜月的基石"。但是，这篇《月赋》并不是写中秋节的。唐朝时期，关于"月亮""八月十五"等象征性的文字开始出现，《唐书·太宗记》记载有"八月十五中秋节"的字样。

唐朝时期的竟陵文学家皮日休，创作了一首《天竺寺八月十五日夜桂子》的七言绝句。这首诗中，出现了"桂花"和"嫦娥"的字样，全诗如下：

> 玉颗珊珊下月轮，殿前拾得露华新。
>
> 至今不会天中事，应是嫦娥掷与人。

前两句写桂花从天而降，似乎是从月亮上掉下来的。作者拾起殿前的桂花，只见其颜色洁白、新鲜。一直到现在作者也不明白，吴刚为什么要跟桂花树过不去。这散落人间的桂花应该是嫦娥撒下来，给予众人的吧！

这首诗中同样提到了中秋的典故传说，前文中提过汉代王充的《论衡·说日》："日中有三足乌，月中有兔、蟾蜍。"而嫦娥奔月与吴刚伐树的传说则广为流传。

相传，远古时期天上有十个太阳同时出现，晒得庄稼枯死，民不聊生。一个名叫后羿的英雄力大无穷，他登上昆仑山，运足神力，拉开神弓，一口气射下了九个太阳，并严令最后一个太阳按时起落，为民造福。

后羿射日后，因此而受到了百姓的尊敬和爱戴。他娶了一个美丽善良的妻子，名叫嫦娥。此后，他一直与妻子在一起，人们都十分羡慕这对郎才女貌的恩爱夫妻。由于后羿的狩猎技巧十分高超，所以，有不少人慕名前来拜师学艺。但是，在这些来访的人中，有个心术不正的蓬蒙也混了进来。

一次，后羿到昆仑山访友求道时，巧遇在此的王母娘娘。后羿向王母求来一包不死药，据说服下此药便可即刻升天成仙。虽然拿到了这个不死药，但是后羿不舍撇下妻子，独自成仙。于是，便将不死药暂时由妻子嫦娥保管。嫦娥将不死药藏在梳妆台的百宝匣里，不料被蓬蒙看见了。蓬蒙想偷到不死药成仙，于是便开始计划偷药。

三天后，后羿率众徒外出狩猎，心怀鬼胎的蓬蒙机会终于来了。他假装生病，留了下来。等到后羿率众人走后不久，蓬蒙便手持宝剑闯入内宅后院，威逼嫦娥交出不死药。嫦娥知道自己不是蓬蒙的对手，危急之时她当机立断，转身打开百宝匣，拿出不死药一口吞了下去。

嫦娥吞下药后，身子立即飘离地面、冲出窗口，向天上飞去。由于嫦娥牵挂着丈夫，便飞落在离人间最近的月亮上成了仙。傍晚，后羿回家知道了这件事，但是蓬蒙已经逃走了。后羿发现那夜的月亮格外皎洁，而且月中有个晃动的身影，特别像嫦娥。于是，他拼命地奔月追去，但是无论怎样也追不到。

后羿无可奈何，又十分思念妻子，只好派人到嫦娥喜欢的后花园里，摆上香案，放上她平时喜欢的鲜果蜜饯，遥祭在月宫里的嫦娥。而百姓们闻知嫦娥奔月成仙的消息后，纷纷在月下摆设香案，向善良的嫦娥祈求吉祥平安。从此，中秋节拜月的风俗便在民间传开了。

民间关于嫦娥吃了不死药的传说也多种多样，也有传说嫦娥撇下后羿，自己偷偷吃了不死药的，比如唐朝诗人李商隐的《嫦娥》诗说："嫦娥应悔偷灵药，碧海青山夜夜心"北宋白体诗人王禹偁的《和冯中允仙娥峰》中有"嫦娥月里休相笑，万古应无窃药踪。"

根据月亮反射出的暗影，民间还流传出了"吴刚伐树"的传说。相传，月亮上的广寒宫前的桂树生长得十分繁盛，有五百多丈高。汉朝西河有个叫吴刚的人，曾跟随仙人修道，到了天界。但是，吴刚不小心犯了错误，仙人就把他贬谪到月宫，让他砍伐这棵高大无比的桂树。吴刚每砍下去一次，神奇的桂树被砍的地方又立即合拢了。吴刚知道自己以后要日日做这种徒劳无功的苦差事，但是这是惩罚，没有办法，便一直这样劳役下去。

砍了几千年，桂树就这样随砍随合，永远也不能被砍光。李白的诗中有"欲斫月中桂，持为寒者薪"的记载。

历代文人都喜欢借月抒怀，唐代诗人王建的《十五夜望月寄杜郎中》，通过一系列的景色描写，抒发情结：

> 中庭地白树栖鸦，冷露无声湿桂花。
>
> 今夜月明人尽望，不知秋思在谁家？

这是一首中秋之夜望月思远的七言绝句。这个时候中秋的民俗已经形成。

南宋伟大的爱国词人辛弃疾，有一首《听月诗》：

> 听月楼头接太清，依楼听月最分明。
>
> 摩天咿哑冰轮转，捣药叮咚玉杵鸣。
>
> 乐奏广寒声细细，斧柯丹桂响叮叮。
>
> 偶然一阵香风起，吹落嫦娥笑语声。

这是一首七言律诗，笔调有些悲伤。听月楼高耸入云端，与天界相连。倚在楼头能够清楚地听到月宫里的声音。如玉一般的冰轮咿咿呀呀地从天边升起，里面传来了玉兔捣药的叮咚之声。从广寒宫里传出了缥缈的音乐，中间夹杂着吴刚伐桂的斧声。忽然吹起了一阵香风，耳边仿佛听到了嫦娥的欢笑之声。

　　这首诗运用神话故事，从玉兔捣药到吴刚伐桂，再到嫦娥的笑声，读来让人浮想联翩，趣味盎然。

　　中秋节有悠久的历史，与其他的传统节日一样，也是慢慢发展形成的。中秋节，月朗星稀，皎洁的月光恰好适合赏月，品尝瓜果。这个时候，全家人围坐在一起，圆圆的桌子，圆圆的月饼，阖家团圆的人们其乐融融，尽享天伦之乐。

遥知兄弟登高处，遍插茱萸少一人

独在异乡为异客，每逢佳节倍思亲。

遥知兄弟登高处，遍插茱萸少一人。

这首耳熟能详的诗是唐代诗人王维的《九月九日忆山东兄弟》，题目已经很清楚地告诉了我们，这是王维在重阳节的时候，思念家乡的亲人。但是不知道历史背景的读者，也十分容易被这个题目误导。王维是蒲州（现今山西永济）人，题目中所说的"山东"并不是今天的山东省，而是因为蒲州在华山东面，"山东"指的是山的东面的意思。

这首诗的开头两句便直抒胸臆，用"独"与"异"两个字来表现内心的孤独，为王维思念家人而添上浓墨重彩的一笔。诗的后两句是说，诗人王维在长安遥想从前每逢重阳节的时候，和兄弟一起去登高，身上佩戴着茱萸，而如今自己一个人在异乡，不能再参与这样的活动。

这首诗写的是重阳节，古人又称之为登高节、茱萸节、茱萸会，西汉末年刘歆的《西京杂记》卷三中就有记载："九月九日，佩茱萸，食蓬饵，饮菊花酒，令人长寿。"也就是说，在这一天，按照民间的风俗，人们在重阳节要登高远望，还要喝菊花酒，并且在身上佩戴着茱萸或者用茱萸做的香囊。

茱萸还有另外一个雅号"辟邪翁"，人们采摘茱萸的枝叶和果实，然后用红色的布缝成一个小包，在重阳节这一天佩戴在身上用来辟邪。茱萸可佩戴于臂，也可插在头上，或把茱萸放在香袋里面佩戴，称为"茱萸囊"。

重阳节佩茱萸的习俗在南北朝至唐代最为盛行，人们认为在这一天佩戴茱萸能够避难消灾。其实，茱萸的实际作用是除虫防蛀。因为过了重阳节，就是十月小阳春，天气会有一段时间的回暖，而重阳之前，一直都是秋雨潮湿、秋热还未完全退去，所以，衣物很容易受潮发霉。茱萸虽然略有小毒，但是它的毒性可以除虫，对人体并没有什么毒害作用。

最早记载这件事的，是《西经杂记》。之后，晋朝周处的《风土记》里说："以重阳相会，登山饮菊花酒，谓之登高会，又云茱萸会。"直至现在，我国的一些地方仍将重阳节时的民间集会称为"茱萸会"。

魏国曹植在《茱萸浮萍篇》中写："茱萸自有芳，不若桂与兰。"南北朝时期的梁代简文帝萧纲在《乐府茱萸女》中写："茱萸生狭斜，结子复衔花。"江总在《乐府宛转歌》中写："蒻蒩摘心心不尽，茱萸折叶叶更芳。"

唐代很多诗人也写过关于重阳节或者佩戴茱萸的诗句，除了王维的"遍插茱萸少一人"，还有杜甫也曾在《九日蓝田崔氏庄》中写："明年此会知谁健？醉把茱萸仔细看。"王昌龄的《九日登高》："茱萸插鬓花宜寿，翡翠横钗舞作愁。"戴叔伦的《登高回乘月寻僧》："插鬓茱萸来未尽，共随明月下沙堆。"卢纶的《九日奉陪侍郎登白楼》："睥睨三层连步障，茱萸一朵映华簪。"

唐代名士朱放在隐居期间与著名才女李冶谈了一段恋爱，闻名至今。他也写过一首与重阳节相关的诗，《九日与杨凝、崔淑期登江上山会有故不得往因赠之》：

欲从携手登高去，一到门前意已无。

那得更将头上发，学他年少插茱萸。

唐代山水田园派诗人代表之一的储光羲，也曾作了一首关于重阳节的诗《登戏马台作》，写的是南北朝时期，宋武帝刘裕在项羽曾经戏马的彭城（今江苏徐州）城南，与群僚于戏马台上，并把茱萸当作犒赏全军的奖品的故事。全诗如下：

君不见宋公杖钺诛燕后，英雄踊跃争趋走。

小会衣冠吕梁墅，大征甲卒碻磝口。

天门神武树元勋，九日茱萸飨六军。

泛泛楼船游极浦，摇摇歌吹动浮云。

居人满目市朝变，霸业犹存齐楚甸。

泗水南流桐柏川，沂山北走琅琊县。

沧海沉沉晨雾开，彭城烈烈秋风来。

少年自古未得意，日暮萧条登古台。

这首诗从刘裕称帝前夺城拔塞落笔，写他平灭南燕以后，名望大振，天下英雄豪杰都踊跃追随他，南征北战，建功立业。列举文臣孔季恭、建威将军向弥，写出追随刘裕的英雄都能够人尽其才，功成名就。同时也是为了说明刘裕的知人善用，爱将如子。

唐代写重阳节、茱萸、登高的诗人数不胜数，跟茱萸有关的名诗也是不胜枚举。但是，在宋元之后，佩戴茱萸的习俗就逐渐变淡，时至今日，几乎绝迹。

宋朝时期，仍有很多诗人、词人，写重阳节的诗词。比如，文学家范仲淹在《九日》中写："欲赋前贤九日诗，茱萸相斗一枝枝。"诗人范成大的《入稀归界》中写："蚯蚓祟人能作瘴，茱萸随俗强煎茶。"苏辙写给苏轼的诗《次韵张恕九日寄子瞻》："茱萸插遍知人少，谈笑须公一解颐。"

在宋元之后，重阳节佩戴茱萸的习俗逐渐消失，这大概是因为重阳在早期民众生活中强调的是辟邪消灾，但是随着人们生活水平的改善，更多的人不仅仅关注现实生活，而且对未来生活有了期盼，祈求长生与延寿。所以，重阳节的辟邪茱萸越来越少见了，而代表长寿和延寿的"延寿客"(菊花)的地位，最终盖过了"避邪翁"。

腊八家家煮粥多，大臣特派到雍和

腊八家家煮粥多，大臣特派到雍和。

圣慈亦是当今佛，进奉熬成第二锅。

这首《腊八》是由清代文学家夏仁虎所写，诗中描写腊八一到，民间家家户户都要煮腊八粥喝，而朝廷也要到雍和宫煮粥奉佛，并赐给大臣、诸王、宫妃等。朝廷就是当世的活佛，熬了一锅又一锅。

根据文献记载，清代雍和宫有四口煮粥的大锅，最大的锅直径为二米，深一米五，可容米数担。熬粥时，第一锅粥是奉佛的，第二锅粥是赐给太后和帝后家眷的，第三锅粥是赐给诸王和少主府的，第四锅粥是赐给喇嘛的。

腊八节，俗称"腊八"，也就是农历十二月初八，古人有祭祀祖先和神灵、祈求丰收吉祥的传统，一些地区有喝腊八粥的习俗。这个节日与元宵节的来源十分相近，都和佛教有关。相传，这一天是佛祖释迦牟尼的成道之日，被称为"法宝节"，也是佛教中一个盛大的节日。

关于腊八节的传说，有许多种，比如起源于元末明初朱元璋在牢狱受难之说，又有释迦牟尼成道之日说，又有"赤豆打鬼"之说，又有怀念岳飞、秦始皇修建长城等说法。但是似乎这些传说都和相关的史料记载有所出入。

据西汉礼学家戴圣所编的《礼记·郊特牲》记载，腊祭是"岁十二月，合聚万物而索飨之也。"夏代称腊日为"嘉平"，商代为"清祀"，周代为"大蜡"。因在十二月举行祭祀，故称该月为腊月，称腊祭这一天为腊日。

《说文解字》载："冬至后三戌日腊祭百神。"先秦的腊日就是在冬至后的第三个戌日，后来佛教传入，为了扩大在本土的影响力，遂附会传统文化，把"腊八节"定为佛成道日。随着佛教的盛行，佛祖成道日与腊日融合，在佛教领域被称为"法宝节"。南北朝开始才将"腊八节"固定在腊月初八，自此相沿成俗。

南北朝时期北齐的史学家、文学家，北魏骠骑大将军魏子建之子魏收，写有一首《蜡节》：

凝寒迫清祀，有酒宴嘉平。

宿心何所道，藉此慰中情。

这首诗是说，腊月时节，数九寒冬，人们摆酒祭祀，祈求庇佑。同时，抒发心中的敬神之情。而"腊八"这一日，正是人们祈福平安的日子。

魏晋时期名臣，著名地图学家裴秀，主要的成就是开创了中国古代地图绘制学。他也曾提笔挥毫，写出《大腊》诗一首，其中有"岁事告成，八腊报勤。告成伊何，年丰物阜。丰稑孝祀，介兹万祜"的句子，还有"有肉如丘，有酒如泉。有肴如林，有货如山。率土同欢，和气来臻"的句子，主要描写古代腊祭时，祭祀百神，向百神报告"年丰物阜"的好年景，感谢百神保佑万事成功的场景。

唐宋时期，无论是宫廷还是民间，对于腊八节也十分重视。诗圣杜甫有《腊日》诗一首：

> 腊日常年暖尚遥，今年腊日冻全消。
>
> 侵陵雪色还萱草，漏泄春光有柳条。
>
> 纵酒欲谋良夜醉，还家初散紫宸朝。
>
> 口脂面药随恩泽，翠管银罂下九霄。

从诗中可以看出，往年的腊日天气还很冷，温暖距离人还很遥远。而今年的腊日气候温和，冰冻全消。诗人高兴之余，还准备辞朝还家，纵酒狂欢度良宵。但是此时此刻，杜甫又因为感念皇帝对他的恩泽，不能随便离开。

在古代那个诗文盛行的年代里，腊八节是十分受重视的节日。无论是达官显贵还是平民百姓，在腊八节这一天，都会煮上一锅热腾腾的腊八粥尽情享用，也会将自家煮的腊八粥送去给亲朋好友一起分享。

宋代诗人陆游有《十二月八日步至西村》的诗：

腊月风和意已春，时因散策过吾邻。

草烟漠漠柴门里，牛迹重重野水滨。

多病所须惟药物，差科未动是闲人。

今朝佛粥交相馈，更觉江村节物新。

在这首诗中，题目交代了时间和地点，首句便写到虽然是隆冬腊月，但是已经露出风和日丽的春意了。柴门里草烟漠漠，野河边有许多牛经过的痕迹。腊日里，人们互相赠送、食用着腊八粥，更是感到了清新的气息。

陆游还曾写过《食粥》一诗：

世人个个学长年，不悟长年在目前。

我得宛丘平易法，只将食粥致神仙。

"宛丘"为《诗经·陈风》篇名，《诗序》："《宛丘》，刺幽公也。淫荒昏乱，游荡无度焉。"说的是当时的舞蹈，舞者持"鹭羽"，用"击鼓"和"击缶"来伴奏。而陆游这里引用，有反说的意味。意思是我如得到"宛丘"这种游荡舞蹈之法，我就把腊八粥送给神仙去吃。只可惜我没有得到此法，所以只好食腊八粥了。

在这个时期，腊八粥似乎是有延年益寿的医药功效，因为此粥是能让人"长年"的。

宋末元初的吴自牧在其著作《梦粱录》的第六卷说："八日，寺院谓之'腊八'。大刹寺等俱设五味粥，名曰'腊八粥'。"也就是说，腊八可能是宋代寺庙行善得来的。元朝时期，"腊八风俗"已经进入统治阶层，元朝皇帝们为了笼络汉族的臣子们，也过腊八节。那个时候，在我国历史上，第一本以北京作为主角的风光散文集《燕都游览志》出现了。它是由元朝人孙国敉（敩）写的，该书共计40卷，可惜没有流传下来，只有零星记录被后人传抄。其中就有关于元朝皇帝继承"腊八风俗"的记载："十二月八日，赐百官粥，以米果杂成之。品多者为胜，此盖循宋时故事。"

元朝灭亡之后，对于"腊八节"明朝也继续继承。《永乐大典》记述"是月八日，禅家谓之腊日日，煮经糟粥以供佛饭僧"。

明代诗人李先芳，亦有《腊日》一诗留世。诗云：

> 腊日烟光薄，郊园朔气空。
>
> 岁登通腊祭，酒熟酿村翁。
>
> 积雪连长陌，枯桑起大风。
>
> 村村闻赛鼓，又了一年中。

这首诗说的是腊日气候寒冷，烟光稀薄。在这个天高气朗的日子里，可以望见远处的天空。在岁末"腊祭"之时，村翁们在一起凑钱饮酒。尽管积雪一片，大风吹拂。但在这一年一度的腊八节到来之际，村民们仍然击鼓扮傩，开展逐疫驱邪的活动。

到了清代，清人富察敦崇在《燕京岁时记》里则详细记录了腊八粥的用料和做法，称"腊八粥者，用黄米、白米、江米、小米、菱角米、栗子、去皮枣泥等和水煮熟，外用染红桃仁、杏仁、瓜子、花生、榛穰、松子及白糖、红糖、琐琐葡萄以作点染。"

现如今，腊八粥的做法变了，味道也变了，就连流传的习俗和传说都变样了。我们只能从古人的诗句中，找寻这个节日最初以及最繁盛时的模样。